KB070531

창의 숨결, 시간의 울림

NANAM
나남출판

창의 숨결, 시간의 울림

2021년 9월 5일 발행
2021년 9월 5일   1쇄

지은이   민병일
발행자   조완희
발행처   나남출판사
주소   10881 경기도 파주시 회동길 193, 4층 (문발동)
전화   031-955-4601 (代)
팩스   031-955-4555
등록   제 406-2020-000055호 (2020.5.15)
홈페이지   www.nanam.net
전자우편   post@nanam.net

ISBN   979-11-974673-5-6
          979-11-971279-3-9 (세트)

이 책에 사용된 일부 작품은 SACK를 통해 ADAGP, ARS와
저작권 계약을 맺은 것입니다. 저작권법에 의하여
한국 내에서 보호받는 저작물이므로 무단 전재 및 복제를 금합니다.

책값은 뒤표지에 있습니다.

창의 숨결, 시간의 울림

민병일 지음

NANAM
나남출판

민병일

서울 경복궁 옆 체부동에서 태어나 서촌에서 자랐다. 남독일의 로텐부르크 괴테 인스티투트를 거쳐 북독일의 함부르크 국립조형예술대학 시각예술학과를 졸업하고 동대학원 같은 학과에서 학위를 받았다. 홍익대 미술대학, 교양학부, 대학원에서 겸임교수로 대중예술론과 미디어아트론 등을 강의했으며, 동덕여대 미술대학, 대학원에서 겸임교수로 현대미술 등을 강의했다.

시인으로 등단해 두 권의 시집과 두 권의 산문집, 한 권의 사진집과 한 권의 번역서를 펴냈다. 소설가 박완서와 함께 티베트를 여행할 때 우연히 사진을 찍은 것을 계기로 티베트 여행기《모독》(박완서 글, 민병일 사진)을 냈고, 독일 노르트 아르트 국제예술제에서 사진이 당선되었고, 일본 홋카이도 삿포로 시에서 초청사진전을 열기도 했다. 프랑크푸르트 도서전 주빈국 조직위에서 '한국의 아름다운 책100' 선정위원장 일을 했다.

산문집《창에는 황야의 이리가 산다》로 제7회 전숙희 문학상(2017)을 수상했고, 모든 세대를 위한 메르헨《바오밥나무와 방랑자》(2020)를 냈다.

창(窓)을 찾으러 간 오르페우스와
창에 비친 에우리디케

미적인 창을 찾아 방랑하는 오르페우스가 있었습니다.

그는 인간은 물론 식물들까지 황홀경에 빠지게 했던 리라와 아름다운 목소리 대신 미를 현상시키는 사진기를 들고 여행을 떠났습니다. 사실 미적인 창은 마음으로 보아야 조리개가 열리므로 사진기는 도구에 불과한지도 모릅니다. 사진을 찍을 때도 자기의 마음을 감광판에 배어들게 하여 상을 맺히게 했습니다.

그는 창이라는 사물에서 미를 찾았지만 고전주의적 미의 이상을 신봉하지는 않았고, 미의 숭배자도 아니었으며, 칼 로젠크란츠처럼 '추(醜)의 미학'의 부정태로서 미를 바라보지도 않았습니다. 어쩌면 그는 긴장을 이겨내야만 하는 현대사회에서 망아에 이르는 예술적 유희로서 창을 찾았는지 모르고, 쇠락해가는 창에서 느껴지는 따뜻한 허무 미에서 예술의 정신을 보았는지 모릅니다.

세상에는 아름다운 창이 많았지만 오르페우스가 만나고 싶은 창은 박꽃 피는 마을 별들이 내려와 사는 창이나, 한적한 갯마을 파도 소리 깊은 창이나, 살아가는 시름과 세파 앞에서도 그 빛을 잃지 않는 창, 무의식의 저편에 꽃을 피우는 창, 낡고 허름한 창일지라도 미적인 정신이 반응하는 창이었습니다. 그는 창을 통해 세계 너머를 꿈꾸었고 낯설게 바라보는 창에서 존재의 이면을 보았습니다.

오르페우스는 아름다운 창을 발견할 때마다 숲의 님프 에우리디케의 마음에 창을 숨겨 두었습니다. 에우리디케의 두 눈에서는 신들의 궁전에서나 볼 수 있는 이데아 빛이 반짝였습니다. 세속에서 아무도 눈길 주지 않던 무너져 가고 사라져 가는 창이, 님프의 눈을 빛나게 한 것입니다. 루비나 사파이어로 지은 신들의 궁전 창보다도 에우리디케는 오르페우스가 보여준 사람 냄새 물씬 나는 창을 사랑했습니다. 에우리디케가 마음 깊이 간직한 창들을 꺼내 보여줄 때면 오르페우스는 삶이란, 아름다움이란 무엇일까? 란 미적 명상에 잠기곤 했습니다.

그러던 어느 날 에우리디케가 독사에게 물려 죽자 오르페우스는 비통함에 젖어 지내다 사랑하는 이를 찾으러 명계(冥界)로 갈 것을 결심했습니다. 살아있는 이가 명계로 들어간다는 것은 불가능한 일이었지만 오르페우스에게는 미적 명상에 잠기게 하는 창이 있었습니다. 우여곡절 끝에 명계의 주인 하데스와 페르세포네까지 감동시키고 마침내 사랑하는 에우리디케의 손을 잡고 어두운 지하세계를 탈출하여 빛을 만나기 직전, 그만 뒤를 돌아본 오르페우스 때문에 에우리디케는 영원히 어둠의 세계로 사라지고 말았습니다.

오르페우스는 절망과 비통에 젖어 세상을 등졌고, 에우리디케의 마음에 숨겨진 창을 다시는 찾을 수 없었습니다. 세상에서 가장 아름다운 창들도 영원히 명계를 배회하는 에우리디케와 함께 볼 수 없게 되었습니다.

오래전 나는 또 다른 오르페우스였습니다. 내 몸 안에서 미적인 창이 현상되는 것은 그 옛날 에우리디케의 마음에 남겨진 창을 예감할 수 있기 때문이며, 미적인 창을 찾아 방랑한 것은 내 유전자 어딘가에 박힌 오르페우스의 피가 에우리디케를 불렀기 때문입니다. 하지만 내가 찾은 미적인 창은 모두 폐허였고 허무한 미로 속의 길 찾기 같은 것이었습니다.

보이는 창에서 보이지 않는 미를 찾는다는 건 명계의 끝자락, 빛 한줄기 앞에서 사라진 에우리디케의 손을 잡으려 어둠의 허공을 허우적거리는 것 같았습니다. 무엇인가 찾긴 찾았는데 돌아보면 아무것도 보이지 않았고, 창이란 존재와 무의 경계에 있거나 존재와 시간의 뫼비우스 띠 같은 것이란 생각도 들었습니다. 내가 본 창들은 시간의 흔적을 품고 있었지만 시간을 초월했고, 아무도 관심 갖지 않고 아무도 쓰다듬지 않았지만 고귀한 빛을 내고 있었습니다.

창에서 보려고 했던 미는 무엇이며 창에서 찾고자 했던 삶의 미적 이상은 또 무엇일까? 텍스트 속의 미학은 관념적일 수밖에 없으므로 아름다움(Schönheit)을 창이란 사물에 매개시켜 보려 했습니다. 하지만 사물에 상상력을 입힌다고 창의 아름다움이 나타나진 않았습니다. 시간과의 대화가 필요했고 행동이 굼뜬 나의 장기를 발휘하여 속수무책으로 창을 바라보는 시간이 필요했습니다.

미를 숙성시키는 데도 시간이 약이었습니다. 우주가 시간의 알에서 탄생했고 삶이 시간을 초월할 수 없듯이 아름다움(Schönheit)도 때로는 하염없이 바라보는 게 먼저였습니다. 미적 형상이란 그런 것이지요. 죽은 것처럼 보이는 창이란 사물도 시간의 탯줄에 싸여 있는 영기(靈氣) 깃든 생명체이니까요. 침잠하는 시간 속에 가만히 무심한 듯 고요히 바라보면 사물도 말을 걸어오는 걸 느낄 수 있습니다.

이러한 미적 체험은 저의 미적 방랑과 무관치 않습니다. 독일의 오래된 사물들을 보며 예술을 생각했던 시절이나, 창이란 사물 속에 숨은 낯선 이리를 찾아 방랑했던 시절이나, 새롭게 창의 숨결을 느끼고 있는 지금이나, 가까운 날에 선보일 또 다른 사물의 미적인 얼굴이나, 제가 할 수 있는 가장 멋진 일은 우선 연민 어린 마음의 눈으로 대상을 하염없이 바라보는 일입니다. 그렇게 바라보다 보면 어느 시간 문득 객관적이지도 구체적이지도 않지만 몽상적인 너무 몽상적인 비범한 힘이 솟구치는 걸 느낄 때가 있습니다.

　아름다움의 순간은 아주 짧고 빠르고 강렬하게 찾아왔다 사라집니다. '현전'(現前)이라고 할까요? 미의 현전! 하이데거의 말처럼 물질적이나 추상적으로 존재하는 것의 존재 방식으로서의 '현전' 말이에요. 이 경이로운 순간이 찾아오면 미적인 것들이 내면으로 길을 내는 게 보입니다.

미를 찾아 방랑하는 일이 내면으로 가는 길임을 알려준 창에게 감사합니다. 창을 바라보며 꿈을 꿀 수 있어 행복했던 여정이었습니다. 인간의 시간은 유한하지만 꿈이란 시간에 갇히지 않는 것이기에 '내면의 창'을 찾는 발걸음을 멈추지 않을 것입니다. 얼마나 많은 길을 걸어야 내 안의 창을 만날지 알 순 없지만 끝없이 걷고 또 걸으며 내면으로 가다 보면 언젠가 에우리디케의 마음에 숨겨진 창을 만나게 될지 누가 알겠어요.

이 책은 온전히 우리 땅 흙냄새가 나는 창들로 채웠습니다. 장이 서는 곳이면 얼쩡거리는 장돌뱅이처럼 제주까지 창이 있는 곳을 찾아다녔지만 미적인 창은 잘 보이지 않았고, 창은 많았지만, 창에는 창이 없었습니다. 달빛 은연히 비치는 창과 별이 빛나는 창, 은하수가 흐르거나 안개에 싸여 묵상 중인 창도 보고 싶었지만 사라져 가는 풍경 속에 흩어지고 여의치 않은 시간 속에 잠겨 버렸습니다.

하지만 제 몸에는 밖을 내다볼 수 있는 무수히 많은 창이 생겨났고, 제 영혼에는 안을 들여다볼 수 있는 창이 반짝이고 있습니다. 창은 세상을 바라보는 통로이면서 불협화음의 세계를 내면화하여 정신을 반응하게 하는 미적인 명상 공간입니다. 당신은 어떤 창을 꿈꾸는지요?

이 책은 서울대 불문과 명예교수이신 문학평론가 오생근 선생님의 깊으신 배려가 없었다면 빛을 볼 수 없었습니다. 잠자는 원고에 아름다운 창을 달아주셨고, 박재한 저에게 항상 온화한 미소와 따뜻한 격려로 용기를 주신 오생근 선생님께 진심으로 감사드립니다. 그리고 책의 숲으로 이름난 나남에서 창의 숨결 느껴지는 책 나무 한 그루 자라게 해주신 조상호 회장님과의 인연을 각별히 간직하겠습니다. 나남수목원 숲에서 나무 한 그루, 꽃 한 송이 돌보듯 책이 세상에 나올 수 있게 해주셔서 마음속

깊이 감사드립니다. 멋진 책으로 꾸며 주신 방순영 편집이사님
과 이필숙 디자인 실장님께도 고마운 인사를 전합니다.

2021년 해당화 붉게 핀 팔월에
다시 창으로 가는 길을 내며

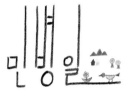

차 례

고드름 달린 창의 풍경
시간의 진동과 르네 마그리트의 〈이미지의 배반〉

눈 쌓인 부안에서 고드름 달린 집을 보는 순간 마음 한구석이
아릿해져 왔다.

　조금은 촌스러운 커튼과 빛바랜 하늘색 창, 그리고 고드름은
마음을 훔치러 온 도둑 같다. 나무에 칠한 황토색과 하늘색 창
은 퇴색한 대로 묘한 운치를 자아낸다. 군고구마 냄새가 날 것
같은 창엔 커튼이 부족했는지 한쪽은 연분홍 나일론 천을 덧댔
다. 살다보면 언밸런스하고 촌스러워 보이는 것들이 정겨울 때
가 있다. 세련된 것에선 찾을 수 없는 엉성함과 어색함, 모자람
이 촌스러움이란 삶의 리얼리티 속에 질박하게 존재하기 때문
이다. 궁핍마저 미학으로 변주시킨 창의 오래된 풍경을 보노라
면 시간의 위대한 힘과, 세상 풍파에 주눅 들지 않고 저 집에서
살고 있는 촌 어머니가 생각난다.

고드름 달린 창은 칠감의 기름을 흡수하여 그림의 광택을 없애 준다는 압소르방트(absorbante) 캔버스에 그려진 오래된 그림 같았다.

시리도록 파란 하늘에서 쏟아지는 청색 햇빛이 고드름에 닿을 때마다 투명한 광채가 반짝였다. 자연이란 화가는 집이란 캔버스에 빛의 무늬를 그려놓았다. 슬레이트 지붕을 솜이불로 덮은 듯한 흰 눈에 느티나무 그림자가 늙은 몸을 넌지시 기대고 있다. 외로움 때문일까, 솜이불 같은 흰 눈에 포근히 몸을 누이고 싶은 마음에서일까. 낡은 집도 외롭기는 매한가지다. 몸 여기저기를 수리하고 땜질한 자국은 세월을 버텨온 낡은 집의 상처이다. 어머니의 다스운 손이 상처를 어루만지듯 수령 깊은 나목은 제 몸으로 낡은 집을 감싸 안았다.

늙은 느티나무가 그림자를 내주며 집에 기대지 않았다면 풍경은 미완성으로 남았을 것이다. 이 집에선 빛의 추상이 내는 빛의 목소리가 들려왔다. 고드름을 보는 순간 까맣게 잊고 있던 노래가 생각났다.

고드름 고드름 수정고드름
고드름 따다가 발을 엮어서
각시방 영창에 달아놓아요

— 동요 〈고드름〉 부분

촌스러운 커튼이 쳐진 하늘색 창과 고드름은 마음을 훔치러 온 도둑 같다.

초등학교 시절 풍금에 맞춰 부르던 〈고드름〉은 겨울 우화가
된 지 오래지만, 순수한 은빛 꿈은 수정고드름 속에 빛나고 있
다. 방을 밝게 하기 위해 방과 마루 사이에 내는 두 쪽의 창문을
영창(映窓)이라고 한다. 사진 속에는 고드름으로 발을 엮은 흔
적도, 각시방 영창에 달아놓은 고드름 발도 없지만, 고드름에 닿
은 햇빛은 저마다의 영창에 추억의 빛을 발산한다.

고드름 달린 창이 있는 집 앞에는 눈이 소복이 쌓인 배추밭
이 있다. 어찌된 일인지 밭에는 일렬종대로 선 배추들이 흰 눈
을 흠뻑 맞은 채 얼어있었다. 밭 전체가 그랬다. 눈밭에 얼어붙
은 배추들은 낯선 장엄함을 보여준다. 마치 진시황릉 병마용에
도열한 흙으로 빚은 병사들 같다. 금방이라도 흙먼지를 털고 깨
어날 것 같은 무덤 속 용사들처럼 눈송이를 털고 싱싱한 얼굴로
환생할 것 같은 배추밭 풍경. 그러나 '이것은 배추밭이 아니다'.

우리에게 친숙하기 짝이 없는 배추밭이 낯설어 보였다. 낯설
음은 일상적인 친숙함을 전복적인 관계로 발전시킨다. 우리에
게 친숙한 일상적 사물이 유희적이고 전복적 사물로 바뀌는 데
는 예술의 원리가 작동한다. 르네 마그리트 그림 〈이미지의 배
반〉이 그렇다. 미셸 푸코의 말마따나 이것은 '파이프'가 아니라
'파이프 그림'일 뿐이다.

이것은 '파이프'가 아니라, '이것은 파이프가 아니다'라고 말
하고 있는 문장이다.

이것은 배추밭이 아니다.

배추밭에서 언 채로 눈을 뒤집어쓴 '배추' 역시 그것은 '배추'
가 아니라 그것은 '배추'라고 말하고 있는 문장이다. 배추밭 역
시 그것은 배추밭이 아니다. 사진 속의 배추밭은 우리에게 박제
되어 버린 이미지, 혹은 이미지의 배반이 있을 뿐이다.

화가가 그림을 그릴 때 현실의 외형만 재현하지 않듯, 저 사

이것은 배추밭이 아니다.

이것은 배추밭이 아니다.

르네 마그리트, 〈이미지의 배반〉(La trahison des images, 1928~29년)
캔버스에 유화, 62.2×81cm, 로스앤젤레스 카운티미술관.
그림 아래 '이것은 파이프가 아니다'(Ceci n'est pas une pipe)라고 쓰여 있다.

진 속의 배추밭 역시 삶의 이면에 깃든 피치 못한 상황을 암시
하고 있다. 르네 마그리트가 작품에서 의도한 것은 자신이 제아
무리 파이프 그림을 복사하듯 그린다 해도, 그것은 파이프를 재
현한 것이지 파이프 그 자체일 수 없다는 것 아닐까. 마그리트
는 사람들의 관습, 일상에 매우 익숙하게 주저앉은 동일시하기
란 모순을 깨기 위해, 파이프 그림을 그려놓고 모순적으로 "이
것은 파이프가 아니다"라고 말했을지 모른다. 그의 그림을 보
면 이미지와 언어 사이가 백지장처럼 가볍기도 하고, 우주 공간
이라도 들여놓은 듯 깊은 사유의 심연이 느껴지기도 한다.

고드름 달린 창이 있는 낡은 집이 세잔이나 모네, 보나르 그림 보다도 더 아름다워 보인 것은 삶의 신성한 리얼리티가 환한 꿈을 꾸고 있는 것 같아서이다. 삶의 진실을 역설적으로 펼쳐 보인 눈 덮인 배추밭이 미적인 것으로 보였다. 말 못할 삶의 이야기가 묻힌 눈밭에는 하얀 침묵만 가득하다. 농부는 식구들의 밥을 담보로 실험예술을 펼친 전위예술가 같다. 수천 미터의 거대한 흰 천을 대지에 두르는 대지예술가보다 삶의 진실을 역설적으로 보여준 농부야말로 진정한 대지예술가란 생각을 했다. 눈시린 배추밭에서 농부는 참선 중이다. 고드름 달린 창밖으로, 배추밭으로 펄펄 내리는 흰 눈은 고요에 닿아 기도가 된다.

마당에 핀 얼음꽃, 화석 같다.
겨울 여행은 지상에서 멸절하지 않은 미의 왕국을 엿보게 한다.

한지에 배인 생의 기하 추상

꽃잎 붙인 할머니의 창과 몬드리안의 꿈

시골길에서 본 아침햇살은 풀숲뿐 아니라 이슬 머금은 흙에서
도 윤기를 냈다.

도시의 햇살보다 시골의 흙 묻은 아침 햇살에선 대지를 감싸
는 모성적인 기운과 장독 뚜껑을 여는 어머니 손의 온기도 느
껴졌다. 시골 여인들은 흙으로 빚은 어머니 몸에서 태어나 흙을
만지며 산다. 저만치 논둑길을 따라서 장화 신은 농부가 어깨에
삽을 걸고 꾸부정한 모습으로 걸어간다. 양재기에 김치를 든 아
주머니는 어디론가 종종걸음을 치고, 누렁강아지가 꼬리를 흔
들며 뒤를 따라나섰다.

낯선 거리를 배회하는 이방인처럼 마을을 쏘다니다가 밭 한
가운데 서 있는 감나무를 보았다. 나는 밭 가운데로 걸어가 물
오른 감나무와 연둣빛 잎을 만져보았다. 머지않아 봉오리가 맺

연둣빛 감나무 잎

히고 울 밑 뒤란으로 은은한 향기 퍼지는 감꽃이 피면 내 마음
에도 하얀 그 꽃향기가 전해질까? 구름 한 점 없이 파란 하늘 아
래 새순을 틔운 감나무 빛깔이 어찌나 고운지 지나가던 아주머
니도 한마디 거드신다.

"빛깔도 참 곱게 잎을 틔웠네. 지난겨울 저 감나무도 애 많이
썼다…."

나무 곁에 있으면 신기하게도 내 속에 응어리진 것들이 순정한
빛깔을 띠어간다. 새순 올라온 감나무 가지에선 연둣빛 희망이
물들고 있다.

바람이 불 때마다 마늘밭에서 푸른 물결이 밀려왔고, 새로 심

은 푸성귀와 노란 순무꽃이 살랑거렸다. 두리번거리면 페인트 칠 벗겨진 빛바랜 대문과 진홍빛 철쭉, 빨랫줄에 걸린 옷가지가 보였고, 느릿느릿 걸어가던 고양이는 신작로를 통통 뛰어다니는 산 까치를 낚아채려는 듯 쏜살같이 달리기도 했다. 산등성을 타 내려온 싱그러운 바람결 냄새가 아이들이 해찰 부리듯 마을을 이리저리 쏘다니고 있었다.

강화도 해안가 연리 마을에서 만난 윤 씨 할머니는 여든여덟 살인데 밭일을 하고 있었다. 두런두런 얘기를 주거니 받거니 하다 보니 노부부가 안 먹고 안 쓰고 일생동안 소처럼 일하며 밭 한 뙈기, 논 한 마지기, 산 한 평씩 모았다는 것도 알게 되었다.

"이름자 하나 쓸 줄 몰라도 밭뙈기 장만한 것 생각하면 눈에서 피가 나!"

할머니의 그 말 속에는 호롱불 아래 바느질로 옷을 깁고 온몸으로 농사를 짓던 보릿고개 넘은 여인의 생애가 통째로 들어 있었다.

"돌이켜보면 지 몸 돌볼 줄도 모르고 무쇠덩이처럼 일만 하다 먼저 가신 영감님과 내 인생이 억울한 느낌도 들어."

할머니는 눈시울을 붉혔다.

"다시 태어나면 농사꾼한테 시집가고 싶지 않아!"

천체물리학자 스티브 호킹은 천국이나 사후세계, 신에 대한 이야기는 죽음에 대한 두려움 때문에 인간이 만들어낸 동화라고 했지만, 할머니는 윤회설을 믿고 있었다. 다시 태어나면 할머니는 어떻게 살고 싶을까. 우리네 어머니, 할머니의 고단한 삶의 이야기는 소설보다 더 리얼하고, 드라마보다 더 드라마틱해서 작품 속 리얼리티로는 다 살리기 어려운 이야기들일 것이다.

칠 벗겨진 대문에 기대어 이야기를 나누다가 안으로 들어오라는 할머니 말에 마당가로 자리를 옮겼다. 혼자 사는 할머니 집 마당으로 떨어지는 한낮의 햇살이 적막해 보였다. 할머니는 점심때를 놓친 내게 배즙 한 봉과 작은 팩에 든 두유를 꺼내주셨다.

"내가 못 먹어도 집 안에 들어오는 사람을 그냥 보내는 법은 없지요."

혼자 사는 사람들은 늙었든 젊었든 모두가 외로운 섬에 사는

마루 앞 유리창살문

마당의 양동이

은둔자이다. 그들 입 안에는 침묵의 소리가 쌓여 검은 가시가 돋아 있다. 할머니의 섬에 잠시 닻을 내렸다가 그녀가 털어놓는 이야기를 들으며, 그것은 말의 캄캄한 감옥에서 탈출하려는 외로움의 유희라는 걸 알았다. 그러나 자식들이 모시러 와도 할머니는 고립된 것 같은 당신의 그 고독한 섬을 결코 떠나지 않을 것이다. 한평생 대지의 노랠 들으며 바람 소리, 꽃씨 여무는 소리, 달무리 지는 소리, 별 내리는 소릴 들으며 산 할머니가 흙을 떠나선 살 수 없기 때문이다.

할머니가 내게 들려주는 말들의 풍경은, 홀로 사는 여인의 외로움이 곰삭은 소리였다. 봇물 터지듯 쏟아지는 할머니의 말들이 고독과 삶의 불연속에 대한 안간힘이라고 느꼈다.

빛바랜 소쿠리

낡은 농기구

할머니네 안방 미닫이 문
격자문양의 아(亞)자형 분합문 창살과 이채롭게 보이는 창호지를 바른 또 하나의 덧문

　할머니는 유리 달린 문을 열어젖히며 마루로 올라앉으라고
했다. 오랜 세월 걸레질을 친 마룻바닥은 반질반질 윤이 났다.
안방과 건넌방에는 창호지 바른 문이 달려 있었고, 격자문양의
아(亞)자형 분합문 창살은 튼실해 보였다. 오십 년 전에 집을 지
을 때 달았다는 방문들도 그때 모습 그대로이다.
　특이한 것은 문 앞에 덧문을 달아 한겨울의 외풍을 막아주는
또 하나의 문이었다. 방의 문창살은 한옥에서 흔히 볼 수 있던
아(亞)자형이지만, 덧문의 문창살 문양은 큼지막한 것이 시원스
레 보였다. 방문과 덧문에 바른 창호지에 크고 작은 창살 문양
이 겹쳐져서 몬드리안의 기하추상보다 더 아름다운 창살 문양

마루 대들보 아래 모셔진 '성주신'은 그 집안의 길흉화복을 맡아본다.
자손들을 잘되게 해달라는 할머니의 염원이 깃들어 있다.

추상이 드리워졌다.

  문짝을 짰던 시골 목수의 솜씨와, 문과 문 사이의 따뜻한 공
기가 한지에 배어들도록 한 삶의 지혜가 돋보였다. 예전에는 시
골 마을마다 눈썰미 좋은 목수와 미장이, 기와장이가 있었다는
데, 지금은 모두 사라져 버려 흔적조차 찾을 수 없다.

  이 집의 문짝을 짠 목수는 어떤 사람이었을까. 그리고 삼한
적이었을까, 고려 적이었을까, 이 땅에서 문짝의 문양을 짜 이
고을에서 저 마을로 전파한 이들은 어떤 철학으로 창살을 만들
었을까. 비율과 공간이 일정한 창살의 격자 문양 안에는 우주의
어떤 지순한 기운이 담겨 있는 것일까.

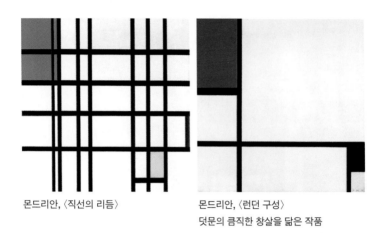

몬드리안, 〈직선의 리듬〉

몬드리안, 〈런던 구성〉
덧문의 큼직한 창살을 닮은 작품

기하추상을 만든 피트 몬드리안(Piet Mondrian)이 수직선과 수
평선만으로 표현된 단순한 구성에 인간의 유토피아와 우주의
형이상학을 담으려 했던 것처럼, 즉 수직선은 하늘과 남성, 수
평선은 땅과 여성, 혹은 정신과 물질 같은 이원적인 것의 통합
으로서 조화로움을 상징하고자 한 것처럼, 이 땅의 목수들 역시
여염집 문창살 문양에 인간과 우주의 보편적 진리를 담고자 했
던 건 아닐까.

　몬드리안의 그림 〈직선의 리듬〉이 할머니네 안방 미닫이 아
(亞)자형 분합문 창살 문양과 겹쳐졌고, 덧문의 큼직큼직한 창
살 문양에선 그의 〈런던 구성〉(1929)이란 눈에 익은 작품이 느
껴졌다. 예전엔 미처 몰랐는데 저 할머니네 집 문창살 문양을 보
곤 몬드리안의 〈콤포지션〉(Composition) 연작들을 새롭게 보게

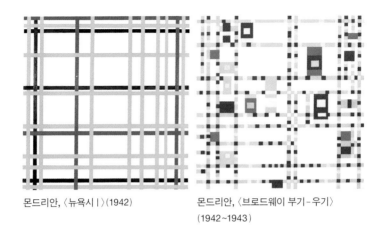

몬드리안, 〈뉴욕시 I〉(1942)   몬드리안, 〈브로드웨이 부기-우기〉
(1942~1943)

됐고, 몬드리안의 〈빨강, 노랑, 파랑의 구성〉(1921)이나 〈구성〉
(1922), 〈파랑과 흰색의 수직 구성〉(1936) 등을 통해 우리네 문창
살 문양에 깃든 기하 추상미를 다시 생각하게 됐다.

몬드리안은 선과 선을 서로 교차시켜 정사각형이나 직사각
형의 공간에 매우 교묘한 예술로서의 색을 배치하고, 면과 색을
분할하는 검정 선들 안에 우주와 세계의 균형과 평형상태를 나
타내고자 했다.

몬드리안의 교차하는 선과 색과 면 안에선, 극도로 단순화되
고 순화된 삶의 생명을 볼 수 있다. 그리고 〈뉴욕시 I〉(1942)에서
는 빨강, 파랑, 노랑의 밝고 경쾌한 선들이 색띠를 이루며 서로
교차하는 가운데, 유럽시절의 작품에서 나타난 음울한 검정 선
에서 탈피하여 생명감 넘치는 조형미를 보여준다.

그의 기하추상을 통한 생명에의 추구는 〈뉴욕시 I〉에서 더 나아가 죽기 한 해 전에 만든 몬드리안의 마지막 완성작 〈브로드웨이 부기-우기〉(1942~1943)에서 절정을 이룬다. 이 작품은 생명의 리듬감이 고스란히 배어 있다. 격자무늬의 선에 삽입된 면으로서의 색과 교차하는 색띠는 경이로운 생명력을 나타낸다. 마치 탱고 리듬처럼 열정적이기도 하고 왈츠 리듬처럼 우아하기기도 한 〈브로드웨이 부기-우기〉.

몬드리안의 기하추상에 숨겨진 불꽃같은 생명력이 저 할머니네 문창살에도 숨 쉬고 있었다.

나는 주로 할머니의 얘기를 들으며 맞장구를 쳤고, 신이 난 할머니는 안방 문을 활짝 열고 벽에 걸린 가족사진을 보여줬다. 노부모가 사는 시골집에 가면 흔히 볼 수 있는 벽에 걸린 가족사진 액자였다. 여인의 생애가 생산하고 번성시킨 가계도에는 어느덧 백발 내린 자녀들의 백일사진부터 검정색 교복을 입은 졸업사진이며, 결혼, 환갑은 물론, 장성한 손자 손녀의 어릴 적 돌사진까지, 흑백부터 컬러사진까지, 사진술의 변천사, 씨족의 변화사가 깨알같이 박혀 있었다. 어머니의 힘이 미치는 가족이란 이름에 가슴이 뭉클해졌다. 세상 어머니와 할머니의 미소는 마음을 어루만지는 봄바람이란 생각을 했다.

길손이 찾을 리 없는 시골집에 찾아든 자식 같은 이에게 집안

창밖은 빛의 진창이다.

구경시키느라 신이 난 할머니는 건넌방도 보라고 했다. 나는 되었다고 그만 앉아서 쉬시라고 하다가, 방문을 열어보고는 그만, 깜짝 놀랐다. 어두컴컴한 방안 창가로 눈부신 햇살이 쏟아져 들어왔다.

"이런, 세상에나!"

방에는 자그마한 고릿적 창문이 나 있었고, 광휘로운 햇살이 빛바랜 창호지를 투과하여 방안 가득 진을 치고 있었다. 방에는 아무것도 없었다. 그 흔한 이불 한 채 보이지 않았고, 벽에 대못 한 개 박혀 있지 않았으며, 허드레옷 하나 없었다. 피안으로 가는 문은 이렇게 정결한 빛밖에 보이지 않는 것일까. 방안은 어둠과 빛이 뒤섞인 채 안개 같은 하얀 어둠만 있었다.

할머니는 그깟 창문이 뭐가 그리 좋으냐고 별 싱거운 사람 다 보았다며 웃으셨다. 할머니가 문고리를 따고 한 쪽 문을 여는데 창밖은 빛의 진창이다. 순간, 창의 환영(幻影)을 보았다.

자연은 순수한 빛의 회화를 만들어냈다. 자연은 눈앞에 존재하는데 하얀 어둠으로 하여 보이지 않는 대상. 대상의 윤곽은 마음 속 심연에 깊게 숨어들어 무대상(無對象)의 세계만 남은 것일까.

할머니의 생이 은빛으로 남은 자리엔 환멸 같은 고독이 눈부셨다. 나는 저 창이 사라져 가는 여인의 생애가 남긴 예술이라고 생각했다. 삶의 내력이 담긴 사물은 물자체를 표상하고, 오래된 이야기는 침묵한다. 예술 역시 세계의 꿈을 침묵으로 표상하지만 그 속은 무수히 발작적인 것들, 충동적인 것들, 상상적인 것들의 집합체이다. 삶과 예술 속에는 미적인 것뿐만 아니라 추한 것들이 용수철처럼 튀어오를 기세로 웅크려 있다. 그러나 할머니의 창은 온화한 빛을 낼 뿐 티끌만 한 무게도 보이지 않는다.

아마도 몬드리안이 표현하고자 했던 것 역시 자연이나 사물을 단순하게 기하추상화하여 그림이란 무대상의 심층에 대상을 켜켜이 쌓아두고자 했던 건 아닐까. 할머니 생의 이야기를 담담하게 간직한 흰 창호지와 창살 문양의 공간이나, 몬드리안의 수직 수평의 선이 꿈꾸는 기하추상의 형상공간이나 같을 것이란 생각이 들었다.

농부의 아내로 일생을 흙만 일군 할머니의 생애는 어디에 숨어 있고, 할머니는, 속절없이 흘러가 버린 시간만 증언하는 것일까. 몬드리안 역시 어느 순간 증발해 버리듯 사라지는 것이 삶이고 예술이라고 여겼는지 〈노란 선들의 구성〉(1933)을 만들었다. 서로 대칭되는 선들이 사라진 공간은 절제미의 극치를 보여준다. 마치 노년의 뜰에 자리한 텅 빈 공간처럼 욕망이 순수화된 해맑은 얼굴 같은 마음을 형상화시켰다. 마름모꼴 캔버스에 그려진 서로 다른 굵기의 노란 선들은 묘한 균형미를 보이지만, 마름모꼴의 불안정성은 원초적으로 불안정한 생의 단면을 노출

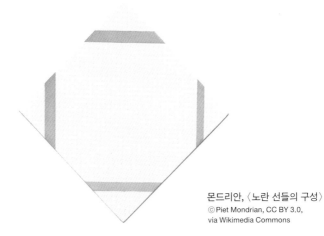

몬드리안, 〈노란 선들의 구성〉
ⓒPiet Mondrian, CC BY 3.0,
via Wikimedia Commons

하고, 노란 선 사이의 열려진 공간은 밖으로 뻗어 나가려는 "의지와 표상으로서의 세계"를 그린 것인지 모른다. 할머니의 삶이 그림 속의 빈 공간처럼 보인 건, 창으로 들이치는 눈부신 햇살 때문이었을까.

할머니가 창문 창호지에 손수 붙였다는 문고리 양 옆의 꽃잎을 만져보았다.

꽃잎 붙인 문창호지에선
옛날 무쇠다리미로 다림질하던 쇠 냄새가 났다

등 굽은 여자의 꿈 들어앉은 무쇠다리미가
주름진 생을 다림질할 때면
숯불에 달궈진 다리미에선 해당화 피고
여자의 생을 스쳐간 흔적들은
바느질 자국에 숨어 꿈을 꾼다
한 생애를 지나왔건만
여자의 마음은
손톱에 낮달처럼 뜬 봉숭아 꽃물 같기도 하고
새로 시쳐 놓은 베갯잇처럼 꿰맨 자국도 없고
낮달 품은 저 하늘의 우주

할머니의 창

할머니가 건넌방 창문에 손수 붙인 꽃잎

꽃잎 붙인 문창호지에선

옛날 무쇠다리미로 다림질하던 어머니 냄새가 났다

나는 할머니의 창에 남겨진 꽃잎이 여인의 헤아리기 어려운 삶을 순수하게 추상화시킨 꿈이 아닐까 생각했다. 그랬다, 그것은 우리들 어머니, 할머니의 생이 꾸민 미술 솜씨였고, 손을 자주 타는 문고리 주변을 쉬이 찢어지지 않게 맵시를 낸 여인네들의 실용 미학이었다. 창호지에 나뭇잎을 아로새기며 할머니는 세속의 무엇을 꿈꾸셨을까.

빛 진창인 창밖으로 큰 나무 한 그루가 보였다. 백년해로를 약속했던 꽃각시 적 할머니와 산골 총각 시절 할아버지가 심었

창밖의 나무 한 그루

다는 작은 나무가 아름드리나무로 자란 것이다. 창밖 나무를 물 끄러미 바라보는 할머니의 회한이 설핏 눈에 들어왔다. 무심한 듯 무심하지 않은 얼굴, 무심할 수 없지만 이제는 무심해야 하는 얼굴.

구순이 되어가는 할머니는 자신도 나무의 빛살 무늬 한 쪽이 될 거란 것을 알고 있었다. 아름드리나무만이 간직한 노부부의 젊은 날 이야기는 초록빛 나이테 무늬가 되고 밤하늘의 별이 된 지 오래다.

거룩한 번민의 창

밝게 하기 혹은 리히퉁(Lichtung)과 로댕의 〈연인의 손〉

창을 볼 때마다, 창이, 사람 사는 이야기를 간직한 프리즘이라 생각했다.

창에는 사람들의 우수어린 흔적이 꿈을 꾸고 있다. 꿈의 다른 이름인 창은, 마음의 은유로서 바깥세상을 동경하며, 우주를 향해 눈을 뜬 나무처럼 우주와 사람을 연결한다. 총총 빛나는 별을 보고 삶의 지도를 저 먼 은하수까지 확장하는 것도 창가이다. 유리에 반짝이는 햇빛 한줄기를 보며 사물의 소리를 듣게 되고, 침묵하는 시간이 있어야 내면의 소리가 들린다는 걸 알게 된 것도 창가이다. 또 어느 날에는 눈부신 광선 속에 묵상하는 늙은 수도사가 그려진 렘브란트 회화를 보고 생의 고민과 좌절을 사랑하게 된 것도 창가이다.

그리고 불현듯 솟구치는 그리움에 내포된 선동적인 힘은 창가에서 증폭되게 마련인데, 시나 소설 같은 문학작품을 읽을 때도 그랬다. 괴테의 소설 《빌헬름 마이스터의 수업시대》를 보면 미뇽이라는 신비한 소녀가 부르는 〈미뇽의 노래〉(Lieder der Mignon)가 있다. 네 편으로 된 이 노래 중 한 곡이 〈그리움을 아는 이만이〉(Nur wer die Sehnsucht kennt)이다. "그리움을 아는 이만이/ 내 이 괴로움을 알리. / 혼자, / 모든 즐거움과 담을 쌓은 곳에 앉아/ 저 멀리 창공을 바라본다. / 아, 날 사랑하고 알아주는 사람은/ 그렇게도 먼 곳에 있구나. / 눈은 어지럽고/ 가슴도 타들어간다. / 그리움을 아는 이만이/ 내 이 괴로움 알리"라고 미뇽과 하프 타는 노인이 함께 노래할 때, 비통과 탄식, 격정과 체념, 다시 탄식으로는 이어지는 노래를 들으며 그리움의 핵심, 그리움에 대한 초월적인 진리를 깨달은 것 역시 창가이다.

그래서 창이란 프리즘은 세상을 보는 눈이고, 무지개 너머를 동경하게 하는 유토피아이며, 그리움의 집이고, 다채로운 꿈을 꾸게 하는 모자이크 미술 같다.

창이란 프리즘을 통과한 이야기의 색채, 빛의 파동은 낭만을 꿈꾸게 한다. 낭만이 비록 시장 좌판에서 산 싸구려 스카프 같은 것일지라도, 로맨티시즘은 삶의 미세한 반동이며, 반동은 일상을 전복시키는 힘이고, 그 떨림의 미학은 생을 변혁시킨다. 낭만의 꿈이야말로 사물과 세상에 깃든 '상상력의 자유로운 유희'를 느끼게 한다.

칸트는 취미판단(Geschmacksurteil)에서 "오성과 상상력의 자유로운 유희"를 통하여 미학적 판단을 하는데, 나는 '오성과 상상력의 자유로운 유희'란 말이 좋았다. 칸트의 그 말이 나를 꿈꾸게 한다면, 록 그룹 체리필터의 노래 〈낭만고양이〉는 나를 낭만의 바다로 인도한다. "내 두 눈 밤이면 별이 되지/ 나의 집은 뒷골목 달과 별이 뜨지요/ …/ 이젠 바다로 떠날 거예요(더 자유롭게!)/ 거미로 그물 쳐서 물고기 잡으러!// 나는 낭만 고양이/ …/ 홀로 떠나가 버린 깊고 슬픈 나의 바다여// 깊은 바다 자유롭게 날던 내가/ 한없이 밑으로만 가라앉고 있는데"

〈낭만고양이〉는 우리의 삶을 노래하는 동시에, 삶을 비추는 은유의 거울이다. 록(Rock)은 일탈을 통해 자유와 꿈을 노래하는 방식으로 삶을 전도시킨다. 아이러니 같지만 록에서의 일탈은 현실을 얽어맨 제도와 관습으로부터의 해방, 즉 자유를 향한 해탈의 여정에 다름 아니다. 록 음악의 강렬한 일렉트릭 사운드와 거친 보컬은 표면적으로 현실에 저항하는 무기로 작동하지만, 은유적으로 세계를 진보시키는 데 록이 무엇을 할 수 있을까에 대한 성찰이며 알레고리이다.

록 그룹 체리필터의 〈낭만고양이〉는 일탈을 꿈꾸는 고양이의 낭만이자, 생의 자유의지이며, 아름다운 일탈을 도모하는 낭만적 꿈으로 변주된다. '한없이 밑으로만 가라앉고 있는' 삶을 견

성당의 문. 떨어져 나간 손잡이   녹슨 열쇠 구멍

인하는 건 무엇일까. '거미로 그물 쳐서 물고기 잡으러' 떠날 수
있는 보헤미안적 상상을 생은 필요로 하고, 서로를 얽어매야 안
심하는 사람들 틈에서, 자기만의 세계를 창조할 수 있는 차라투
스트라를 발견하는 것 또한 삶은 필요로 한다.
    낭만의 일탈이란 게, 소떼처럼 이리저리 몰려다니기보다는,
무소의 뿔처럼 혼자서 갈 수 있는 열정이라는 생각으로 길을 걸
었다. 저만치 성스러워 보이는 집이 보였다.

1900년에 준공된 성공회 강화성당은 이 땅에 한옥으로 지어진
최초의 성당이다. 한옥 돌담 가에 패랭이꽃 핀 유월 우연히 이
곳을 찾았다. 우리 땅 어디든 한 꺼풀 벗겨보면 상흔 아니 새겨

진 곳 있으랴마는, 강화도 역시 역사의 더께를 긁어보면 비애가
서린 땅이다.

　고려 왕궁 터에서 멀지 않은 곳에 위치한 성당 입구 돌계단을
오르니, 솟을대문 안으로 보이는 본당 팔작지붕이 절집 일주문
지나 대웅전 보듯 편안했다. 성당이라지만 서양 건축양식을 따
르지 않고 전형적인 조선 한옥의 미가 돋보이는 건축물이다. 이
건물은 동서길이 10칸, 남북길이 4칸의 한옥 중층구조이다. 성
당 외관을 전통한옥 건축양식에 따른 것은 아무래도 천주교에
대한 이질감을 완화시키고, 낯선 종교의 토착화에도 정서적으
로 도움이 되었을 것이다.

　그러나 직사각형의 건물 내부는 서구적 풍경이다. 출입문에
서 맞은편 제단까지는 양쪽으로 나무기둥이 늘어선, 텅 빈 강당
구조로 고대 로마의 바실리카(Basilica)* 양식을 따르고 있다. 길

---

*　건축학에서 보면 초기에는 '바실리카'라는 말이 고대 로마와 그
리스도교 시대 이전 이탈리아의 시장, 관공서, 지붕이 덮인 야외극장,
강당 등 큰 지붕이 있는 공공건물을 가리키는 데 쓰였으나 점차 특정
형태를 지닌 건물만을 가리키게 되었다. 내부가 끝에서 끝까지 텅 빈
강당으로 되어 있는 직사각형 건물로서, 대개 늘어서 있는 기둥들로
구분되는 아일[측랑(側廊): 교회 건축에서 내부의 중앙부 몸체에 대하여
그 양쪽에 있는 폭이 좁고 긴 공간. 여러 기둥으로 칸막이가 되어 보통 통
로로 사용된다. 아일은 흔히 기둥이나 아케이드로 구획되어 있다. 이 용어
는 '날개'라는 뜻의 프랑스어에서 유래되었다. 오늘날 이 용어는 교회, 극
장이나 여러 공공건물의 회중석으로 통하는 모든 통로를 말한다]들이 딸

쭉한 장방형 모양의 바실리카 구조에 대들보와 서까래가 드러
난 천장의 높이는 공간에 경건함의 깊이를 더했다.

마침 성당을 찾은 날이 일요일 오전이라 미사장면을 볼 수 있
었다. 한옥에서 거행된 미사는 타임머신을 타고 백여 년 전으로
돌아간 듯했다. 건물 위쪽에 길게 늘어선 창문으로 푸른빛 감도
는 옥색 햇살이 들어 공간을 신비롭게 했다. 갓을 쓰고 도포 입
은 남정네는 보이지 않았다. 남색 치마에 흰 무명저고리를 입고
길게 땋은 머리끝에 빨간 댕기를 한 소녀도 눈에 띄지 않았다.

예배당 뒤뜰을 가만가만 거닐며 고옥의 수려한 조형미에 빠
져들어 갔다. 성당을 감싸고 있는 담장 아랫부분은 불국사 범영
루 아래 쌓아놓은 자연석 돌각담처럼 편안한 아름다움을 느끼
게 한다. 건축미에 통달한 어느 이름 모를 돌장이가 쌓았는지
그의 눈썰미에 감탄하지 않을 수 없다. 돌각담을 석단 삼아 그
위에 담장을 올렸다. 조선인의 성정을 닮은 둥글둥글한 자연석

려 있고(큰 건물의 경우는 기둥들이 내부 가장자리를 빙 둘러서 있음),
한쪽 또는 양쪽 끝에 올라설 수 있는 연단이 있다.

바실리카의 외부는 단순하고 장식되는 일이 거의 없으며, 내부도
원래는 단순했지만 나중에 정교한 장식을 하게 되었다. 바실리카는
주로 로마의 특징이지만 다른 곳에도 많은 바실리카가 있다. 5세기에
건축된 그리스 테살로니카의 성 데메트리우스 교회와 6세기에 건축
된 이탈리아 라벤나의 아폴리나리우스 누오보 교회와 역시 라벤나에
있는 클라세의 아폴리나리우스 교회는 그중에서도 대표적인 예이다.

건축미에 통달한 어느 이름 모를 돌장이가 쌓았는지 그의 눈썰미에 감탄하지
않을 수 없었다. 돌각담을 석단 삼아 그 위에 담장을 올렸다.

을 무기교의 멋으로 승화시켜 가며 담장을 쌓아, 벽 바깥에 돌
이 드러나게끔 회칠을 했다. 그리고 그 위에 기와를 얹었다.

　한옥의 자연에 순응하는 건축구조 탓인지 이 성당은 서양적
인 양식과 이미지와도 조화를 잘 이루는 것 같다. 소박할지언정
담담하게 있을 자리에 딱 그만큼만 존재하는 한옥의 비례미는
우주에 깃든 이치일 것이다.

기와지붕 처마 밑에 깃든 창이 하도 그윽하여 그 안에 머물고 싶었다. 알고 보니 사제관이었다. 후원에 자리 잡은 사제관 역시 아담한 한옥이다. 한지 바른 창은 활짝 열린 채 초록 햇살을 받고 있다. 창문 가운데 미사포 같은 레이스 커튼이 드리워 있었으며 무채색 한지 창은 담백해 보인다. 기와지붕 추녀 끝에 닿은 무성한 나뭇잎들이 창에 청명한 그늘을 드리웠다.

건축된 지 백년 지난 집의 창은 백년의 풍경을 간직한 프리즘이다. 창을 통해 들어온 빛살 무늬가 방안 가득 펼쳐지면 햇빛 속 이야기들이 산란을 시작한다.

산사 선방의 창과 마찬가지로 사제들의 창에도 유난히 많은 번민이 숨어 있다. 세상의 많고 많은 꿈 중에서, 속인의 번민으로 꿈을 꾸는 사제와 그 꿈을 함께 꾸어온 백년 된 창. 인간은 꿈과 꿈이 끊임없이 투쟁하는 꿈의 광장에서 살고 있다. 번민과 희망이 변증법적으로 결합하고 해체되는 꿈의 마당에서 수도자들은, 종교란 프리즘에 사람들의 번민을 통과시켜 무지개를 보여준다. 그리고 사제들은 진부한 말이 되어버린 사랑과 희망을 수선하여 사람들에게 손을 내민다.

로댕의 조각 중에 〈연인의 손〉이란 작품이 있다.

여자의 손은 우주를 담듯 하늘을 향해 살포시 벌려 있고, 남자는 네 손가락으로 여자의 손목에서 손등을 다정하게 감쌌으며,

거룩한 번민의 창. 사제관

로댕, 〈연인의 손〉(Mains d'amant, 1904)

엄지손가락일랑 여자의 엄지에 살며시 갖다 댔다. 허공을 향해
펼쳐진 미적인 손과 그것을 감싼 또 다른 손은, 첫사랑의 순결한
떨림이나 신성불가침한 사랑의 아름다움이 느껴지는 포즈이다.

이 작품에서 보듯 로댕은 차가운 돌에 따뜻한 감성이 흐르는
피를 돌게 하고, 조형적 구상미에 형이상학적인 추상미를 더해,
조각을 지극히 고상한 심미적 자리에 위치시킨다.

로댕은 조각이란 육체 언어를 정신으로 표현한다. 릴케의 시
가 정신적인 것의 탐색을 통해 정신마저 초극하려 했다면, 로댕
은 조각이란 육체를 통해 정신적인 것을 초극하려 했다. 즉, 그
는 조각상을 인간 영혼을 지닌 또 다른 실존으로 파악하고, 삶

과 죽음, 미와 추란 메타포를 갖는 존재로 만들었다. 그 옛날 신화 속의 피그말리온이 아름다운 여인 갈라테이아를 조각한 후, 소원을 빌어, 아프로디테 여신이 실제 여인으로 변신시킨 것처럼, 로댕 역시 그런 꿈을 꾸었을지 모른다.

로댕의 천재성이 이 작품에 잘 나타난 것은, 연인들이 두 손을 꼭 잡은 모습이나, 남녀가 손을 맞잡아 깍지를 낀 모습이나, 여자의 손이 남자의 팔에 다정히 팔짱을 낀 모습 등을 만들지 않고, 한 영혼이 다른 영혼과 결합하려는, 영혼의 입맞춤을 〈연인의 손〉으로 표현한 점이다. 육체의 결합에 선행하여 교감되는 영혼의 입맞춤은 인간의 지고지순한 마음 그 자체이다. 사제들이 사람들에게 내미는 손 역시, 〈연인의 손〉에서 보듯, 한 영혼이 다른 영혼과 결합하려는, 영혼의 입맞춤이라고 생각한다.

미사포를 걸어놓은 것 같은 저 창 안의 작은 책상에는 성모마리아상과 묵주, 양초, 책 몇 권이 놓여 있을 것이다. 사제는 타인의 번민을 엮어 사랑의 창을 만든다. 어깨에 짊어진 번민의 무게가 늘어날수록 마음속에는 희망의 창을 하나, 둘, 셋, 만들어 세상에 내놓는 사제의 창. 저 창을 통과한 번민 한줄기마다 자유롭게 비상하는 빛의 길이 날 것 같았다. 독일어 표현인 리히퉁(Lichtung)은 사전적으로 밝게 하기란 뜻이지만, 하이데거는 진리를 '리히퉁'이라 했다. 사제의 창을 통과한 번민은 우리

를 리히퉁으로 자유롭게 빛내 줄 것만 같다. 그러나 세계와 생
이 끊임없이 순환되고 변화되듯, 그 리히퉁마저도 "진리는 비
진리다!"*

---

* 하이데거의 말로 열병을 앓듯 높은 경지에서 얻게 된 진리는 다
시 변할 것이며 그것은 또 변해야 할 진리란 의미.

화가 윤금숙의 발트하우스에서 본
두 개의 창과 '트로이메라이'로서의 예술
아름다움이란 무엇인가?

나무숲이 아름다운 연천을 찾아간 것은 그해 봄이었다.

 잿빛 거둬 가는 탄력 있는 햇살이 숲에서 눈부셨고, 시든 꽃 같은 마음에도 사랑이 움터 나무마다 물오른 연둣빛이 숨결에도 빛났다. 겨울은 순간마다 나무들에게 작별 인사를 한 지 오래였다. 숲길을 걸어가면 우듬지에서 눈을 뜨라는 빛-음성이 들려왔고, 나무들은 미궁의 생으로부터 우리를 해방시켜 주려는 듯 침묵의 언어로 말을 걸어왔다. 숲에는 우주에서 하강하는 힘과 대지에서 상승하는 힘이 합쳐지는 불멸의 공간이 있었고, 그 사이에 존재하는 나무는 불과 물과 흙과 공기를 빚는 신 같았다. 관능적이면서 형이상학적이고 불확실한 공포와 밝은 빛의 진창이 있는 숲은 인간의 거대한 뿌리였다. 나무는 어디서 온 것일까? 우주가 처음 열리던 날 어느 별에서 떨어져 나간 불덩이에 씨앗을 숨겨 여기까지 온 것일까. 숲길을 걷다 보면 내면에서 봄 나무들의 생동하는 힘이 폭발할 것처럼 뭉쳐지고 있는 게 느껴졌다.

연천 산등성이 숲에 자리한 화가 윤금숙이 사는 곳은 집이면서 아틀리에다. 한낮에도 고라니가 산등성이를 가만가만 걷고 있었고, 다람쥐도 쪼르르 다녀가고 새들은 나무마다 둥지를 지었다. 계절마다 꽃들이 피고 지는 소박한 뜰이 딸린 산속 화가의 집을 보며 '발트하우스'(Waldhaus)라고 생각했다. 숲을 의미하는 독일어 발트(Wald)와 살림집을 말하는 하우스(haus)를 합치면 '숲속의 집'이 되는데, 머물고 싶은 인정 가득한 곳이다. 화가의 몸에 연둣빛 연정이 물드는 걸 보니 그녀는 초록을 좋아하는 화가 같았다. 슈베르트 연가곡집 〈아름다운 물방앗간의 아가씨〉(Die Schöne Müllerin)에서도 아가씨가 좋아하는 빛깔은 초록색이다. 마침 연가곡 중 16번째 곡인 〈좋아하는 빛깔〉(Die liebe Farbe)을 노래하는 구동독의 '궁정 가수' 테너 페터 슈라이어의 청아한 음색이 거실 쪽에서 나지막이 들려왔다.

앙상했던 나목의 고독에 봄 빛깔이 내려와 살고부터 공기는 탄력을 더해갔다. 창밖 나뭇가지마다 돋아나는 연둣빛 새순은 미지의 시간을 불러온다. 발트하우스 거실 창은 경사진 천장 가까이 있으면서 딱 그만큼의 자그마한 크기로 나 있다. 거실 전면에 산의 윤곽이 다 보이는 통유리창이 있어 숲을 보는 데 모자람이 없겠지만, 어쩌면 그 모자람 없는 마음이 역설적으로 희열의 풍경 느껴지는 작은 창을 천장 밑에 냈는지도 모른다. 바이칼 호숫가 리스트 뱌카 마을 집들의 창문에 손바닥만 한 작은 창이 또 하나 있는 것을 보고서, 저 창은 영혼의 정수리를 스치는 바람 같은 창이라고 생각한 적이 있다.

허나 어찌 창만이 창 속에 창을 내고 신묘한 영(靈)이 통하는 길을 낼 수 있으랴. 화가는 천장 가까이 작은 창을 내고 바람처럼 스치는 풍경의 잔상을 가슴에 묻었다가 신지핌의 그 황홀한 순간 그림을 그렸을 것이다. 화가는 자연에서 무대상(無對象)의 세계를 포착하는 데 능수능란한 사람이며, 노루의 분홍빛 피 냄새를 맡으려고 눈으로 뒤덮인 자작나무 설원에서 숨죽인 채 내면의 귀를 열고 있는 이리 같다.

자연에서 예술의 정신적인 것으로서의 무대상을 길어 올리려고 내면의 귀를 여는 일은 참으로 지난한 작업이다. 보이는 세계에서 보이지 않는 세계를 길어 올리고, 별빛에서는 번뇌의 색채를 감지하고, 꽃향기에 그물을 쳐 물고기를 잡는 게 화가다. 자연이 숭고한 것인지, 무위자연에서 정신적인 것을 한지에 그리는 화가가 숭고한 작업을 하는 것인지, 숲속 화가의 집은 그림들과 예술적인 '것'들이 전시된 유럽의 작은 쿤스트할레(Kunsthalle, 미술관) 같다.

물오른 창밖의 숲과 새, 나무숲 그림과 램프가 켜진 화가의 창

화가는 봄 나무에서 여름 나무로 변신하는 나무숲 풍경을 한지에 빚어 놓았다. 창밖 나뭇가지마다 초록이 물들고 램프가 켜진 창가 나무숲 그림에도 초록이 물들었다. 램프가 켜진 공간은 예술적이다. 이중 삼중으로 켜진 램프 빛은 인간을 사유하게 만들고 그 빛은 사물의 고유한 물성을 깨어나게 한다. 나무숲 그림에 닿은 램프 빛이 나무의 정신에 불을 밝히고 있었다.

오, 아름다운 램프여! …
진지한 기운이 네 형태를 온통 감싸고 은은하게 쏟아지고 있다.
진정한 예술의 형상이로다. 그 누가 눈여겨볼까?
그러나 아름다운 것은 스스로 복되게 빛난다.

— 에두아르트 뫼리케 시 〈램프를 바라보며〉 부분

"하이데거는 '아름답다'(schön)라는 단어와 '빛나다'(scheinen)라는 단어가 어원학적으로 관련이 있음을 처음으로 밝혀냈다."* 아름다워서 빛을 내는 것인지 빛을 내서 아름다운 것인지 잘 알 수는 없지만, 램프는 스스로 복되게 빛을 발해 아름답고, 나무숲 작품은 그림 속에 감춰진 램프 빛을 은은하게 쏟아내고

---

* 올리버 지몬스, 임홍배 역,《한 권으로 읽는 문학이론: 소쉬르부터 버틀러까지》(*Literaturtheorien zur Einführung*), 창비, 2020.

있어 아름답다. 아름다운 그림 속에는 '스스로'(selbst) 복되게 빛을 내는 램프가 있다고 생각했다. 나무숲 그림을 바라보는 내내 작품을 비추는 램프 빛 너머 은은하게 쏟아지는 또 하나의 램프 빛을 보았다.

산 짐승 소리 들리는 자연 속에서 숲의 사계를 그리는 화가 윤금숙에게 나무란 무엇일까? 혼돈의 세계 위에 매달린 생의 불가사의를 묻는 라이너 마리아 릴케의 형이상학적인 존재가 화가에게는 나무라고 생각했다. 윤금숙의 '나무숲 연작'은 아름답지 않은 예술이 미의 강령으로 이해되는 이 시대에 축복이다. 더 이상 아름다운 예술은 반란을 꿈꾸지 않고, 잡담에 불과한 날것들이 예술이 된 지 오래인 것은 키치가 미적인 아방가르드 예술로 자리매김한 데서도 확인할 수 있다. 아름다운 예술에 대한 회의는 고대로부터 제기된 근원적인 질문이며 미가 항상 옳은 것만도 아니다. 그럼에도 불구하고 윤금숙이 '나무숲 연작'을 통해 추구하고자 하는 심미주의(Ästhetizismus)란 무엇일까. 자연의 아름다움을 미적으로 판단하고 자연 속에서 느끼는 행복한 삶을 다루는 자연미학(Natürliche Ästhetik)은 자연이 목적 없는 명상을 할 수 있는 공간이 된다는 점에서 윤금숙의 나무숲 그림을 이해하는 미적 토대가 된다.

화가는 나무숲 그림을 구상할 때 나무를 단순한 오브제로 수용한 것이 아니라, 나무-숲 그림을 통해 명상 공간으로서의 정신을 표상하기 위하여 나무를 선택한 것이다. 생각하는 사물로서 나무는 존재 자체가 미적이며 예술적이다. 나무는 신성한 것과 인간적인 것의 양면을 지니고 있지만 윤금숙이 나무숲 그림을 통해 보여주려는 것은 미와 선을 지닌 인간적인 나무의 모습이다. 여성적이면서 담아(淡雅)하고 기품 있으면서 해맑고 장중한 풍경을 내면 가득 간직한 나무숲 그림은 잃어버린 시간을 찾아가는 인간의 모습을 하고 있다.

화가는 미로의 끝이 보이지 않는 초록 물감을 나무에 풀어 놓고 그림 속으로 여행을 간 지 오래다. 그림은 보는 자의 몫이고 화가는 그림 속에서 침묵한다. 고요한 낯섦은 생의 환희다. 온전히 그림을 보는 시간이면 나는 자유다. 아무도 나를 구속하지 않고 아무것도 느껴지지 않는 시간이 지나고 있었다. 하지만 아름다움은 좀처럼 곁을 내주지 않는다. 아름다움이 우리 곁에 머무는 시간은 순간이기 때문에 그림에서 아름다움을 낚아채는 일은 번개가 일으키는 섬광을 마음에 담아두는 것처럼 어렵다. 그래서 릴케도《두이노의 비가》에서 "아름다움이란 우리가 힘들게 참아내야 할 끔찍한 것의 시작일 따름이다"라고 비수 같은 언어로 심장을 찌르듯 말하지 않았는가. 하염없이 나무숲 그림을 바라보며 아름다움이 나를 파괴할 때를 기다렸다. 윤금숙 역시 아름다움에 감춰진 비의(秘義)를 잘 알기에 생의 불협화음에 배접되어 버린 아름다움(Schönheit)을 나무숲 그림에 감춰 놓았는지 모른다.

일찍이 칸트는 《판단력 비판》에서 "아름다운 것은 개념 없이 필연적으로 만족감을 주는 대상으로 인식된다"라고 미를 규정했다. 실체 없는 이미지에 공간을 부여하고 색과 형을 입혀서 아름다움을 드러내려는 화가의 작업은 부질없는 고뇌일지도 모른다. 그러나 화가는 고뇌의 몸짓으로 나무숲 그림에 미의 형상을 만들어 놓았다. "목적 없는 합목적성!", 즉 어떤 목적도 추구하지 않지만 합목적적이라는 칸트 미학의 미의 특징을 한지에 배어나게 하는 정신이, 윤금숙의 '나무숲 연작'을 탄생시켰으리라 생각했다. 나무만큼 어떤 목적도 추구하지 않으면서 인간 정신을 지극히 높은 곳으로 고양시키는 것은 없고 나무만큼 우주와 인간을 이어 주는 샤먼 역할을 하는 존재도 없다. 나무는 그 자체로서 합목적적이다.

화가는 자연에서 본 나무의 색채 조각들을 한지 위에 풀어 놓고 조각보를 깁듯 한 땀 한 땀 꿰매고 있다. 봄날의 산속 새벽 공기처럼 청신한 나무 빛깔을 엮어 가는 화가는 사실 제 마음의 색깔을 한지에 바느질하는 중이다. 나무들 곁에만 있어도 숲의 정령들은 야생의 기운을 몸에 불어넣는다. 숲속의 나무들은 은하가 방출하는 빛을 받아들여 꽃을 피우고 공기를 탄력 있게 만들며 별을 흠모하는 탐미주의자로 살아간다. 우주를 향해 열린 나무의 눈은 내면으로 길을 내어 빛나는 정신을 나이테에 새기고 지상에 신의 왕국으로 가는 길을 감춰 놓는다. 수피(樹皮) 속 몸뚱이 어디에 그렇게 눈부시고 견고한 정신을 깃들게 하는지 나무숲 그림을 볼 때마다 신비로웠다.

나무가 자유로운 영혼을 지닌 방랑자라는 것은 꼿꼿이 선 나무이거나, 나뭇등걸만 있는 나무이거나, 굴곡진 생을 살았는지 절벽에서조차 심하게 구부러져 생을 꽃 피운 나무이거나 사람에게 어떤 정신의 외침을 느끼게 하는 것만 보아도 잘 알 수 있다.

나무들은 현실에 뿌리내려 살지만 우리의 꿈과 현실, 의식과 무의식의 경계를 해체시켜 현실 너머를 깊숙하게 응시하게 만든다는 점에서 초현실주의자다. 별을 동경하면서도 신비주의자처럼 베일에 가리어져 속을 보이지 않고, 죽은 고목에 새순을 밀어 올린다든지 울창하던 떡갈나무에 잎사귀 하나 남겨 놓는 방식으로 우리를 존재론에 빠지게 하고, '나무는 나무이다'라는 진리에 '나무는 나무가 아니다'라는 숭고한 테제를 툭! 던져 놓고 태연하게 서 있는 걸 보면, 초현실주의자들이나 다다이스트 못지않게 우리의 상상에 충격을 가하는 전복의 명수가 나무들이다.

나무는 자신뿐 아니라 나무를 사랑하는 이들을 빛나게 한다. 어느 상황에서건 수직의 고독을 유지하면서 자신을 바라보는 사람들에게 신성한 빛을 나눠주고, 자기 자신도 모르는 내면의 낯선 눈을 뜨게 하는 나무들….

윤금숙의 '나무숲 연작' 중 봄 나무에서 여름 나무로 변신하는 그림은 보는 이로 하여금 그런 생각에 잠기게 한다. 지천에 깔린 게 나무이고, 바쁜 일상에서 나무는 언제나 나무일 뿐, 나무가 내면 깊숙이 들어와 삶을 흔들어 놓기 쉽지 않은 걸 생각하면 뜻하지 않게 창과 함께 있는 그림, 그것도 창밖의 나무 비치는 풍경 아래 걸린 그림은 한낮의 생을 낯설게 만든다. 이 낯섦의 정체는 무엇일까? 그림 속 숲을 이룬 나무들은 저마다의 번뇌를 안고 살아가는 인간 군상일지 모르고, 휘어졌거나 곧은 수직의 형태이거나, 비스듬히 다른 나무에 기댄 나무줄기 모양도 오늘을 살아가는 나와 너 같다. 화가로서, 한 인간으로서 생의 원숙기에 든 윤금숙 역시 존재론적인 물음으로 예술에 있어서 정신적인 것은 무엇이며, 우리는 누구이고, 예술의 정신은 아름다움을 어떻게 현상하는가를 저 그림에 남겨 놓은 것은 아닐까.

물오른 나무숲 보이는 작은 창과 나무숲 그림 사이에는 새 두 마리가 있다.

새들은 피안에서 날아온다. 피안은 산스크리트어 'pāramitā'로 열반 세계를 의미하며, 번뇌와 고통을 끊지 못하는 인간은 영원히 밟을 수 없는 땅이다. 'pāramitā'의 음역어 '바라밀다(波羅蜜多)는 열반에 이르고자 하는 보살의 수행을 말하는데, 화가는 예술을 통해 바라밀다 행을 구하는 자이고, 그림으로 우리를 지극히 높은 열반 세계로 인도하는 자이다.

화가 윤금숙 역시 그림으로 피안을 보여주기 위해 현세에 온 미의 방랑자로, 새는 그녀의 분신이다. 나무에 조각된 새는 날지 못하지만 나무라는 사물에 깃든 정신은 새를 날아오르게 하며, 화가를 피안으로 데려간다. 윤금숙이 추상적이고 관념적인 언어 대신 나무숲 그림으로 아름다운 정신(Geist)을 표상하고자 한 것이라면, 새는 현실이라는 벽 앞에서 무수히 상처받고 좌절한 마음에 날개를 달아 주며 순간순간 피안을 보여준다.

화가는 새를 나란히 놓거나 가까이 마주 보게 놓지 않고 서로 멀찍이 두었다. 나무에 조각된 새가 서로의 의지로 만난다는 것은 불가능한 일이지만 물리적으로 닿을 수 없는 새와 새 사이의 거리는 예술적 허구가 만들어지는 공간에서 문제될 것이 없다. 화가의 예술에 대한 동경과 그리움이 새 두 마리를 만나게 할 것이다. 날지 못하는 새는 날아오르기 위하여 지상에서 꺾인 날개짓을 고르는 타자들일 수도 있고, 알을 품고 꿈을 꾸기 위하여 나무숲으로 가려는 우리의 자화상일 수도 있다.

화가의 동화적인 꿈이 깃든 또 다른 창을 보았다. 화가의 창에는 언제나 그림이 있었고 어딘가에는 별나라에서 가져온 하얀 별도 있었다. 은밀한 침실이라기보다는 소담스러웠고, 순백의 별빛 같은 이불이 침대에 덮여 있었으며, 다래가 익어서 터질 때 드러난 하얀 솜덩이처럼 꿈이 깃든 방, 창이 있는 풍경에 마음이 따뜻해졌다. 봄빛 익어 가는 한낮 창으로 들이친 빛살 무늬를 보며 다시 돌아갈 수 없는 낯선 시간 속으로 빨려 들어갔다. 창가에 작은 그림 두 점이 놓여 있었는데 아주 오래전 초등학교 나무 책상 속에 두고 온 몽당연필과 지우개 같기도 하고, 낡은 서랍 속에 있을 비망록이나, 강마을 시골 학교 담장을 뒤덮던 찔레꽃, 만년의 호로비츠가 연주하던 〈트로이메라이〉(Träumerei) 선율에 묻은 투명한 꿈 같기도 했다.

　손바닥을 펴니 손가락 사이로 낮달이 보였다. 화가의 아틀리에에서 가장 마음에 드는 걸 고르라면 주저 없이 창가 소품으로 놓은 작은 그림 두 점을 집을 것이다. 아름다운 숲과 발트하우스를 다 준대도 바꾸고 싶지 않은 작은 그림 두 점은 '꿈꾸기'라는 예술의 진경이 동화적으로 드러난 작품이라고 생각했다.

독일 유학 시절 괴팅겐이나 마르부르크, 하이델베르크, 뷔르츠부르크 등 대학도시를 찾을 때면 제일 먼저 가는 곳이 학교 앞 서점들과 헌책방, 점심시간이면 멘자(Mensa, 대학의 학생식당) 앞에 진을 치고 있는 간이 헌책방들이었는데 눈만 밝으면 보석 같은 책들을 만날 수 있는 곳이었다. 여기서 산 파울 클레의 크고 작은 화집들 중에서 1959년 출간된 클레의 《소묘집》(Handzeichnungen)은 책 예술의 정수를 보여주기에 지금도 아껴

파울 클레의 《소묘집》(1959)
클레가 연필로 빚어놓은 선들은 단순한 형태거나 기하추상의 이미지거나
우주 공간을 여행하다 인간 내면으로 들이닥친 빛살무늬 같다.

가며 보곤 하는데, 화집 어디에서도 찾아볼 수 없을 만치 클레
그림보다 더 순수한 꿈을 꾸게 하고, '동심으로의 피정'* 길에 오
르게 하는 작품이 창가에 놓인 나무 그림이란 생각이 들었다.

클레의 데생을 비롯한 수많은 작품들은 기예(技藝)로서의 추
상예술을 형이상학적으로 탁월하게 보여준다. 경이롭고 초현실
적이면서도 서정 깊고 평면적인 그림일지라도 믿기 어려우리만
치 상상력 그 너머를 담아낸다. 비구상, 추상미술을 가장 극적으
로 보여준 화가이면서도 추상에 등을 돌렸던 화가가 클레라고

---

* 김병익, "동심으로의 피정", 〈한겨레〉, 2020. 10. 29.

할 수 있다. 윤금숙의 작은 나무 그림을 보며 클레를 떠올린 것은 구상과 추상의 경계에 대한 미적 고찰을 어떻게 할 수 있을까? 라는 물음 때문이다.

클레의 그림들은 꿈속에서나 볼 수 있을 법한 이미지로 형이상학을 현세에 보여주기도 하고, 시공간을 초월하는 20세기 초의 무조음악(Atonale Musik)처럼 난해하기도 하다. 그러나 추상으로 형이상학적인 이미지를 드러내는 것보다 구상으로 형이상학적인 이미지를 보여주는 게 더 어려운 작업이다. 왜냐하면 추상미술(Abstrakte Kunst)은 형이상학적인 것을 보여질 수 있게 하는 속성을 가지기 때문이다. 추상이라는 미술은 사물의 가려진 측면을 우리 앞에 드러내 보이는 마술 같지 않은 마술이다. 창가에 놓인 윤금숙의 작은 나무 그림은 나무라는 형태의 옷을 입혔지만 나무라는 사물에 숨은 따뜻한 형이상학적인 이미지를 보여주고 있다. 그것이 무엇이라고 꼭 집어 말하긴 어렵지만 삶을 따뜻하게 해주는 꿈과 아름다움이 있다. 구상으로 추상의 형이상학을 보여주기 위해선 추상을 넘어서는 동심이 필요하다. 그러나 아무리 예술가라 할지라도 마음에 순정한 빛이 없으면 이런 그림은 그려낼 수 없다.

나무의 영혼 냄새를 맡을 줄 아는 화가 윤금숙이 그려낸 나무의 동심 세계가 여기 있다! 이 나무를 보라!

화가는 한지 위에 데생을 한 뒤 오일 파스텔로 나무를 그리고 그 위에 아크릴 물감을 칠해 뾰족한 못이나 송곳, 연필을 이용해 색을 벗겨내는 기법으로 작품을 완성했다. 캔버스에 유화

나무가 그려진 작은 그림 두 점과 하얀 목화 솜뭉치 그리고 햇빛이 있는 창

로 나타내는 마티에르 질감이 좀더 투박하고 거칠다면, 한지에
칠해서 긁어낸 그림의 결은 한결 더 은은하고 소박한 풍경 속의
심성 깊은 나무로 만들었다. 해맑고 깨끗한 마음의 나무이며 미

지의 나라 이야기 같은 유희하는 나무로 창조한 것이다.

구불구불한 줄기는 시간의 풍상 앞에서도 굴하지 않고 세파를 견뎌낸 의지를 나타내고, 비스듬히 뿌리내린 견고한 수직성은 사유하는 나무로서 예술성이 돋보인다. 굵은 나무 몸통을 배경색과 함께 처리한 것은 화가의 심미성이 예사롭지 않음을 보여준다.

나무 몸통에 색을 입혔다면 이렇게 고고한 형상을 빚을 수 없었을 것이다. 작열하는 빛-어둠은 찰나적으로 대상을 환멸 같은 빛으로 감싼다. 푸르스름한 빛에 감긴 나무가 신성하게 보이는 순간이다. 그림의 절반을 차지하는 푸른 잎들은 초록과 연두 파란빛이 신비하게 물든 색깔로 고요한 생동감을 불어넣고 있다. 그리고 작은 나무 하나가 큰 나무 쪽으로 몸을 살짝 기울이고, 큰 나무 역시 애정 깊은 어머니의 시선으로 작은 나무를 바라보고 있다. 마치 "얘야! 바람이 불면 바람 부는 대로 몸을 뉘였다 일어서럼. 바람보다 먼저 누웠다 바람보다 먼저 일어설 필요는 없단다. 바람이 지나가면 바람처럼 일어서는 게 삶이거든" 하고 큰 나무는 작은 나무에게 말하고 있다. 나무의 모성은 대지의 모성이며 인간 역시 땅속 깊이 뿌리 내린 나무의 탯줄에 닿아 있고, 나무와 나무가 그렇듯이 나무와 인간도 비스듬히 기대어 살아가는 존재라는 걸 이 작품은 보여준다. 침묵하는 게 얼마나 아름다운지, 아름다운 침묵이 무엇인지, 이 나무를 보라!

창가에 놓인 윤금숙의 나무 그림 (2009)

그는 말없이 남아 있다

적어도 사람의 귀로 듣기에는

말 한마디 없이 느낌 없는 침묵만이 있을 따름.

…

사계를 견디는 나무를 알아야 한다.

보라, 잘 침묵하기 위해서는,

인간의 말을 듣고 결코 대답하지 말라,

나뭇잎들의 속내를 알아야 한다

그리고 날아가는 그것을 보라.

— 쥘 쉬페르비엘의 시 〈나무〉 부분

화가가 침대 옆 창가에 이 그림을 놓아둔 게 무심결에 그랬을 수도 있지만 그녀의 무의식에 내재된 꿈이 그렇게 만든 건 아닐까 생각했다. 슈만은 자신의 어린 시절을 추억하며 13개의 소품으로 이루어진 〈어린이 정경〉(Kinderszenen)을 작곡했는데 이 중 잘 알려진 7번째 곡이 〈트로이메라이〉(Träumerei)다. 윤금숙도 슈만처럼 어린 날의 정경을 나무의 영혼에 색칠해 놓은 것 같았다. 나무가 거인처럼 보이던 유년의 어느 날, 화가는 학교 앞을 지나다 본 미루나무나 플라타너스를 회상하며 그린 것인지 모르지만, 다시 돌아갈 수 없는 시절의 꿈을 나무로 조각해 놓은 것이란 생각이 들었다.

〈트로이메라이〉는 '꿈'으로 알려져 있지만 꿈을 의미하는 독일어 '트라움'(traum)에서 파생된 '트로이메라이'는 '꿈'으로 옮기기보다 '꿈꾸기'로 옮기는 게 더 적절할 것 같다. 트라움이 소망과 동경을 내포하는 꿈의 상태라면, 트로이메라이는 몽상으로서의 꿈꾸기라 할 수 있다. 몽상은 신선한 공기를 마신 새처럼 우리를 날아오르게 하며, '꿈꾸기'를 바슐라르적으로 말하면 "세계에 대해 작용하려는 견딜 수 없는 행위"다. 음악가들 중에서도 (문학적으로) 교양이 가장 높았다는 슈만이 순수하고 투명한 동심의 선율로 〈트로이메라이〉를 만든 것도, 단순히 어린 시절을 회상하는 동경 어린 '꿈'보다 더 큰 꿈을 꾸게 하는, '꿈꾸기'의 우주를 미적 차원으로 보여주기 위한 것이다.

음악의 아름다운 유희 같은 소품 〈트로이메라이〉가 여느 작곡가의 대작 못지않게 우리를 감동시키고, '세계에 대해 작용하려는 견딜 수 없는 행위'로서의 힘을 갖게 하는 이유는, 그것이 '꿈꾸기'를 가능케 하기 때문이다. 언어적으로 '꿈'과 '꿈꾸기'의 미묘한 뉘앙스만큼 다른 게 예술이고, 정신이 반응하는 미를 토대로 건축되는 그림은 근원적으로 '트로이메라이', 즉 '꿈꾸기'로서의 예술을 지향한다.

화가는 매일 밤 작은 나무 그림 두 점과 몽실몽실한 목화솜 뭉치가 길게 걸린 창가 침대에서 꿈을 꿀 것이다. 화가의 꿈이 숲에서 빛나던 나무들의 광휘를 침묵의 언어로 그리는 것인지, 뜰에 꽃을 피우고 밭에 씨앗을 뿌리며 달을 노래하는 소박한 삶인지, 아니면 지상에서 마지막으로 이루어야 할 사랑인지 알 수 없지만, 분명한 것은 그녀가 트로이메라이로서의 예술을 나무로 보여준다는 것이다.

화가의 뜰에 핀 흰 모란과 할미꽃　　　　　　　작약 꽃망울

화가의 뜰에서 사과꽃과 흰 모란과 할미꽃이 지고 있는 사이 은 방울꽃과 붓꽃이 피기 시작했다. 숲을 은빛으로 채웠던 산벚나무 꽃들은 깊은 산으로 여행을 떠났고, 작약은 동글동글한 꽃봉오리를 머금고 고뇌 중이다. 지는 꽃의 처연함도 눈부시지만 피어나려는 꽃의 번민은 더 아름답다. 작약은 꽃이 피었을 때보다 붉은빛에 싸인 신비한 구슬 모양의 꽃망울일 때가 더 극적이다. 겹겹으로 싸인 연분홍 꽃잎들이 팽팽한 긴장감에 금방이라도 터질 것 같은 작약 꽃망울은 지금, 어떤 일이 일어나기 위하여 우주가 힘을 보태고 있다고 말하는 중이다. "나를 바라봐 건달! 꽃들은 바라만 보아도 보는 이 마음에 꽃씨를 나눠주지. 내가 언제쯤 시간의 문을 열고 나올 것 같아? 내일, 모레, 글피?… 글쎄 그건 아무도 몰라. 꽃봉오리가 맺혔다고 모두 꽃을 피우는 건 아니거든. 숭고한 순간은 지금이야. 시간 저편이 아니라, 시간 이편에 존재하고 있다는 지금!" 작약이 내게 말했다.

화가의 뜰에 핀 은방울꽃과 붓꽃

뜰 한쪽에 나무 그림자 드리운 바위를 보았다. 한참 동안 바위 앞에 서서 떠날 줄 몰랐던 건 돌에 핀 새순 때문이다. 초록빛 새순의 씨앗은 바위를 어떻게 뚫고 들어간 것일까? 그 밋밋한 바위 어느 틈에 숨어 씨앗은 바람과 천둥과 비와 폭설 속에서도 숨을 쉬며 당당할 수 있었을까? 바위에 영롱한 초록빛 새순을 밀어 올린 씨앗은 나보다 더 많은 생의 비밀을 알고 있는 것 같

라파엘로의 그림 〈아테네 학당〉 부분

화가의 뜰에 있는 바위

였다. 라파엘로의 그림 〈아테네 학당〉 중앙에는 플라톤과 아리
스토텔레스가 대화를 나누며 걸어오는 장면이 있다. 그림 왼쪽
은 플라톤으로 그는 손에 자신의 저서 《티마이오스》(*Τίμαιος*)를
들고 있다. 플라톤은 이 책에서 세상의 모든 사물 안에는 사물
을 사물로 있게 하는 '에이도스'(*εἶδος*)가 들어 있다고 말한다.
'에이도스'는 본질을 나타내는 보편적 '형상'을 의미한다.

　화가의 뜰 바위 앞에서 불현듯 '에이도스'가 생각난 것은 바

바위에 핀 새순

위란 형상의 본질과 바위에 핀 초록빛 새순의 형상 때문이다. 바위를 바위로 실재하게 하는 에이도스와, 바위에 핀 새순을 새순으로 존재하게 만드는 에이도스의 실체란 무엇일까. 바위라는 광물질을 스친 별의 시간과 새순의 유전자가 기억하고 있을 낯선 생명력이 느껴졌다. 정신을 꽃 피우려는 바위와 새순의 어떤 생명력이 나를 깨우고 있었다. 바위 위로 솟은 새순을 보며 강한 외경심을 품었다.

화가 윤금숙은 바위에 물을 주었다. 바위가 예쁘고 기특해서 오래전부터 그냥, 새순이 돋아날 것이라곤 생각하지도 않고, 눈에 보이지도 않은 씨앗이 숨을 틔우라고, 바위란 사물 안에 숨은 씨앗-꽃을 보았는지 화가는 무의식적으로 바위에 물을 주었다. 몇 번의 봄을 거치면서 푸른 시간에 실려 간 것들은 모두 바위처럼 굳어져 갔고, 하얀 털의 개 '봄'이도 느티나무처럼 늙어 갔다. '봄'이는 자신의 딸 '새봄'이와 달리 시간을 무거워했고, 노을이 물들 무렵이면 땅바닥에 앉아 있는 시간이 늘어갔다. 그럼에도 불구하고 화가는 등 푸른 시간을 만들기 위하여 나무숲 연작을 그리며 바위에 물을 주었다. 빗방울이 바위를 뚫었는지, 물을 주는 화가의 아름다움에 대한 미적 직관이 바위를 뚫었는지, 바람과 햇빛과 천둥소리 뭉근한 달빛마저 힘을 보탰는지, 바위는 씨앗을 품어 주고 씨앗은 마침내 새순을 밀어 올렸다.

무작정 바위에 물을 주었다는 화가의 행위가 아름다웠다. 현대미술은 현시할 수 없는 것을 현시하고, 미지에 일어날지 모를 불가능한 것을 현시하기에, 예술가가 바위에 물을 주는 행동은 행위예술일 수도 있고, 인간적으로도 사물의 영기(靈氣)와 소통하려는 따뜻한 주술이기에 그렇다. 숭고한 것들이 사라져 간 시대에 금석문 새기듯 숭고와 아름다움을 그림에 드러낸다는 것은 불가능한 일이 되었는지도 모른다. 그럼에도 불구하고 예술가는 꿈꾸기를 버리지 않고 패러독스에서 진리를 추출하는 자

들이다. 윤금숙 역시 나무숲 연작을 통해, 숲 그림 너머 의문부
호로 웅성거리는 "현시 불가능한 것의 현시"*를 투시하고 있을
것이다. 그것은 화가가 이데아 계의 정경 한 움큼을 훔쳐 와 우
리 눈앞에 드러내는 마법사이기 때문이다.

숲으로 난 길을 걸어갔다.
　옛날에 숯막이 있었다는 숲길은 쇠사슬이 쳐 있어 인적 끊긴
지 오래다. 길을 걸을수록 신세계가 숨어 있을 것 같았다. 궁륭
(穹隆) 모양의 나무 사이로 햇빛이 쏟아져 들어왔고, 숲속의 섬
에 온 느낌이 들었다. 기억 이전의 생 어딘가에서 본 것 같기도
한데 모든 게 아렴풋했다. 오랜 세월 발길이 끊긴 덕에 숲은 원
시성을 간직했고 신성한 기운이 감돌았다.
　"자연은 하나의 신전, / … 인간이 그곳 상징의 숲을 지나가
면, / 숲은 친숙한 눈길로 그를 지켜본다"** 라고 노래한 보들레르
시 〈상응〉의 시구가 떠올랐다.

----

* 　Jean-François Lyotard, "Presenting the Unpresentable: The
sublime", Artforum 20/2, 1981/82, 64. 최소인, "숭고와 부정성", 《철
학논총》 제58집, 2009, 422쪽. 이 말은 장프랑수아 리오타르의 숭고
미학 핵심어로 칸트의 숭고 미학 개념에 기초하여 확립했다.
** 　오생근 엮고 옮김·해설, 《시의 힘으로 나는 다시 시작한다: 프랑
스 현대시, 보들레르에서 프레베르까지》, 문학판, 2020.

숲에 핀 양지꽃과 제비꽃

　오보에 소리처럼 낮고 부드러운 바람이 천천히 지나갔다. 세상 모든 길은 언젠가 내면으로 가는 길에서 만나지만 밥 먹고 사는 일에 쫓기다 보면 밖으로 가는 길만 내기 바쁜 게 삶이다. 숲길에 들고서야 나는 얼마나 많은 길을 돌아왔는지, 얼마나 많은 것을 잊고 살아왔는지 알았다. 무엇이 되기 위하여 밖으로 내는 길이란 화려해 보일지 모르고 삶의 정당성을 확보하는 일이겠지만, 돌아보면 무명한 빛 속의 빛살 무늬 같은 것이리라. 내 몸은 자본주의의 수레바퀴를 굴리느라 상처에 야위어 갔지만, 멈추면 녹슨 수레바퀴와 함께 뒤처진다는 마음에 그만둘 수도 없었다. 그러나 삶이란 어느 순간 멈추고 생을 숙고해야 할 때가 있다.

　숲길에서 하찮은 그 진리를 깨닫기까지 연초록 햇살 한 줌이면 충분했다. 바늘 끝처럼 뾰족함이 느껴질 정도로 신선한 공기가 온몸을 찔러댔다.

숲의 대화.

아름다운 만남에는 숲길을 산책할 때처럼 마법 같은 시간이 온다.

자기만의 존재방식에서 벗어나 누군가와 교감한다는 것은 누군가에게

산들바람도 될 수 있고 꽃도 될 수 있고 별도 될 수 있는 시간이다.

누군가는 나에게 새와 작은 연못과 나무가 될 수 있는 시간이다. 존재한다는 건!

숯가마에서 숯을 굽던 숯쟁이들을 만나 신산 깊은 삶의 이야기를 들어보고 싶었지만 차마 그 길을 갈 수 없었다. 숯막으로 가는 길을 하염없이 걸었을 숯 굽던 사람들의 파리한 얼굴을 보며 그들에게 딸린 처자 이야기와 희망을 버리지 않고 숯을 굽는 이야기를 듣고 싶었지만, 시간은 세월의 무게를 이기지 못하고 나를 기다려주지도 않았다. 발을 옮길 때마다 바스락거리는 낙엽소리에 마음 한쪽이 저며왔다. 나뭇잎들은 초봄의 생기 머금어 윤기 넘쳤고 나무는 탄력 있게 변신 중이다.

윤금숙은 내면 가득 이런 숲길을 품고 살아가니 아름다워지지 말라고 고사를 지내도 아름다운 풍경을 간직한 화가가 될 수밖에 없을 것이다. 그렇지만 아무리 아름다운 자연에 산다고 모두가 아름다움을 미적으로 감지하는 것은 아니다. 자기 안쪽에 잠든 아름다움을 깨어나게 하는 맑고 순수한 정신이 있어야 미적인 순간을 볼 수 있다.

화가의 숲은 이상한 마력을 지니고 있었다. 철학자의 길(Philosophenweg)이라 해도 좋고, 철학자의 숲(Philosophenwald)이라 부르고도 싶은 숲길에서 화가가 산책을 하며 담소를 나누고 있다. 자기가 살아온 생의 한가운데 서서 이야기를 나누는 세 사람의 얼굴에는 삶의 온기가 어려 있었다. 새 봄의 연둣빛 언어로 세 사람이 이야기할 때마다 햇빛은 나뭇잎에 반짝이고 행복은 그렇게 멀리 있지 않다는 걸 알았다.

　화가의 발트하우스에서 우연히 보게 된 두 개의 창과 두 점의 나무 그림은 생의 신기루처럼 다가왔다. 신기루는 따뜻한 시선으로 무언가를 바라보면 우리 생의 수많은 사이에 뜨는 무지개 같은 것이다. 화가 윤금숙이 미적 영감을 불어넣는 숲속에서 나무-숲 그림을 그리는 이유는 무엇일까. 미라보 다리 아래로 센 강만 흐르는 게 아니라 인생도 흐르고 사랑도 흐르고 예술도 지나간다. 그럼에도 불구하고 무심히 흐르는 것들은 다시 인생이 되고 사랑이 되어 예술로 남겨진다. 화가의 아틀리에를 나서기 전에 두 개의 창에 어리는 풍경과 그림을 물끄러미 바라본다.

화가의 테라코타가 있는 창

사물은 바라본다는 것만으로 몽롱한 정신에 불 밝히고 자기 안을 비추는 몽상의 힘이 있다. 창은 공기가 순환되는 길이며 밖에 나갔던 마음이 들어와 순환하는 길이다. 창가에 놓인 나무-숲 그림은 우리가 잃어버린 동화와 존재에 대한 물음을 던진다. 창의 숨결이란 무엇일까? 그리고 그림의 숨결은 또 무엇일까?

나는 만물을 더욱 아름답게 만드는 거울을 갖고 있지.
그건 바로 나의 눈, 영원한 빛을 지닌 커다란 눈이지.

— 보들레르의 시 〈아름다움〉 부분[*]

---

[*] 오생근 엮고 옮김·해설, 《시의 힘으로 나는 다시 시작한다: 프랑스 현대시, 보들레르에서 프레베르까지》, 문학판, 2020.

불 켜진 창의 정물화

빛의 침전과 제임스 휘슬러의 〈미술가의 어머니〉

오래전 남해를 여행하며 본 불빛이 떠올랐다.

누구에게나 영혼의 자유를 구가하던 시절에 본 것들은 삶의 푸른 공기가 되어 오랜 세월을 두고 내면에서 빛난다. 하찮아 보이는 구름이 헤세한테는 청춘의 방랑으로 여겨지고, 그 흔한 장미꽃이 릴케에게는 순수한 모순으로 새겨져 삶의 초극(超克)을 노래하게 만든 것도 영혼의 자유가 베푼 선물일 것이다. 나 역시 그랬다. 남해의 산마을에서 본 작은 불빛이 지금도 에메랄드빛보다 더 은연하게 남아 있는 건, 그 시절 영혼의 자유가 베푼 것이리라.

그때, 삼천포항엔 붉은 노을이 들고 바다 건너 산 아래 마을엔 어둠이 내려오고 있었다. 파도에 잠긴 노을은 바다를 감빛으로 물들여 갔다. 어둠에 반짝이는 산마을 불빛은 바람이 바다를 건너갈 때마다 깜박거리며 여린 신호를 보냈다. 낯설지만 낯설지 않은 불빛의 깜박거림은 인정 많은 눈빛이 반겨주는 모습처럼 그렇게 마음의 불빛이 되어갔다. 마음속에는 세상에서 본 작은 불빛들의 픽셀(pixel)이 점선처럼 이어져 그리움의 모스 부호(Morse code)가 된다.

김환기의 구아슈(gouache) 〈새벽별〉에서 보았던 별빛처럼 점멸되어 보이던 산마을 불빛은 사라질 듯 사라지지 않고 빛났다. 어떤 풍경이 산이든 마을이든 한 형상의 모습을 보인다면, 깜박거리는 불빛이야말로 그 풍경의 눈[眼]일 것이다.

풍경의 눈으로서 불빛은 시인의 낡고 오래된 만년필 같기도 하고, 화가의 뭉툭해진 붓 같은 것으로, 예술가의 정신세계를 현상해 준 도구와도 같다. 은발에 한 꽃송이가 핀 것 같은 시인 J선생님은 반세기 가까이 오래된 만년필을 쓰고 계신다. 더 좋은 만년필도 있지만 굳이 그걸 쓰시는 이유는 오래된 사물에 정신이 현상돼서일까, 깊은 정이 들어서일까. 영혼도 반쯤은 살고 있음 직한 손에 익은 낡은 만년필은 시인의 사유를 불꽃처럼 길어 올린다.

만년필은 미의 왕국, 즉 예술의 세계에서 쓰는 무구(巫具)라고 생각했다. 시쟁이가 예술적 감각을 길어 올리고, 미를 포착함에 있어 인식하는 사유의 오브제로서의 사물이랄까. 시인에게, 아니 모든 예술가들에게 오래된 사물이 뿜어내는 신령스런 빛은 예술의 무구로서의 펜이다. 시인의 만년필이 사유를 밝히는 불빛 같은 것처럼 나에겐 남쪽 바다 건너 어느 산마을에서 반짝이던 그 불빛이 미적인 그리움의 집을 짓게 한다.

남해의 해무 낀 섬과 섬 사이로 언어의 파편 같은 섬 그림자들이 줄지어 걸려 있다. 어느 손맛 좋은 어부의 그물에 섬 그림자며, 갯바람, 돌 속에 든 여자의 사랑이며, 파도 소리, 달그림자가 걸려 오를까. 남해 금산에서 내려 보는 섬들과 푸른 바다, 바람결은 돌 속에 묻힌 여자를 불러내고 있다.

이성복의 시 〈남해 금산〉이 스쳐갔다. "한 여자 돌 속에 묻혀 있었네/ …/ 그 여자 울면서 돌 속에서 떠나갔네/ 떠나가는 그 여자 해와 달이 끌어 주었네/ …/ 남해 금산 푸른 바닷물 속에 나 혼자 잠기네"

미조포구를 니콘 FM2 필름카메라에 담고는 금산에 올랐다. 금산에서 보는 남해의 가뭇가뭇한 섬들과 성냥갑만 한 집들과 논과 밭, 그리고 일하는 사람들의 풍경은 현존하는 것이면서, 현실을 초월했다. 하긴 낯설면서 낯설지 않은 풍경들은 우리 곁을 스치는 초현실화인지도 모른다.

금산에서 내려다보는 남해 풍경은 하나의 초현실화로 보였다. 그러나 초현실이란 현실을 초월하는 게 아니라, 현실과 세계를 더 뜨겁게 바라보게 하는 의미로 작용한다. 초현실주의자 앙드레 브르통도 초현실주의란 현실을 초월한다는 의미가 아니라, 현실을 보다 깊이 자각할 수 있고, 세계를 더 뚜렷이, 그리고 정열을 가지고 바라보는 일종의 태도여야 한다고 말한 것처럼 말이다.

이성복의 시 〈남해 금산〉은 현실을 초현실주의로 엮어낸 고담(古談)한 풍경화이다. 초극의 시간을 기다리고 또 기다리는 덧없는 삶과 사랑과 그리고 남과 여가, 돌과 해와 달, 남해 금산 푸른 바닷물 속에 잠들어 있다. 삶만큼 초현실적인 게 있을까? 삶은 모던하지도 않고 그렇게 리얼한 사실화가 아니다. 삶은 점선 같은 시간의 풍경을 총체화한 초현실화이다. 그리고 시 또한 초현실적인 생의 풍경을 언어로 사유한 사물들의 심연이다. 〈남해 금산〉은 우리 생의 초현실적인 풍경을 서정의 언어로 말한다. 이를 수 없는 사랑의 묘법!

삼천포 지나 거제 장승포항에서 동백섬으로 알려진 지심도로 향했다. 삼천포 바다 건너 산마을에 깜박거리던 불빛이 물속에 침몰한 뒤였다. 그 하늘빛이며 물빛이며 바다를 타고 건너오던 작은 불빛이 낯선 우주 같았다. 오래전 남해를 여행하며 보았던 그 하늘빛과 산마을의 그 불빛이 감전 당하듯 되살아난 것은 어느 집 처마 밑에서였다.

쪽빛 밤하늘과 맞닿은 기와지붕 아래 불 밝힌 창이 있는 집을 서울 한복판에서 보았다. 돈화문 담장 길을 따라 원서동 쪽으로 가다보면 조선왕조 궁중음식을 연구하는 궁중음식연구원이 있다. 조선조 마지막 수라상궁에게 궁중 음식을 전수받아 전통을 잇고 있다는 이 집은 토담에 기와를 촘촘히 박아 정겹고 소박한 멋을 부렸다.

불 켜진 창은 수수한 기하추상이 느껴지는 담장 벽에서 은은하게 빛난다. 그 정경이 풍경화라기보다 하나의 매혹적인 정물화 같다는 생각이 들었다. 정물화는 독일어로 '슈틸레벤'(stilleben)이라 하는데 '정적인 생명'을 의미한다. 노을의 붉은 잔향 설핏 묻어나는 쪽빛 밤하늘이 동적이라면, 불 켜진 저 창문에서는 정적인 생명이 느껴졌다. 한여름 밤의 꿈같은 창의 정경은 영원히 정지된 시간 속에 이상화된 정물화로 보인다. 세계의 암호 같은 회화나 사진, 문학이나 음악, 건축물들은 상상력을 입체적으로 확장시키고, 생에 마법의 시간을 풀어놓는다.

화가 제임스 휘슬러(James Abbott McNeill Whistler)가 자신의 어머니를 모델로 그린 그림에서 보았던, 어머니의 견고한 온화함이 불 밝힌 한옥 창에서도 묻어났다.

그의 작품 〈회색과 검정색의 조화, 제1번: 미술가의 어머니〉란 그림 속 늙은 여인은 옆으로 의자에 앉아 발목까지 덮은 검정색 드레스를 입고 있다.

기품 있으면서 자애로워 보였고, 엄격하면서도 깊은 정이 느껴지는 어머니 얼굴이다. 그림 속 이국적인 노년의 어머니를 찬

제임스 휘슬러, 〈회색과 검정색의 조화, 제1번: 미술가의 어머니〉
(Arrangement in Grey and Black, No.1: The Artist's Mother, 1871),
캔버스에 유채, 143.3×162.4cm, 오르세 미술관, 파리

찬히 보고 있을수록 조선 여인의 애틋한 강인함도 느껴진다. 휘슬러의 작품 중에서도 가장 잘 알려져 일명 '휘슬러의 어머니' (Whistler's Mother)라고도 불리는 이 그림은, 화가가 뉴욕에서 67세 된 노모와 함께 살 때 자신의 어머니를 모델로 그린 것이다. 원래는 서 있는 어머니 모습을 화폭에 담으려고 했지만 노모가 오랜 시간 서 있는 것을 힘들어 하여 앉은 자세로 그린 것이다. 휘슬러의 어머니는 수수하면서 애틋하고, 내적으로 강인하면서

지상에서 우러러보는 하늘빛이야말로 재현할 수 없는 비법의 색이다. 시뮬라크르가 될 수 없는
자연의 색들은 보이는 세계의 색이면서, 보이지 않는 세계의 꿈! 미명을 질러오는 하늘빛도 저렇듯
진한 청색의 침전물만 남은 턴불블루(turnbull blue)이지 않았을까? 저 집의 문지방을 넘어가면
인고의 세월을 살아온 어머니가 불 밝힌 창가에서 무언가를 하고 계실 것만 같았다.

도 온화한 이미지이다. 그러나 휘슬러의 어머니나, 전라도 무안 뻘에서 낙지 잡는 팔봉이네 어머니나, 인디언 전사의 어머니가 옷 깁는 눈빛이나, 아름다움의 깊이는 다르지 않을 것이다. 세상의 모든 어머니가 아름다운 것은 어머니란 이름에 각인된 내면의 힘 때문이다. 쪽진 머리 여인의 구부정한 그림자가 불 켜진 한옥 창에 희미하게 보였다.

창덕궁 담장 길에서 본 여름밤의 쪽빛 하늘은 빛깔을 보았다고 생각하는 순간 사라지고 마는 미적인 색이다. 어슴푸레한 박명(薄明) 무렵 담청색 하늘은 미지의 세계에 좀더 가까이 다가서게 한다. 해거름 녘 하늘빛이야말로 재현할 수 없는 색이다. 시뮬라크르가 될 수 없는 자연의 색들은 보이는 세계의 색이면서 보이지 않는 세계의 꿈.

미명을 질러오는 하늘빛도 저렇듯 진한 청색의 침전물만 남은 턴불블루(turnbull blue)이지 않을까.

불 켜진 한옥 창에서 새어나오는 빛이 그리움의 미로 같았다. 바라다보면 볼수록 빠져드는 빛의 미궁이 창에 진을 치고 있어서일까. 창가에 어리는 불빛은 창의 모양과 시간의 흐름, 어둠의 깊이, 그리고 밤하늘의 빛깔에 따라 그리움의 뉘앙스가 다르다.

아우라지 마을 집 고무신과 창

아포리적인 창의 추상

그해 여름 아우라지를 찾아갔다.

첩첩산골 정선 땅 여량으로 접어들며 세상 속 또 다른 하늘을 보았다. 낯선 곳을 여행할 때마다 느끼지만 세상의 하늘은 모두 달랐다. 함부르크와 프라하, 비엔나의 하늘이 그렇고, 줄지어 선 산봉우리와 깎아지른 절벽 사이 보이는 장엄하고 애틋한 비경의 정선 하늘이 또 그렇다. 하늘은 그 고장의 산세와 물의 흐름, 자연과 사람살이가 만들어낸 그곳만의 독특한 빛깔로 가는 곳마다 달라 보인다. 정선의 푸른 하늘과 아우라지 맑은 물엔 흰 돌멩이들처럼 순수한 꿈이 뭉게뭉게 피어나고 있었다.

아우라지는 북쪽의 구절리에서 흘러온 작은 내와 임계에서 흘러온 골지천이 합쳐지는 곳이다. 그래서 '아우라지'란 말의 뜻도 두 갈래 물줄기가 한데 어우러지는 나루라고 한다. 두 개의 작은 내는 오대천과 조양강을 이루고 남으로 길을 내며 남한강으로 흘러든다.

아우라지 나루에서 늙은 뱃사공이 부르는 '정선아라리' 한 자락을 듣고 싶었다. 삶의 신산이 뼛속 깊이 우러난 늙은 뱃사공이 노를 잡고 물살을 아우르며 구성지게 부르는 정선 아라리!

그러나 아우라지에는 아우라지 나루가 없다. 삿대를 젓는 늙은 뱃사공도 없다. 아우라지 나루는 어디에 있는 것일까? 이동순의 시에 나오는 〈아우라지 술집〉도 신기루처럼 사라진 것일까. "그해 여름 아우라지 술집 토방에서/ 우리는 경월(鏡月) 소주를 마셨다 구운 피라미를/ 씹으며 내다보는 창 밖에 종일 장마비는 내리고// …// 수염이 생선가시같이 억센/ 뱃사공 영감의 구성진 정선아라리를 들으며/ 우리는 물길 따라 무수히 흘러간/ 그의 고단한 생애를 되질해내고 있었다"

구성진 정선아리리를 부르던 뱃사공 영감은 시가 된 지 오래였다. 시는 물살 따라 흘러간 뱃사공을 부활시켰다. 한 편의 시에 취해 시인이 시를 썼던 술집 토방에 가고 싶다. 창밖으로 종일 장맛비 내리는 산골 술집 토방은 어떤 곳일까? 시인이 시를 쓰는 게 아니라 주룩주룩 내리는 망각의 비가 시를 쓸 것 같은 아우라지 술집 토방.

나는 〈아우라지 술집〉 시의 이미지를 빌려 늙은 뱃사공을 만나기로 했다.

"수염이 생선가시같이 억센/ 뱃사공 영감의 구성진 정선아라리를 들으며" 강 저편으로 갔다. 늙은 뱃사공이 삿대를 저을 때마다, "우리는 물길 따라 무수히 흘러간/ 그의 고단한 생애를 되질해내고 있었다". 뱃사공의 구성진 아라리 가락이 물결에 몸을 섞을 때마다 "한순간 노랫소리가 아주 고요히/ 강나루 쪽으로 반짝이며 떠가는 것을 우리는 보았다". 그리고 환영(幻影) 같은 풍경에 취해 물 아우러지는 소리를 들었다. 아무것도 없는 빈 나루에 노을이 새털처럼 날아와 쌓여 갔다. 땅거미가 내렸고 물소리 깊은 여량의 허름한 술집에 앉아 경월소주를 시켰다. "흐릿한 십촉 전등 아래 깊어가는 밤/ 쓴 소주에 취한 눈을 반쯤 감으면/ 물 아우라지고", 어둠 속으로 침몰하는 풍경에 내 마음도 아우러졌다.

그날 저녁, 밤 이슥도록 소주를 마시며 늙은 뱃사공의 이야기를 들었다. 굽이쳐 흐르는 뗏목처럼 뱃사공의 거침없는 이야기가 강물에 여울져갔고, 때때로 오랜 자맥질을 끝낸 잠수부처럼 긴 한숨을 내쉬기도 했다. 담배연기가 허공에 흩어질 때마다 노쇠한 사내 이야기는 연기에 가려 보일 듯 보이지 않았다. 그의 말은 언어라기보다 한이 곰삭은 구성진 노랫가락 같았다. 늙은 사내가 신이 나서 얘기하는 대목엔 소주 맛이 설탕물처럼 달았고, 한숨을 토해낼 땐 술맛이 소태보다 더 쓰게 느껴졌다. 경월소주병이 쌓여 가는 늦여름 밤, 늙은 뱃사공 이야기는 밤새 강물에 뒤척거렸다.

살아 있다는 것이 행복하다는 것을 아우라지에 와서 알았다. 이른 아침, 산안개 깔린 신작로를 따라 솔숲 길로 들어섰다. 발목을 적시는 이슬방울은 내 마음을 순정한 색으로 적신다. 자연은 세상에서 이해받지 못한 사람에게나, 삶에 낙담한 이에게도 골고루 햇살을 뿌린다. 얼핏 보기에 고독한 모습으로 서 있지만 그늘 깊은 영감을 주는 숲속의 나무들은 자코메티(Alberto

아우라지 마을 집의 풍경

아우라지 마을 집 둘레에 핀 꽃들

Giacometti)가 조각한 사람의 형상 같다. 아니, 자코메티가 숲속의 나무에게서 사람 형상의 조각 모티프를 얻었을지 모른다. 서로 비슷하며 다른 나무 모습은 깊은 우수와 삶의 고뇌를 그 길쭉한 몸으로 사유하는 자코메티의 조각들 같다.

나무에 기대면 그들은 내 몸에 행복의 나이테를 그려준다. 험산 준령을 품은 하늘을 본 것 또한 얼마 만인가? 나에게 '비상의 자유는 이런 것이라네, 친구!' 하고 말을 건네며 창공을 나는 산새들. 새들은 내가 세상에 안주하느라 잊고 살았던 야생의 날갯짓을 보여준다.

야트막한 동산에 산만 한 뭉게구름이 피어올랐다. 아우라지의 뭉게구름은 순도 높은 백금처럼 맑고 깊어서 소리가 닿으면 명징한 울림이 들릴 것 같다.

한적한 길을 가다 말고 어느 외딴집 문 앞에 놓인 고무신을 보았다.

대문이 없었다. 시골에서 흔히 볼 수 있는 동네 점방 집으로 미닫이문마다 창이 나 있어 안이 훤히 보였다. 점방 일은 작파했는지 빈 선반만 있었고, 늙수그레한 여자의 뒷모습이 창에 비쳤다.

흰 고무신은 누구의 것일까?

창문 앞에 쭈그리고 앉아 낡은 고무신을 보았다. 신발 안에는

"말 표, 검사품, 250"이라 인쇄된 글자가 박혀 있다. 250밀리미터면 예전 신발 문수로 10문 5이다. 이 고무신 주인은 남정네 발로는 크기가 좀 작은 듯했다. 세월의 풍상을 못 이긴 문짝은 나무무늬가 그대로 드러난 것이, 늙은 여인의 정 깊은 몸뚱이 같다. 창에 우뚝 솟은 산봉우리를 보았다.

청산이다!

산을 품은 창은 산의 겉모습이 아니라 산의 안감을 보여준다. 은유로서의 창은 인간과 사물의 내면을 비추는 보이지 않는 세계의 거울이다. 사람들은 거울을 보며 자신의 겉모습을 본다고

뒤꿈치에 때가 까무잡잡하게 낀 흰 고무신

여기지만, 실은 거울에 비친 자신의 내면을 엿본다. 보이는 세계에서 보이지 않는 세계를 훔쳐본다는 것처럼 가슴 설레는 일이 또 있을까?

먼 산은 홑껍데기 옷처럼 겉모습만 보인다. 유리창에 비친 산은 낯익은 풍경을 낯설게 하며 겹옷의 안감을 만질 때처럼 상상력을 자극한다. 산은 늘 보던 산이지만, 창에 비친 산은 예술 작품 속의 봉인된 이미지 같다. 봉인이 열리면 무수한 이미지가 튀어오를 것 같은 예술적 이미지로서의 창문이랄까.

산을 품은 창에서 '아포리'(Aporie, 당혹)를 느꼈다.

아름다운 '당혹'이랄까! 그러나 수수께끼 같은 '아포리'는 지극히 철학적이고 미를 판단하는 형이상학이다. 기실 시골집 창의 이미지를 판단하는 미의 기준은 연민에서 나온다. 그냥 지나칠 수도 있는 길가 하찮은 풍경에 눈길 줄 수 있는 연민. 세상에 존재하는 사물과 풍경 속에서 정겨움과 쓸쓸함을 느낄 수 있는 연민. 따뜻한 허무가 무장무장 쌓이는 창의 연민….

거울에 비친 사물 같은 창 속의 산을 본다. 유리창을 보면 얼굴이 산에 겹쳐져 내 몸 안에 산이 들어 있는 것 같다. 아! 그런데, 사람들 심연에는 혹시, 청산이 들어 있는 건 아닐까? 푸른 숲 사이 시냇물 흐르고, 산새 소리 바람 소리에 예전의 내가 아닌 또 다른 나를 볼 수 있는 청산 속의 나, 내 안의 청산! 옳지, 사람들 마음 안감에는 청산이 있는 거야. 창에 나타났다 사라지

산을 품은 창, 산이 자란다!

창에 우뚝 솟은 산봉우리를 보았다.

아우라지 마을 집 고무신과 창

곤 다시 보이는 저 산처럼. 우리 곁에 머물지만 볼 수 없는 진리
처럼, 아름다움처럼 아스라이 사라져 가는 창의 추상화!

저것은 창(窓)이 아니라
영혼을 찌르는 아름다운 창(槍)이다

그림 속의 눈, 지붕 위의 눈과 시슬레의 〈루프시엥 가는 길〉

눈 쌓인 초봄의 설경을 만끽하며 북한강변 빈집을 다녀왔다.

봄이 오는 길목마다 완강히 버티고 서서 흰 눈을 가득 뿌린 겨울의 그림자가 오늘따라 야위어 보인다. 가는 겨울의 아쉬움인지, 꽃이 용수철 튕겨 오르듯 피려는 설렘 때문인지 마음이 싱숭생숭하다.

이런 날은 메조소프라노 브리기테 파스벤더(Brigitte Fassbänder)가 부르는 슈베르트의 〈겨울 나그네〉(Winterreise) 음반을 걸어놓고 화집을 뒤적여 본다. 그녀가 부르는 〈겨울 나그네〉는 순정한 겨울의 그리움을 애틋하게 간직한 방랑자의 노래이다. 눈 내린 겨울여행에서 보았던 아침의 투명한 서정 속에 침묵하던 빛처럼, 선율 속에 그리움의 집을 말없이 짓는 파스벤더의 〈겨울 나그네〉.

그것은 말로 표상할 수 없는 시를 내장하고 있다. 겨울 나그네의 동결된 꿈마저도 봄의 꿈에 담아내는 그녀의 노래를 들으며 나는 이 겨울과 작별 연습을 한다. 화집을 보는 것은 상처를 어루만지거나 마음을 다독이는 사랑법의 또 다른 방편이다.

거실 창가를 따라 허리 높이의 나무책장을 짜서 청색 우드스테인 페인트를 세 번 덧칠하니 코발트블루로 변했다. 나무에 칠해진 코발트블루는 지중해 빛깔이고, 속이 훤히 보이는 나뭇결은 흰 물결 느낌이다. 책장에 한 권 한 권 모은 화집들을 넣어둔 것은 이럴 때 마음의 호사를 누리기 위해서이다.

그림의 색채는 마음을 쓰다듬어 주는 어머니 손길 같다.

시슬레(Alfred Sisley) 화집 책장을 넘기다가 〈루프시엥 가는 길〉이란 그림을 본다. 눈 덮인 풍경을 보고 와서인지 그림 속 설경과 빨간 머플러 두른 할머니가 한결 따뜻하게 느껴졌다. 밝은 빛에 감싸인 시슬레의 작품을 처음 접한 것은 독일 유학시절 함부르크 쿤스트할레에서였다. 그의 그림은 세잔, 뭉크, 클레, 모네, 피사로 작품들과 함께 걸려 있었다. 현대미술 전시관에서는 요제프 보이스의 작품들이 설치되었고, 기획 전시로는 '러시아 아방가르드 전'이 열려 칸딘스키, 말레비치의 작품도 만날 수 있었다. 이들의 그림을 매일, 온종일 볼 수 있다는 게 믿기지 않던 신기루 같은 시절이었다.

시슬레, 〈루프시엥 가는 길〉(Route A Louveciennes, 1874),
캔버스에 유채, 65×54cm, 개인소장, 파리

빨간 머플러를 두른 할머니와 젊은 여자의 대화(부분)

인상파 화가들은 빛과 색채로 혁명을 일으켰다. 그들은 자신들이 캔버스에 사용하는 오일물감을 통하여 유채화가 보여 줄 수 있는 원색의 아름다움을 극한으로 표현했다. 보석처럼 빛나는 원색에 얹힌 빛의 파장은 과학적 연금술로는 헤아릴 수 없는 신비감을 준다. 그것은 심미적인 색채였으며, 자연을 초월하는 숭고성, 즉 인간의 정서와 정신을 미로 표상하는 숭고미의 예술이었다.

시슬레 역시 모네나 피사로 같은 인상파 화가들처럼 색채를 팔레트에서 혼합하여 사용하는 게 아니라, 여섯 가지 원색으로 따로 분할하여 사용하는 데 익숙했다. 색채의 물감을 화폭에 콤마 찍듯 점점이 찍는 '점묘법'은 인상파 화가들의 색채를 그 이전 시대와 확연히 구분시킨 혁명적 모드였다.

〈루프시엥 가는 길〉을 따라가며 시슬레의 색채를 음미했다. 청회색 하늘 아래 빨간 머플러를 머리에 두른 할머니가 지팡이를 짚고 젊은 여자와 이야기를 나눈다. 파스벤더가 부르는 〈겨울 나그네〉 노래 선율이 눈꽃 머금은 나뭇가지 사이, 해질녘 눈 덮인 지붕 사이, 구름 사이 배어들어 그림의 풍경이 된다. 설핏 초저녁별 뜰 무렵 산책하는 그림 속 프랑스 할머니는 동화에 나오는 여인 같기도 하고, 중세 로망(roman)에 등장하는 신비스런 할머니 같기도 하다.

그림 속 두 여인 이야기를 헤아릴 길은 없지만 회화는 몽환적으로 내게 말을 걸어온다. 영원히 정지된 그림 속의 시간은 지금도 시간 속을 영원히 지나가고, 풍경 안의 두 여인은 해진 옷처럼 낯익고 또 낯설다. 문 앞에서 이야기하던 눈 푸른 할머니와 젊은 여자는 어떤 이야기를 나눈 것일까? 판도라 상자 같은 그림은 들여다볼수록 삶의 이야기 뒤어 오르는 상상을 불러온다.

회화란 화가가 자신의 내면에서 가시화되어지는 어떤 찰나를 포착하여 캔버스에 남긴 영감의 흔적이다. 그것은 예술가의 내적 사유가 외부의 푸른 공기와 처음 맞닿아 일으키는 강렬한 스파크이다. 그 순간의 혼불에는 얼마나 많은 생의 서사가 들어 있을까? 화가란, 아니 예술가란 종족은 번갯불 같은 내면의 영상을 잡기 위하여 번민의 집을 짓고 허물며 작품 속에 명주실로 짠 이야기를 압축하여 넣는다. 인상파와 다다(Dada) 초현실주의와 앵포르멜도 그 명주실을 풀어보면 인간의 변증법 같은 이야기이다. 그림은 보이지 않는 인간의 삶을 숨겨 놓은 고귀한 형상이며, 그림 속 흰 눈에는 빨간 머플러를 머리에 두른 할머니의 숨결이 따스하게 남아 있다.

춘천 가는 길, 북한강변 설경을 헤매다가 사람의 온기 사라진 빈집을 보았다. 북한강의 겨울 해거름은 미투리 끝처럼 짧고 뭉툭해서 금방이라도 땅거미가 내릴 것 같다. 사람이 살지 않는 빈집은 상처 입은 시간을 증언한다. 주저앉을 것 같은 창틀, 바람에 펄럭거리는 도배지, 무너진 헛간, 불쏘시개로 타다 남은 공책 몇 권….

오래전, 눈 덮인 이 집 사립문 앞에서도 옆집 할머니와 아낙이 김치 한 대접과 동치미 한 그릇을 주고받으며 정을 나눴을 것만 같다. 빨간 머플러를 머리에 두른 〈루프시엥 가는 길〉 할머니처럼, 쪽진 머리에 은비녀 꽂은 북한강변 마을 할머니도 빨간 보자기를 목도리 삼아 두르고 마실 가셨을 것이다. 얼음장 풀리지 않은 마을에 핀 매화를 보며 타박타박 걸어가던 할머니는 꽃에게 무어라 말 붙이셨을까? 밤 깊은 산중에서 들려오던 부엉이 노래는 할머니의 적적한 마음을 달래 주었을까?

세상의 모든 집은 인간의 이야기를 간직하고 있는 외로운 섬이다. 망각은 인간의 몫일 뿐 대지는 지표에 존재했던 집의 기억을 땅 속에 켜켜이 쌓아둔다. 나는 눈 덮인 빈집 지붕이 어머니가 털실로 뜨개질한 흰 목도리를 둘러 놓은 듯 포근해 보인다.

그 순간, 지붕 한가운데쯤 별이 떨어지고 있었다.

은하수에서 떨어져 나온 별은 흰 눈이 움푹 파인 검은 공간으로 빨려 들어갔다. 카메라 줌렌즈로 당겨 보니 지붕에는 창문만 한 구멍이 뚫려 있었다. 독일 집들에서 흔히 볼 수 있는 지붕에 난 창문 같았다. 수명이 다한 별들은 깊은 산속에 떨어져 나무의 노래가 되고, 빈 들에 떨어져 바람의 흔적이 되고, 푸른 바다에 떨어져 물결의 떨림이 된다. 그리고 인적 없는 빈집에 떨어져 사람의 추억이 된다.

별이 떨어진 지붕 구멍은 아름다움이 태어나는 블랙홀이다. 아름다운 것들은 침묵 깊은 어느 순간 스스로 태어난다. 나는 빈집 안을 걸어 다니며 공간에 남겨진 폐허에서 별의 잔해를 본다. 농가의 어두컴컴한 빈 공간에서 바라본 지붕 구멍은 우주를 향한 창문이다. 창으로 시문(詩文)처럼 펼쳐진 우주가 보인다. 창은 광휘로운 우주의 번쩍이는 섬광을 내 안에 전하며 미적인 개안을 심어 준다. 예술인 양 보이는 지붕 위의 구멍은 실재와 가상 사이에 난 창이다. 실재의 영역을 넘어서는 가상으로서의 창은 허무하다.

저것은 창(窓)이 아니라, 나의 영혼을 찌르는 창(槍)이다.

롤랑 바르트가 말한 '푼크툼'(punctum)은 라틴어로 '점'(點)을 뜻하는데, 이 단어는 뾰족한 도구에 의한 낙인을 가리킨다. 지붕에 난 구멍이 창문처럼 찍힌 사진의 인화지는 무수한 망점의 집결체이며, 미세한 망점들은 모자이크 조각처럼 하나의 형상을 꿈꾼다. 로이 리히텐슈타인의 그림 〈행복한 눈물〉에 표현된 인쇄 망점(dot)처럼 사진의 촘촘한 점은 선을 이루고, 선은 다시 평면 위에 사물의 윤곽을 드러낸다. 사진 속의 밀도 깊은 망점은 눈으로 볼 수 없지만 그것은 무엇이 되고자 하는 욕망의 실체이고 감흥 덩어리이다.

빈집 지붕에 난 창. 저것은 창(窓)이 아니라, 영혼을 찌르는 아름다운 창(槍)이다.

저것은 창(窓)이 아니라 영혼을 찌르는 아름다운 창(槍)이다

사진 속 허물어져 가는 집의 상처가, 지붕에 난 창문 같은 집의 상처가 내 안에 숨겨둔 창문 같다. 세월과 사람들에게 상처받으며 바깥을 동경하는 나의 작은 창! 사진 속 창(窓)의 푼크툼은 나를 찌르는 아름다운 창(槍)이다.

시뮬라크르의 꽃, 혹은 〈헤겔의 휴일〉

부암동 부침바위 길 산동네 목수의 창과
르네 마그리트의 〈헤겔의 휴일〉

4월의 인왕산 자락은 햇빛에 사물들이 눈부신 자태로 빛난다.

바위가 많은 능선과 작은 봉우리마다 매혹적인 빛살 무늬가 내렸다. 겨울을 지나온 햇빛 꼬리엔 잿빛 흔적이 비쳤지만, 물오른 빛살은 나무의 감성을 자극하며 미세한 떨림을 일으킨다. 진달래꽃물 든 바위에는 산벚나무 꽃잎 흩날리고, 숲길에는 산책 나온 달팽이가 산보를 하고 있다. 겨울잠에서 깬 달팽이는 나뭇잎에 고인 물방울에서 쉬어가며 맑은 공기를 마신다. 그 작은 몸 안 어디에 달팽이는 해님이 우주를 건너오는 시간을 새겨 놓고 겨울잠에서 깨어날 때를 기억하는지. 달팽이는 시간을 의식하지 않기에 시간을 초월하고, 사물들을 추월하지 않으므로 영원하다.

달팽이는 느린 게 아니라 우리가 느리다고 여기므로 느려 보일 뿐, 속도를 의식하지 않고 시간을 좇지 않는다. 존재한다는 건 우주를 감싼 시간의 수레바퀴를 내 걸음걸이에 맞춰 걷는 일. 나는 산에 와서 만난 달팽이를 보고 달팽이가 되어간다.

산 목련에 앉은 무당벌레 한 마리 신비한 날갯짓으로 꽃망울 사이를 날아다닌다. 무당벌레가, 앞날개는 두껍고 딱딱하고 큰 턱을 가진 풍뎅이나 장수풍뎅이, 사슴벌레, 하늘소 같은 딱정벌레가 아니라, 아름답고 앙증맞게 생긴 빨간 등에 까만 점이 박혔다는 건 행운이다. 빨강과 검정은 색상대비가 강렬해서 적으로부터 자신을 보호할 수가 있으니 말이다. 자연 속에서 곤충은 진화하며 색이 생명이란 걸 태생적으로 감지한다.

햇빛이 무당벌레 등에 화려한 무늬를 그리고 있다. 독일어로 마리엔케퍼(Marienkäfer)라고 부르는 무당벌레는 '성모의 무당벌레'란 뜻으로 독일인들에게 행운을 가져다준다. 그래서 '행운의 무당벌레'란 의미로 '글뤽스케퍼'(Glückskäfer)라고도 부르는 새끼손톱보다 작은 이 벌레를 보는 것만큼 큰 행운이 어디 있을까. 행운을 시각화하여 보여 주다니, 무당벌레가 날아오고 날아가는 곳은 낯선 세계의 비밀을 간직한 곳이다. 행운은 낯선 세계의 꿈이 우리 감성에 현상되는 순간이다.

인왕산 길과 길 사이의 낯선 길을 걷다가 우연히 부암동 부침바위 길로 들어섰다. 산동네 큰 바위 아래 빈집이 있었다. 삶이 폐허가 된 빈집에 들어서면 적요한 침묵이 엄습한다. 공기의 무게는 둔중하고 침울하며, 내려쬐는 햇빛은 더 날카롭다. 사람이 집에 살며 사물들과 온기를 나눌 때 집에도 윤기가 흐른다. 사람이 떠난 자리엔 폐허의 시간만 쌓여 있다. 돌쩌귀가 떨어져 나간 문짝 귀퉁이에 분필 자국만 희미하게 남은 '목수의 집'이란 글씨. 늙은 목수는 집을 고치다 말고 어느 별로 떠났다.

축대로 세운 화강석 돌담 앞에 수령이 오래된 나무 한 그루가 복사꽃을 피웠다. 나뭇가지마다 활짝 핀 복사꽃이 유리창에도 만개했다. 유리창에 핀 꽃은 나무의 혼이 빠져 나와 착색된 분홍빛 혼불 같다. 유리창은 적당한 크기의 캔버스가 되어 꽃의 흔적을 담고 있다. 바람이 불면 캔버스 속의 꽃잎도 흔들렸고, 햇살이 내려쬐면 유리에 반사된 꽃들은 보석처럼 빛났다. 그리고 비가 오면 창에도 복제된 꽃비가 내렸다.

목수가 만든 벽 한가운데 유리창은 현실과 픽션의 경계를 무너뜨리는 가상공간이다. 사계의 풍경을 색다르게 담아내는 유리창은 폐쇄회로 속의 테크놀로지 아트처럼 유희적인 그림을 만든다. 유리창에 드리운 나뭇가지와 줄기마다 핀 꽃들은 카메라 렌즈의 초점이 인식하지 못해 흔들려 보였다. 의도하지 않은 작란(作亂) 같은 이 의도는 사물의 아우라가 사라진 허상, 즉 시뮬라크르(simulacre)의 꽃이다.

거울의 표면에 비친 얼굴처럼, 심층일랑 헤아리기 어려운 거

유리창에 핀 꽃   시뮬라크르의 꽃 1

울 속에 잠재한 무의식처럼 꽃을 비치는 창. 창은 꽃의 메타포
이고, 꽃은 창의 이데아이다. 창과 꽃, 꽃과 창은 현실에 존재하
지만 현실을 초월하고, 현실 너머 이데아에 머물면서 현실에 존
재한다.

　창에 비친 풍경은 예술을 데자뷰(deja vu)하는지, 르네 마그리
트의 그림 〈헤겔의 휴일〉이 겹쳐졌다.

　마그리트는 세계에 존재하는 현상을 낯설게 인식하여 자신이 훔쳐본 영원 속의 이데아를 그리거나, 예술의 메타포를 우리들 삶에 툭 던지곤 사라진다. 그림 속에 활짝 펴진 검은 우산 위에 올려놓은 물컵이 그랬다. 서로 상관없는 두 개의 오브제를 한 공간에 두어 낯선 상황을 연출하는 마그리트의 데페이즈망(dépaysement)은 생을 긴장시키며 신비로운 세계로 이끈다. 수수께끼 같은 그의 그림은 생의 이면에 숨은 모순되고 이질적이고 비논리적인 상황, 이성 밖에서 배회하는 무의식, 꿈 등을 우리 앞에 펼쳐 보이며, 제도에 얌전하게 길들여진 상상력을 전복시킨다.

그의 작품들은 주로 쉬르레알리슴적 경향을 보이지만, 그림이 표상하는 사유는 제도화된 예술의 전복과, 현실에 몽롱해진

르네 마그리트(René François Ghislain Magritte),
〈헤겔의 휴일〉(Hegel's Holiday, 1958).

의식의 반동을 꿈꾼 다다이즘적이므로, 이 둘을 종합하면 그는 아방가르디스트이다. 일상에 길들여진 생을 낯설게 보여주는 전복이란 얼마나 멋진가.

마그리트 말대로 그가 물컵을 천재적으로 표현하고 싶어서 물컵에 줄을 그어 드로잉하다 보니 우산이 되었는지, 헤겔 변증법을 좋아했는지, 헤겔을 흠모해서 '헤겔의 휴일'이라 했는지 모르지만, 자명한 것은 그가 작품을 만들게 된 모티프가 아니라 작품이 우리에게 어떻게 보여지는가이다. 서로 생소한 사물들이 모여 있어 뜨악하기도 하고, 낯선 시간 속을 여행하는 느낌도 주고, 고개를 갸우뚱하다가도 고정관념에서 일탈하는 희열도 느끼고, 또 어느 순간엔 그 낯설음조차 생이라 여겨지는 것처럼 르네 마그리트의 그림은 우리 생의 문을 우연히 열고 들어선다.

그리곤 각자가 짊어진 시간의 무게 앞에, 무관심한 사물들 앞에, 각박한 삶에 길들여진 이들 앞에 자기 생을 전복시키고 공기처럼 가벼워지라고 그림 한 장을 내민다.

유리창에 핀 꽃을 찾아 창 속으로 들어가면 어디쯤에선가 우리가 잃어버린 낯선 시간들과 황야를 방황하는 하얀 이리 한 마리, 몽당연필, 파란 바람 한줄기, 그리고 르네 마그리트의 그림을 만날 것만 같다. 현실과 이데아 사이의 경계에서 보일 듯, 보이지 않는 신비한 분위기를 비친 〈헤겔의 휴일〉이나, 존재하지

않으면서 존재하는 것처럼 보여준 빈집 유리창의 꽃, 어쩌면 그
것들은 우리가 잊고 살았던 영원불변한 실재의 메타포라는 생
각이 든다. 물컵이나 우산, 창 같은 일상의 사물들에 익숙하다는
것이 당위(sollen)로서의 습관이나 관습에 의한 익숙함은 아닌
지. 사물들의, 익숙함의 진실은 무엇인지. 헤겔이 《정신현상학》
서문에서 밝혔듯이 "익숙하다고 해서 익숙한 것 모두가 제대로
인식된 것은 아니다".

이 집의 벽에는 크고 작은 창이 무려 여섯 개나 나 있었다. 나
는 이 창을 만들었을 목수를 생각했다. 늙은 목수는 벽에 창을
내기 위하여 방 안에서 바깥을 조망하며 자신만의 눈대중으로
창의 위치와 크기, 햇볕이 드는 각도를 어림잡았을 것이다. 창을
내는 자리에서만큼은 목수가 최고의 예술가이다. 그는 나무창
틀을 짜며 벽의 하중을 견딜 수 있는 역학을 계산했고, 전망을
고려하여 아름다움을 판단했고, 촌스럽지 않을 견실한 재료를
선택했다.

산동네 목수는 밑바닥부터 훑어온 자신만의 미적 판단을 밀
고 나간다. 설혹 그것들이 어깨너머 배운 장돌뱅이식 눈썰미였
을지라도 삶이 그에게 베푼 숭고한 예술이다. 변변한 목공소 하
나 없는 못 배우고 가난한 목수는 일당 벌이로 식구들 입에 풀
칠을 했을 것이다. 어쩌면 늙은 목수의 아버지는 석수장이였는
지 모르고, 그의 할아버지는 옹기장이였는지도 모른다. 그는 초

등학교도 다니다 말고 일을 배워 목수 일이 일천한 게 아니었건만, 도목수는 꿈도 못 꾸고 소목꾼들 틈에서 근근이 밥벌이를 했는지 모른다. 산동네 목수는 밥의 유토피아를 위하여 집을 수리하고 벽에 창을 낸다. 나는 이름 모를 목수가 수리한 복사꽃 비친 유리창 앞에서 허기진 창자로 뜨거운 국밥을 넘길 때의 서러움 같은 게 밀려왔다.

폐가로 남은 창을 새로 단장하고 싶었다.

그것도 여행자들이 묶을 수 있는 아름다운 여인숙 창으로 말이다. 고리탑탑한 여인숙이거나 퀴퀴한 곰팡내 나는 여인숙이 아닌, 여행자들이 오롯이 머물 수 있는 정겨운 산숙(山宿) 공간으로 바꾸고 싶었다. 별에서 산동네 목수를 불러와 헌 집에 새 생명을 불어넣고, 문간방 자리엔 국숫집을 내면 싶었다. 늙수레한 여인이 여름이면 메밀국수나 콩국수를 정성스레 담아내고, 겨울이면 갓 고아낸 멸치국물에 따뜻한 국수를 말아 주는, 창이 많은 여인숙 가게 말이다.

담장에는 십장생 꽃담도 만들고 싶다. 여름이면 자그마한 담녹색 꽃이 피고 가을엔 작고 동그란 자줏빛 열매 익어 가는 담쟁이덩굴도 배틀려 뻗게 하고, 그 아래 노란색의 소담한 산국(山菊)을 심고 싶다. 하여 〈나와 나타샤와 당나귀〉란 시를 쓴 시인의 시처럼.

여인숙이라도 국수집이다

　모밀가루포대가 그득하니 쌓인 웃간은 들믄들믄 더웁기도

하다

　나는 낡은 국수분틀과 그즈런히 나가 누워서

　구석에 데굴데굴하는 목침(木枕)들을 베여보며

　이 산골에 들어와서 목침들에 새까마니 때를 올리고 간 사

람들을 생각한다

　그 사람들의 얼골과 생업(生業)과 마음들을 생각해 본다

— 백석의 시 〈산숙〉(山宿) 전문

　시를 적어 여인숙 대문에 붙인 후, 이 여인숙 이름일랑 시인
백석 이름과 그의 시 제목을 빌려 '백석 산숙'(山宿)이라고 부르
고 싶다. 부암동 윤동주 문학관이며, 환기미술관 외에도 소소한
볼거리가 많은 동네이니 잘 어울릴 것 같다. 시인의 이름을 딴
'백석 산숙'에서 여행자들이 시인의 시를 읽으며, "여인숙이라도
국수집이다" 하아, 시와 현실이 같다고 감탄도 하고, "구석에 데
굴데굴하는 목침(木枕)들을 베여보며/ 이 산골에 들어와서 목침
들에 새까마니 때를 올리고 간 사람들을 생각한다/ 그 사람들의
얼골과 생업(生業)과 마음들을 생각해 본다"라며 인간에 대한
추억과 사랑과 희망의 시 한 편 가슴에 심으면 좋을 듯싶었다.

　환기미술관 길을 에돌아 청와대 쪽으로 걸어가면 폐허가 된

빈집이 삶을 설치했던 미술관 같다. 빈집이야말로 모더니스트 예술가들이 착안하지 못했던 오브제의 보물창고이며, 페티시즘적인 레디메이드(readymades)들이 널브러져 있다. 부침바위길 빈집의 창이 그랬다. 여섯 개의 창이 난 빈집 벽 하나를 해체하여 미술관에 전시하고 싶다.

베를린의 페르가몬 박물관에서 보았던 고대 그리스 시대의 거대한 부조처럼 빈집의 여섯 개나 되는 창이 있는 벽을 미술관에 전시하여 창의 흔적, 마음의 은유로서의 창을 복원하고 싶다.

어느 늙은 목수가 빚어놓은 창에서 명멸하는 햇빛과, 저무는 연분홍 복사꽃과, 생의 애수를 보았다. 언젠가는 마르셀 뒤샹을 닮은 어느 미디어 아티스트가 삶이 해체된 빈집을 자신의 작품이라고 할지도 모른다. 혹여 고물을 사고파는 어느 명민한 엿장수가 엿장수 마음대로 빈집 벽의 창을 작품으로 삼을지도 모른다. 옥타비오 파즈(Octavio Paz)의 말대로 뒤샹은 작품 하나로 예술의 근대 개념 자체를 부정했으니, 빈집의 작품화로 누군가 다시 고상한 예술에 침을 뱉을지도 모른다.

인왕산에서 내려오니 내자사거리 금천교 시장에 있는 '체부동 잔치국수'가 먹고 싶어졌다. 온종일 복사꽃 핀 나무 등걸 창을 사진에 담다 보니 허기가 졌다. 멸치국물을 시골 아낙 손맛으로 진하게 우려낸 체부동 잔치국수는 허름한 가게의 인심을 닮아

시뮬라크르의 꽃 2

담백한 맛이 깊고 일품이다. 일을 마친 늙은 목수도 이 집에 들러 푸짐한 국수면발을 말며 막걸리 한잔을 들이켰는지 모른다.

사람들 북적대는 집은 허름해도 따뜻한 인정 깃들어 허물어지지 않는다. 집을 지탱하는 것은 주춧돌의 크기와 아름드리 기둥, 고래 등 같은 기와지붕도 아닌 사람살이의 따뜻한 인정에 깃들어 있다.

햇살 눈부신 오늘도 여섯이나 되는 창이 내 안에 새로 생겼다. 내 영혼에 삶의 애수 깃든 창을 여섯이나 낼 수 있다니!

아름다운 국숫값 3천 원을 내고 나오는데 창이 내게 말을 걸어왔다. 왠지 그 말은 동경을 잃지 말라는 꿈의 언어 같다. 목수는 창을 만든 후 다시 별로 떠났다.

나무의 창은 꽃이고, 창의 꽃은 마음이다.

나무는 꽃을 피워 거룩한 고뇌에 눈 뜨고, 창은 마음의 우주를 품는다. 창이야말로 인간의 영혼에 피어난 꽃이다. 창을 통해 꿈꾸는 세계는 이성의 논리를 넘어서는 이미지의 세계이다. 꿈과 동경이 창 너머 세계로 나를 이끈다. 빈집 벽의 한가운데 있는 꽃을 품은 창은 별로 가는 길의 기호이다.

'섬이 되기'(Verinselung)
제주 모슬포 판잣집의 초록색 창과 완당의 〈세한도〉

섬으로의 여행은 뮤즈의 궁전에 초대받은 것만큼이나 설레게 한다.

바다를 향해 열려 있는 섬은 세상에 대해 방패를 걸어둔 마음을 활짝 열어젖힌다. 풍만한 능선을 따라 봉긋 솟은 오름길을 걷다보면 은빛 억새 일렁이는 물결이 바다의 숨결이란 걸 알게 되는 게 섬이다.

섬만
섬이 아니다.
세상이란
섬의 바다에
떠 있는 사람도

하나의 섬이다.

섬에

오고서야 내 안에도

섬이

있다는 걸 알았다.

   지리적인 고립은 반동적으로 정신의 영역을 확장시키는 묘
한 힘이 있다. 섬에서 유배 살던 완당(阮堂)이 그랬다. 절망의 파
도 밀려오는 섬에서 〈세한도〉를 그린 완당 역시 세상 회한을 정
신의 극한으로 펼치며 예술에 담았다. 완당의 〈세한도〉를 볼 때
마다 소나무 한 그루와 잣나무 세 그루 사이에서 단순미의 극한
으로 놓인 집 한 채보다 여백에 그려지지 않은 절제미, 즉 그려
지지 않은 것의 윤곽을 헤아려 본다. 그 여백엔 섬에서의 지독
한 외로움마저 그려 넣지 않은 절대고독과 쓸쓸함이 고고한 눈

완당 김정희의 〈세한도〉

처럼 하얗게 쌓여 있다. 그려지지 않은 그림의 윤곽은 광막한 우주와 같다.

하나의 세계를 단절하면 마음 안쪽에선 또 하나의 세계가 열리는데 섬이 그렇고, 예술이 그렇고, 사람이 또 그렇다. 외부와 단절하면 모든 자리는 섬이 된다. 오름으로, 해안으로 난 길을 따라 사람들이 걸어간다.

섬의
길은,
길의
섬이다.
섬
안에
섬이
있다.

모슬포를 어슬렁거리다가 지금은 사라져 버린 판잣집의 창을 보았다.

창문 주변 벽에 함석을 덧붙여 초록색 페인트를 칠한 창이었다. 바다를 향해 난 정면의 창문과 달리 옆면의 창과 벽은 나무로 된 걸 보니 원래 이 집은 판자로 지은 집이다. 자세히 보니 함

판자 위에 함석을 덧대고 기와를 올린 제주 모슬포 판잣집의 초록색 창과 T자형 TV 안테나

석을 덧댄 창가 위쪽으로도 채 가리지 못한 빛바랜 나무가 살짝 보였다. 재미난 것은 이 집이 2층 판잣집인데 아래는 알루미늄 새시 문으로 바꾸고 2층만 판자로 남겨 놓은 것이다. 게다가 지붕은 초록 기와였다. 바다 쪽에서 불어오는 드센 비바람을 막으려고 남향 벽에는 함석을 덧대고 옆면은 원래 판자를 그대로 둔 것 같다. 외풍 때문인지, 주변의 높은 건물 때문인지 옆면의 창 두 곳은 아예 막아버렸다.

이 집의 옆면 벽처럼 긴 판자를 가로로 붙여 내려간 구조는 수십 년 전만 해도 서울 한복판에서도 볼 수 있었다. 우리나라에선 거의 사라졌지만 러시아의 시베리아 일대와 일본의 홋카이도 산촌에선 지금도 볼 수 있는 판잣집이다.

판자가 남아 있는 창의 옆면

창문 옆에는 자취를 감춘 줄 알았던 T자형 TV 안테나가 세워져 있다. 안테나는 텔레비전 전파를 수신하여 세상 소식을 집으로 배달해 준다. 보이지 않던 이미지를 마술사처럼 보여주는 TV는 속임수 능한 마술사의 마술단지 같다. 초록색 판잣집에 설치된 안테나가 이 집 사람들의 삶의 고뇌를 완화시켜 주는 피뢰침 같 은 역할을 했을 것이다.

뜬금없이 〈세한도〉 그림 속의 집에 초록색 페인트를 칠하고 싶 었다. 그리고 벽에 판자와 함석도 덧대고, 지붕에 TV 안테나가 서 있는 발칙한 풍경을 상상해 본다. 〈세한도〉는 완당 내면세계 의 표상이자 자신의 현실을 갈필로 그린 것이리라. 섬에서 9년

여를 유배 살았던 완당의 거처에 TV가 있었다면 그는 자신의 안쪽에 있던 그 아름다운 섬을 만날 수 있었을까? 완당은 섬에 유배와 자신이 찾은 내면의 섬에 〈세한도〉를 그렸다.

세상과 격리된 채 가시울타리 처진 곳에서 살던 완당의 거처 역시 모슬포에 있다. 함석으로 덧댄 초록 집과는 멀지 않은 곳에 있었다.

초록 창문이 있는 집과 세한도가 그려진 완당의 거처 사이에서 난 '섬이 되기'(Verinselung)*를 꿈꾼다.

난 지금부터 철저히 혼자다.

나에게도 "이제 '고립'(Isolation)의 시절이 시작되었다".**

마음의 고립이야말로 섬을 만나는 접경이다.

완당의 고귀한 고립이, 위대한 섬을 만나게 한 섬이 내 안에 있다. 섬에 와서는 '섬이 되기' 위해 내 안에 있는 안테나를 모두 내릴 일이다.

---

* 이 말은 스위스의 고갱 연구가 헤르베르트 레반도프스키가 사용했으며 독일의 미술사가인 요아힘 레스가 자신의 저서 《예술가의 여행》에서 '섬이 되기'를 '고립'(Isolation)과 연결시켜 썼다. 요아힘 레스, 장혜경 역, 《예술가의 여행》(*Küstler auf Reisen*), 웅진지식하우스, 2012, 263쪽 참조.
** 요아힘 레스의 글. 위의 책 같은 페이지 참조.

'세계의 내적 공간'(Weltinnenraum)을 비추는 한지 창의 빛

창평 한지 창의 빛과 호퍼의 〈빈방의 빛〉

남도 순례길에 나주, 영암, 강진, 보성, 순천, 구례를 쏘다니면서도 단아하게 한지 바른 창을 보기 어려웠다. 설령 그런 게 있더라도 한지 대신 유리를 끼웠거나, 편리함 때문에 알루미늄 새시 같은 창이 많았다. 미적으로 수수하면서도 곰살가운 인정 느껴지고, 소박한 아름다움 깃든 창은 점점 사라져 가는 게 멸종되어 가는 식물을 보는 것 같았다. 그래서인지 손때 반질반질한 시골집 나무창에서는 괜스레 삶의 페이소스가 묻어났다.

　야트막한 돌담 너머 온 아침햇발 담뿍 머금은 애수 미 간직한 창은 없는 것일까. 처음엔 창이 보이지 않아 조급했던 마음도 한두 해 지나면서 창의 순례는 마음의 순례려니 하고 떠돌게 되었다. 창에 대한 욕망에서 벗어나 자유로운 시선을 갖기까지는 시간이 필요했다.

신기했던 것은 해가 거듭될수록 시간과의 싸움에서 지쳐가는 게 아니라 시간의 순리에 동화되어 갔다. 풍경을 볼 때마다 내 안에서도 풍경이 눈을 떴다. 도시생활에 지친 내 몰골이 새득새득한 박꽃 같다가도 창을 찾아 길을 나서면 어느새 새벽이슬 맞은 풀잎처럼 생기가 돌았다. 길은 모든 걸 품어 주었다.

눈꽃이 피면 매화차 한잔에 마음을 녹이고, 봄이 지는 길목에 선 은연한 목련차로 마음을 달랬다. 창이 눈에 보이지 않을 땐 꽃이 마음에 들어왔다. 꽃들은 숲이나 허물어진 축대 밑, 길가, 마당 한쪽에서 빈자의 모습으로 피고 졌다.

나는 창과 꽃의 시간 속에 침잠해 가며 스스로를 섬에 유배시켰다. 사람들과 어울려 밥과 술과 차를 나누는 일보다는 입에 가시가 돋아나는 은둔자의 섬이 더 좋았다. 모리스 블랑쇼의 산문과 잉게보르크 바흐만의 시를 읽고, 가브리엘레 뮌터와 파울라 모더존 베커의 화집을 뒤적이며, 슈베르트 가곡과 바흐의 〈평균율 클라비어곡집〉, 베토벤 〈현악 4중주〉를 듣는 것은 소박한 행복이었다.

그것들은 창의 음지에서 섬광처럼 빛나는 미적인 직관 같았다. 블랑쇼의 산문은 부박한 내 의식을 예지의 바늘로 찔렀고, 하이데거에 정통한 바흐만의 시는 고통에 감싸인 언어의 침묵을 보는 듯했다. 뮌터와 모더존 베커, 두 여성화가의 그림들에선 현대미술이 놓친 서정의 깊이와 시적이며 영혼을 자극하는 색채가 웅얼거리고, 동화 같은 이야기가 꿈을 꾸게 했다. 슈베르트를 들으면 속진을 견디는 고귀한 슬픔이 무엇인지 알 수 있었고, 바흐는 우주의 광막하고 원초적인 세계로 인도했으며, 베토벤은 보이지 않는 세계의 철학을 낭만적으로 탁월하게 들려주었다.

아름다운 예술작품은 예술적인 '것'의 빛이나 소리, 냄새를 느껴 감각성을 깨닫게 했다. 쌀과 김치와 호밀빵이 간당간당할 때도 있었지만, 슬라이드필름과 새로 나온 롤라 보베스코의 바이올린 음반과 텐슈테트의 말러 음반 사는 걸 뒤로 미룰 순 없었다.

산다는 게 그리 녹록한 것은 아니었지만, 그럼에도 불구하고 살아지는 게 또 삶이었다. 마음이 부산하다 싶으면 다시 창을 찾아 길을 나섰다. 처음엔 내가 창을 찾아 길 위의 길을 다녔지만 언제부턴가 창이 삶을 이끌었다. 창문 하나하나는 모두 다른 이미지와 저마다의 사연을 말하고 있다. 언제부터인지 내 안에는 마음의 은유로서의 창이 있었다.

담양에서 창평으로 접어들어 장전마을을 지나다가 기와지붕 아래 소담한 창문을 보았다.

물빛 한지에 봄바람 스치면 창문으로 고요한 물결이 배어났다. 한옥에서 피어오르는 굴뚝 연기는 담담하고 편안한 느낌을

준다. 해질녘 낯선 마을을 지날 때 저녁 짓는 연기 오르는 굴뚝을 보면 부뚜막에서 나는 하얀 김처럼 따뜻한 정이 느껴졌다. 저 집 솥단지에서는 시래깃국을 끓이는지, 무쇠솥에서는 밥이 뜸 들고 있는지, 가서 들여다보고 싶었다. 그럴 때면 상상만으로도 국 냄새, 밥 냄새, 김치 냄새가 느껴져 허기가 돌기 일쑤였다.

어두운 갈색 줄무늬를 띤 땅딸막한 굴뚝새 한 쌍이 감나무에서 지저귀더니 대숲 안으로 숨어 버렸다. 위로 치켜 올라간 짧은 꼬리를 놀리던 새의 노래가 귓가에 맴돌았다. 굴뚝새 노랫소리는 내가 지금껏 들어 본 세상 그 어느 노래보다도 아름답고 황홀했다. 새소리의 명징함은 설원으로 떨어지는 아침햇살처럼 눈부셨고, 절망의 끝에서 길어 올린 희망을 노래하듯 신비로운 화음이다. 붉은 잎의 열정에 흰 눈의 순백을 품은 동백향 같은 기품의 노래가 긴 여운으로 남았다.

참 이상한 것은 사람의 정서 탓인지, 그 고장의 산세와 흙냄새, 물색, 햇빛의 장단, 나무들의 차이 때문인지 강원도나 충청도, 경상도, 제주도에서 느끼는 새의 노래가 바람 한 뼘만큼 다르게 들렸다. 담양, 고서, 창평의 '새의 노래'는 목구성 좋은 전라도 여류명창의 소리처럼 살가웠다. 그러나 남도창이 그렇듯 새의 노랫소리의 살가움 속에는 왠지 모를 설움도 느껴졌다.

해와 달이 여는 시간에 따라 계절을 오가는 새의 고독한 날갯짓 때문일까, 비상하는 자의 고독 때문일까. 그 지방의 새의 노래에는 그 땅이 품은 서사적인 이야기가 담겨 있을 것 같았다. 마치 첼리스트 파블로 카잘스가 연주하는 〈새의 노래〉가 지중해 연안에서 피레네산맥에 이르는 카탈루냐지방의 민요적 서정을 짙게 드리운 것처럼….

한지를 단아하게 바른 창 앞 홍매화나무는 꽃망울이 맺혔다.

　세간도 단출한 방 안엔 빛이 들어와 누웠는데 따뜻한 슬픔에 휩싸일 만큼 고적하다. 한지 창을 지나온 빛은 이 세상과는 다른 풍경을 빚어 놓는다. 익숙하면서 낯설고, 심연을 헤아릴 수 없는 은유적인 빛은 이 세상에 한지 바른 창을 지나온 빛뿐이다. 심정적으로는 무엇인가 알 것 같은데, 몽상가처럼 모호한 답을 내놓을 수밖에 없는 한지 창의 빛살 무늬. 그 빛은 오래된 사실주의 같지만 들여다볼수록 현실 너머 미지의 공간을 비추는 게 호퍼(Edward Hopper)의 그림을 채우는 빛 이미지를 닮았다. 호퍼의 그림 〈빈방의 빛〉은 어디선가 본 것 같은 낯익은 빛이면서, 낯설다.

　반쯤 열린 창을 통해 방 안에 드리운 햇살은 신비스런 침묵에 싸여 있다. 고대 신전의 기둥에 떨어진 빛처럼 직립한 두 개의 길고 짧은 빛기둥은 창이 보이는 낯익은 방 안 모습을 극도로 낯설게 바꿔 놓는다. 모네의 빛이 사물과 풍경에 비친 햇빛의 인상을 생명력 넘친 감흥으로 표현했고, 르누아르가 여자의

한옥 마당에 꽃망울 맺힌 홍매화

육체에 어리는 빛과 사람 사이의 빛을 시정 넘치는 우아함으로 나타냈다면, 호퍼의 빛은 시인 마크 스트랜드(Mark Strand)가 말한 것처럼 "기하학적인 견고성"을 갖춘 빛이다.

노란색 벽면을 분할하는 세로 선에 겹친 직사각면체의 빛기둥과 바닥에 떨어진 그것의 그림자, 즉 빛의 기하학이 형태보다 더 견고한 빛의 형태를 만든다. 그리고 호퍼의 빛에선 베토벤의 〈장엄미사곡〉(Missa Solemnis) 같은 무게가 느껴지면서도 이례적으로 우리를 끌어당기는 것은 그의 빛이 일상의 공간에 친숙하게 존재하기 때문이다. 〈햇빛이 비치는 이층집〉, 〈나이트 호크〉, 〈철로 변 집〉, 〈이른 일요일 아침〉, 〈브루클린의 방〉, 〈볕을 쬐는 사람들〉, 〈햇볕 속의 여자〉, 〈호텔방〉 등에서 보듯 그의 그림은 일상의 어디서나 본 것 같은 이미지를 연출한다.

그러나 호퍼의 빛은 풍경을 단순히 재현하는 게 아니라 대상을 사실적으로 그리되 현실 너머의 이미지, 현실 너머의 공간에 있을 이데아를 표상한다. 한지 창을 투과한 빛 심연이 세상에 존재하는 빛이면서 현실 너머 지극히 영원한 곳으로 우리를 인도하듯 〈빈방의 빛〉 역시 우리를 낯익은 세계에서 낯선 섬으로 데려간다.

그의 그림이 회화적으로 리얼리즘을 추구하면서도 이미지적으로 쉬르레알리슴이나 형이상학적 회화의 경향을 보이는 것은 너무 일상적인 현실의 그림을 낯설게 만들기 때문이다. 호퍼의 그 사실적인 낯설음은 초현실주의 화가 르네 마그리트의 그림에서 느끼는 데페이즈망 기법을 떠올리게 한다(사실주의 화가 호퍼의 그림에선 초현실주의 그림에서나 볼 수 있는 데페이즈망이 나타날 수 없지만, 그의 그림 '이미지'가 데페이즈망적 착각을 불러일으킨다는 의미이다). 그의 그림에서 빛은 그만큼 낯설고 경이롭다.

한지 창에 비친 빛 역시 친숙하면서도 낯설고 경이롭다. 닥나무 줄기를 삶아 껍질을 벗겨 다시 잿물에 삶아 씻고, 햇빛에 말리고, 두들겨 반죽하고, 닥풀을 넣고 발로 종이를 뜨기까지, 떠낸 종이는 무거운 돌로 하룻밤을 눌러놓고 한 장씩 말려서 윤기

호퍼, 〈빈방의 빛〉(1963).

나는 종이로 다듬질하기까지 한지에 깃든 불과 빛과 돌과 바람, 시간의 내밀성은 순수한 빛을 받아 사유하는 사물이 된다.

불확실하고 모순에 찬 세상에서 오롯이 빛을 사유할 수 있는 내면의 공간, 한지 창. 그것은 "벨트인넨라움(Weltinnenraum), 즉 세계의 내적 공간"* 이며 자기의 심연에 이르는 내면으로 가는 길이다. 그러므로 한지 창에 비친 신비한 그 빛은 "무한이 너무도 내밀하게 파고들어 마치 반짝이는 별들이 자신의 가슴에 가벼이 쉬고 있는 듯한" 느낌을 준다.

담양군 창평에서 고서 쪽으로 길을 잡아 잠시 명옥헌(鳴玉軒) 정자를 찾았다. 산에서 내려온 시냇물이 연못으로 흘러드는 물소리가 마치 옥이 부딪치는 것 같다 하여 '명옥헌'이라 했다는 곳이다. 여름이면 연못가 백일홍 나무마다 환한 꽃등을 밝혔으련만 붉은 꽃들은 아직 몽중이다. 나는 개화를 못 본 아쉬움을 못가에서 달랬다.

물풀 사이로 바람이 들 때마다 연못에는 고요한 물결의 그림이 그려졌다. 명옥헌의 백일홍은 나무에서만 꽃을 피우는 게 아

---

* 시인 릴케가 카프리와 두이노에서 만난 경험을 두고 한 말. 모리스 블랑쇼, 이달승 역, 《문학의 공간》(L'espace litteraire), 그린비, 2010. 192~193쪽 참조.

니라 못에서도 물을 붉게 물들이며 꽃이 핀다. 나무에 핀 꽃은 눈으로 보지만 연못에 비친 백일홍은 마음에 핀 꽃이리라. 파란 하늘과 산 그림자 드리운 명경 같은 물에 만발한 백일홍 비치면 이곳을 찾는 이들은 여름날의 매혹적인 산수화를 백여 일 동안 볼 수 있을 것이다. 바람 소리 들리는 정자 마루에서 연못가 백일홍 군락을 바라보면 예가 도원이지 않을까 싶다.

20여 년쯤 전일까, 명옥헌에 왔을 때 황지우 시인의 작업실을 엿본 적이 있다. 그가 직접 만들었다는 커다란 나무 창문 가득 쏟아지던 햇살이 시인의 서재로 들이치고 있었다. 도둑고양이처럼 창 너머 방안을 훔쳐보곤 생을 심미적으로 도배하고자 했던 미학자 시인이 여기에 아틀리에를 차린 이유는 무엇이었을까 생각했었다. 14년을 대학 보따리장수로 전전하던 그가 명옥헌의 옛 선비처럼 이곳에서 백일홍을 벗 삼아 은둔자가 되고 싶었던 것일까.

담양과 고서, 창평은 지척 간이다. 이 일대에는 명옥헌 말고도 나라 안에서 으뜸으로 치는 소쇄원이 있는데, 조선 전기 때 만든 아름다운 원림이다. 인적 없는 이른 시간 숲길을 산책하다가 이곳의 제월당 대청마루에 걸터앉아 잠시 책을 읽은 적이 있다. 옛 선비도 여기에 거처하며 독서를 했다는 집이다. 대숲 지나온 산들바람은 책갈피에 스며들어 문자향이 되고, 겨울을 난 종다리가 공중으로 날아오르며 고운 소리로 지저귄다. 옛날의

선비도 독서를 하는 봄날이면 "삐르르 삐르 쭈르르 쭈르" 노래
하던 종달새 소릴 들었겠지 생각하니 풍경의 상상은 마음을 정
화시켜 준다.

'제월'(霽月)은 '비 갠 뒤 하늘의 상쾌한 달'을 뜻한다니, 에서
책을 보면 비 갠 뒤 상쾌한 달을 보듯 현인들의 지혜를 절로 깨
달을 것만 같다. 고서 가는 길에 들른 송강의 유적 식영정에 깃
든 노을빛의 그 따뜻한 허무가, 돌계단을 내려가는 내내 발자
국에 묻어났다.

다음날에도 창평의 한옥 한지 창을 다시 찾았다. 봄 햇살이 댓
돌 위에 놓인 식구들의 신발에도 피어나고, 기와지붕의 온화함
은 마당 가득 쌓여 한가로움이 번지고 있었다. 뒤란 장독 사이
에서 나온 누렁개 한 마리, 꽃들과 장작더미를 어슬렁거리며 올
려다본 하늘은 청색이다. 처마 밑에서 누군가를 기다리듯 서 있
는 낡은 나무기둥, 백년 넘게 등 푸른 고독의 잠을 즐긴다.

햇볕에 드러난 나무기둥 무늬에는 보이지 않는 시간의 거리
가 촘촘히 새겨져 있다. 갈 수 없는 거리의 아득함이랄까, 〈섬 집
아기〉의 노래 선율처럼 고적한, 사라진 엄마 냄새 같은 그리움
의 거리랄까. 집안의 오래된 나무기둥에서는 그런 냄새가 난다.
정겨움이 속 깊은 한옥은 여자의 애틋한 속마음과도 같은 것인
지, 오래된 한옥의 몸에서는 모성이 느껴진다.

나는 홍매화가 피려는 한지 창 뜰 앞을 하염없이 서성거렸다. 방 안 벽에 옷가지나 그림 한 점 걸려 있지 않은 시골집에서 창만큼 아름다운 그림은 없다. 방 안에 앉아 창밖을 보면 창문 크기만 한 풍경화가 사시사철 펼쳐진다. 대문 밖이나 처마 끝에 달아 두었던 장명등(長明燈)을 켜면 문간방 한지 창을 통해 스며들던 은은한 불빛은 사람들의 아름다운 추억이 된다. 사람들은 창을 보며 바깥을 동경하고 꿈을 꾼다. 빛바랜 한지에 쌓인 달빛과 눈 내리던 소리의 아득함, 봄날의 빗소리 들려오는 창은 미지의 세계와 연결된 통로이다. 창은 단순하게 외부로 열려진 공간이 아니고 근원적으로 우리의 내부를 향한다. 그것이 창의 숙명이다.

그리움에 지친 달맞이꽃 집의 창

아파테이아로서의 '금(숲)집'과 뒤샹의 〈계단을 내려오는 나체〉

월정사 전나무 숲길엔 선선한 갈바람이 살갗을 스친다.

처서 무렵 오대산 하늘은 이미 가을빛으로 물들었다. '상원사 가는 옛길'이란 작은 팻말 쪽으로 계곡을 가로질러 섶다리가 서 있다. 섶다리는 섶나무를 엮어 만든 다리를 말한다. 잎이 붙어 있는 땔나무나 잡목의 잔가지를 통틀어 섶나무라 부른다. 통나무를 곧추세워 다리 기둥을 박고, 소나무와 참나무로 상판을 만든 후, 그 위에 솔가지를 얼기설기 얹어 흙을 덮으면 섶다리가 완성된다.

정겨운 다리를 통과해 오솔길로 접어드니 먼 옛날 전설이 손에 잡힐 듯했다. 막바지 여름 꽃들은 야생의 숲에서 제 빛을 발하고 있다. 산천 어디서나 볼 수 있는 달맞이꽃도 가는 여름이 아쉬워 절정이다.

오대산 월정사에서 상원사 가는 옛길 쪽으로 난 섶다리

　울창한 숲을 덮은 햇빛 사이로 바람이 불면 금빛 초록 물결이
일었다. 숲길을 걸으면 마음속 군더더기가 사라진다. 느티나무,
떡갈나무, 물푸레나무, 신갈나무…이름만 불러도 나무들은 제
안에 든 투명한 수액을 내 몸으로 흘려보낸다. 숲을 찾는 이들
은 누구든지 우듬지 얼크러진 가지 사이로 나뭇잎 배를 타고 창
공을 떠다닐 수 있다.
　어느 순간, 마음의 빈터에 새소리 바람 소리 쌓여 금방이라
도 꽃이 필 것 같다. 숲길에 들고서야 비로소 내 안의 심연에도
숲의 보궁이 있음을 깨닫는다. 숲의 고요한 적막에 귀 기울이면
원래 마음에서 깨어나지 못한 진여가 미의 눈을 뜰 것만 같다.
　상원사에는 적멸보궁이 있다. 석가모니의 진신사리를 봉안
하였기에 법당 안에 불상을 모시지 않은 채 단만 있고 공간은
텅 비어 있는 적멸보궁. 나무들도 가벼워지기 위하여 자신의 생

을 뒤덮었던 잎을 떨어뜨리기 시작한다. 겨울날 무릎까지 빠지는 눈길을 지나 하얀 침묵에 잠긴 숲길을 지나 상원사를 다시 찾고 싶다. 하여 나목으로 충만한 숲에서 적멸을 마음에 채우며 빈 법당을 보고 싶다.

그러나 어찌 법당만이 진리의 보궁일 수 있으랴. 석가세존의 법도 길 위의 진창에 피운 연꽃 같은 것이거늘. 사라져 가는 모든 것 속에 적멸로서의 보궁이 있을 것이다. 상원사를 지나 숲길로 들어갔다. 야생화 핀 숲길도 꽃과 나무와 바람과 별과 달의 정령이 사는 미의 보궁이지 않겠는가.

강원도에 올 때면 왠지 시골집 누이를 닮은 수수한 감자꽃이 보고 싶었다.

해거름 무렵 연보랏빛 감자꽃에 무당벌레 앉은 밭길을, 무명 저고리빛 하얀 감자꽃에 실바람 머문 산길을, 호젓이 걷고 싶다. 그렇게 야트막한 고개를 지나 다시 비탈진 언덕을 내려가면 오두막집이 있을까? 그 흔한 전기밥솥이나 압력밥솥이 아닌 무쇠솥에 밥을 짓는 나이든 어머니를 만날 것 같은 집 말이다.

산골 여인은 외딴 낡은 집 아궁이 앞에 앉아 부지깽이로 불을 토닥이며 밥을 뜸 들일 것이다. 빛바랜 양은냄비에선 멸치 우려 낸 국물에 감자를 숭숭 썰어 넣은 감잣국이 보글보글 끓고 있겠지. 먹고 사는 게 평준화된 디지털시대에도 그렇게 구닥다리로 밥을 하는 집이 있기는 있는 것일까. 굴뚝에서 밥 짓는 연기 오르는 그 집에 들러 염치불구하고 구수한 밥 한 끼 얻어먹고 싶다. 신 김치에 밥 한 사발, 감잣국 한 대접이면 족할 것 같다.

감자꽃 밭이랑마다 웃자란 완두콩꽃이 바람에 산들거리는 저녁 풍경에 기대고 싶다. 반백의 성긴 머리카락에 가느다란 눈썹을 지닌 늙은 여인의 얼굴에는 파리한 초승달이 뜨겠지. 그러나 감자꽃이 고랭지 산자락부터 지천으로 핀 광경을 보려면 유월 초여름 경치를 볼 일이다. 오래전부터 감자꽃 핀 풍경을 보고 싶어 했으나 해마다 때를 놓치니, 이럴 땐 〈감자꽃〉 동시를 불러내어 길동무하는 수밖에.

자주 꽃 핀 건 자주 감자,
파보나 마나 자주 감자.

하얀 꽃 핀 건 하얀 감자,
파 보나 마나 하얀 감자.

— 권태응의 시 〈감자꽃〉 전문

명징한 시를 보면 삶에 파격이 느껴진다. 고상하고 실험적이고 초현실적인 시보다는 가재가 훤히 들여다보이는 숲속 냇물 같은 시가 실은 더 파격적이다. 아이의 해맑은 웃음 같은 심플

한 시는 일상의 틀을 한순간에 깨는 파격이 있다. 권태응의 동시 〈감자꽃〉이 그렇다.

이 시를 소리 내어 읽으면 복잡한 삶에 아름다운 진동을 주는 파격 음이 들린다. 단박이라도 도를 깨우칠 것 같은 명징함 때문일까. "자주 꽃 핀 건 자주 감자, / 파보나 마나 자주 감자. / 하얀 꽃 핀 건 하얀 감자, / 파 보나 마나 하얀 감자." 리드미컬한 운율 느껴지는 이 동시는 읽을수록 입 안에 미의 군침을 돌게 하는 매력이 있다. '자주 감자'는 기름한 모양으로 추위와 습기, 병충해에 강한 우리나라의 토종 감자라고 한다. 요즘은 개량종인 '하얀 감자'에 밀려나 찾기 힘든 품종이 되었지만, 시인이 시를 쓸 무렵엔 흔했던 모양이다.

이런 시를 속에 담아두면 따스한 기운에 마음이 발그무레해진다. 봉평 메밀꽃은 9월 초아흐렛날께 핀다니 올해 감자꽃 못 본 서운함은 메밀꽃으로나 달랠까. 길을 걷다 보면 아쉬움이 또 다른 길을 불러내어 꽃자리로 이끌 것이다.

영월로 가는 길에 라디오에선 들리브의 오페라 〈라크메〉 중 〈꽃의 이중창〉이 들려왔다. 몽환적 서정 담긴 노래가 꼭 감자꽃 요정들이 부르는 감자꽃의 주제에 의한 변주곡 같다. 차창 멀리 산자락 아래 노란색을 뒤집어 쓴 집을 보았다. 초록 산과 초록 논 사이 동화 속 마술할멈이 살 것 같은 노란색 집은 신비로운 빛을 발하고 있다.

덕전 마을 외딴 노란 집과 동구 밖 길가에도 아이 키보다 웃자란 달맞이꽃이 피었다. 동구 밖에서 마을로 질러가는 얕은 개울 다리는 간밤에 불어난 빗물로 반이 잠겼다. 하는 수 없이 길을 돌아 마을에 이르니 한 할머니가 노란 집으로 가는 길을 알려주었다.

잠시 평상에 앉아 말을 붙이니 혼자 사는 할머니의 세 며느리는 정선, 평창, 영월에 살고 있었다. 몸이 아픈 할머니는 밭일을 조금씩밖에 할 수 없다며 하루하루가 지루하다고 말했다. 촌로의 '지루하다'는 말은 내 가슴을 언어의 꼬챙이로 쿡, 찔렀다. 지루하다는 말은 지겹다와 따분하다란 형용사 사이에서 이골이 난 촌 여인의 일생에 끼인 지루함일 것이다. 할머니의 그 말은 외로움의 다른 표현일 것이며, 생의 끝자락에서 느끼는 회한일 것이라 여겼다. 적막함, 고독, 외로움이야말로 삶의 이면에 숨은 또 다른 삶의 얼굴이지만, 노년에 느끼는 그런 정서들은 측량할 수 없는 측은함을 띤다.

대문 앞에 핀 노란꽃 이름을 물어보니 상추씨 받으려고 웃자라게 놔둔 상추꽃이라 했다. 작은 씨앗 속에 여물어 가는 촌 할머니의 일생은 어떤 세상이었을까.

옥수수밭을 지나 노란 집으로 걸어갔다. 마을 사람들은 이 집을

개울가 달맞이꽃과 멀리 보이는 산 아래 금집

‘금(金)집’이라 불렀다. 멀리서 보아도 ‘금집’은 황금빛 꿈을 꾸는 듯했다. 할머니한테 들으니 마을 사람들이 장난삼아 칠을 한 게 ‘금집’이라니 예술적 유희가 따로 없다. 시골어른들이 빈집에 장난삼아 칠을 하기가 쉽지 않을 텐데 용케도 이 마을 사람들은 고정관념을 벗고 장난을 했다. ‘금집’은 마치 사계절 대지에 핀 달맞이꽃 같으니 대지예술이라고 해야 될까, 산이란 자연을 '금집'으로 끌어들였으니 실험 예술이라고 해야 할까, 현실과 비현실적인 경계에 있으니 초현실 예술이라 불러야 할까. 이쯤 되면 전위예술이 따로 없고, 아방가르드 예술가들 뺨칠 만하다.

낯선 '금집' 풍경이 마르셀 뒤샹의 작품 〈계단을 내려오는 나체〉를 보는 것 같다. 이 작품은 계단을 내려오는 나체의 사진을 연속으로 찍어 겹쳐놓은 듯한 이미지를 큐비즘 기법으로 그렸다. '금집'이야 낯설기는 하지만 재미있어 보인 데 반해, 이 그림은 낯설고 좀 당혹스럽다. 예술이, 인간의 정서를 지극히 높은 곳으로 고양시키고 세계를 우아한 아름다움의 이미지로 보여주는 것이라 믿었던 당시의 많은 사람들한테 이 그림은 발칙함 그 자체였다. 누드화란 것도 이상화된 여체의 아름다움을 고상하게 표현하는 것이지, 나체가 계단을 내려오는 발상은 통념적인 미의 규범을 깨는 위험한 일이었다.

이 그림이 전시된 1912년의 파리나 1913년의 뉴욕은 정숙하지 못한 작품으로 당혹스러웠다. 그러나 예술은 도덕규범이 아니고 세상과의 불화를 통해 놀라운 미술양식을 만든다. 뒤샹이 현대미술의 거장으로 추앙받는 것도 발칙한 상상으로 예술과 시대의 금기를 깨는 데 서슴지 않았고, 세상과의 불화를 통해 도래할 미지의 예술세계를 펼쳐 보인 데 있다.

빈집은 온통 노란색에 금칠이 더해져 마을 사람들은 '금(金)집'이라 불렀다.
사람이 살지 않는 빈집 돌단 위에는 장독대가 그대로 있다

'금집'을 보며 뒤샹의 〈계단을 내려오는 나체〉가 생각난 것도 장난삼아 집을 통째로 노란 칠을 한 발칙한 상상 때문이다. 낡은 빈집이 우중충해 보이기도 하고, 폐가가 마을을 이상하게 만들기도 하여 그랬을 수도 있지만, 관념의 차이가 예술이 된다. '금집'을 만든 마을 사람들을 초현실적인 예술가라 생각했다. 그들은 이 험산 준령 어딘가에 자신들만의 왕국을 건설하고 싶었던 것은 아닐까.

'금집'을 사라져 가는 풍경 속의 기억에 남을 따뜻한 집으로 만드는 것은 마당가에 돌을 쌓아올려 만든 장독대이다. 집을 품은 산과 생기 가득한 논의 벼, 울타리 앞의 깨밭, 그리고 돌단을 쌓은 장독대의 옹기가 있으므로 하여 '금집' 풍경은 자연에 합일하는 아름다움이 된다.

자연은 여름을 가장 호화롭게 채색한다. 여름 색깔은 힘차고 활기 넘치는 밀도와 강렬함, 뜨거움이 자연의 채도를 높이며 찬란하게 산천을 물들인다. 스케치북에 여름을 색으로 표현한다면 아이 어른 할 것 없이 초록 바탕에 노랑, 파랑, 빨강, 군청, 주황을 가장 많이 칠할 것이며, 초록 다음으론 노란색을 꼽을 것이다.

노란색은 모든 색 중에서 가장 많은 빛을 지상에 흩뿌린다. 초록의 공간에 자리한 노란 집은 황금빛을 밖으로 방출하며 초록보다 강하게 빛을 낸다.

금집의 대문 빗장

독일의 바우하우스 교수이며, 화가, 색채이론가였던 요하네스 이텐(Johannes Itten)은 황금빛이야말로 광선의 힘에 의해 최고로 순화한 상태를 나타내고, 물질의 중량감도 느끼게 하지 않은 채 순수하고 투명하게 진동한다고 했다. 그의 말마따나, 황금빛은 눈부신 사물을 의미했고, 비잔틴 문화의 모자이크에서 볼 수 있는 황금빛 돔(Dome)은 영원히 저물지 않을 태양의 왕국을 상징했고, 황금빛 너울이 그려진 성인들의 후광은 거룩함을 나타냈다. 노란색의 투명한 결정체인 황금빛은 지상에서 표현할 수 있는 가장 성스러운 거룩함이며 초현실적 현상의 색이다.

황금빛 칠해진 영월 '금집'은 마을사람들이 유희로 빚은 대지의 꽃이며, 그 꽃이야말로 하염없이 누군가를 기다리다 꽃이 되었다는 전설을 간직한 달맞이꽃을 닮았다. 그러나 수많은 기억을 간직한 '금집'을 볼 때면, 사랑도 번뇌도 벗어나 흔들림 없이 매우 고요한 상태의 생각에 잠긴 적념(寂念)의 경지를 느꼈다. 그리스어로 아파테이아(apatheia)는 정념(情念)이나 외계의 자극에 흔들리지 않는 초연한 마음의 경지를 의미한다. '금집'에는 아파테이아의 경지에 든 현자가 살고 있을 것 같다. 현실에 존재하면서도 '금집'은 현실을 초월했고, 초현실적인 세계에나 있을 법한 '금집'은 밭에서 고추 따는 아주머니 등 뒤에 존재했다.

창은 금색 칠한 나무판으로 막혀 있었다. 밖을 내다볼 수 없는 집에서 현자는 무슨 몽상을 하는 것일까. 밖이 보이지 않을 땐 자신의 안을 들여다보라는 신호일까. 세상 살아가며 밖이 보이지 않을 때, 세상을 배회하기보다 자기의 내면으로 길을 내라는 것일까. 기실 세상의 길은 두 갈래가 존재한다. 길 위의 길과 길 안의 길. 길 위의 길은 현실적인(wirklich) 길이고, 길 안의 길은 심미적인(ästhetisch) 길이다. 현자는 길 안의 길에서 생의 심미성을 찾고 있을 것이다.

나는 창의 말 없는 말을 들으며 현자와 작별했다. 창문 앞 텃밭에는 별 모양을 한 하얀 고추꽃과 깨꽃이 가득 피어 있다. 항아리가 예닐곱 남은 장독대 주변엔 자주달개비 무리가 올망졸

금집의 나무창

망 피어 있다. 밤이 오면 순수한 사랑 간직한 달맞이꽃은 피고
또 피어 밤새도록 황금빛으로 집을 물들일 것이다.

어느 신석기인이 쓴
창 너머 글씨 '연탄 41장'

강진 연탄가게 아저씨의 벽과
핑크 플로이드의 〈The Wall〉

강진 영랑 생가에서 시인을 보았다.

방 안에서 책을 보는 밀랍조각의 시인 인형 말고, 봄볕 따라 외출했다 돌아오는 시인의 체취, 시의 꽃에 새겨진 시인의 모습 말이다. 그의 몸에는 모란향이 배어 있었다. 시인은 봄바람 타고 산천을 떠돌다 왔는지 옷깃에선 산야초 냄새도 났다. 발자국에선 시냇물 소리도 들렸다. 눈동자에는 푸른 하늘이 가득 고여 파란물이 들어 있었다.

문을 배깃이 여니 시인의 방은 모란밭이다. 그는 해거름이면 자신이 좋아하는 보랏빛 노을 따라 들녘으로 갔다. 하여 아침햇살 빛나는 은빛 강물에 시인이 실려 올 때까지 집 안은 모란 차지다. 시인은 집에 살고 있지만 봄날은 모란 속에 들어 보이지 않고, 모란도 져서 봄을 여읜 슬픔만 찬란한 시절엔 검은 꽃씨

속에 든다. 꽃씨는 시인의 집이며, 꽃씨에선 시의 꽃이 열린다.

29년 전 다산초당 가는 길에 강진을 처음 찾았다.

어느 밭을 지나는데 모란이 끝도 안 보이게 피어 있어 모란 바다 같았다. 바람이 불 때마다 모란의 파도가 밀려왔다. 꽃 파도 너울에 갇혀 있다 보면 몸에선 잎이 돋고 얼굴엔 자줏빛 모란이 피는 것 같았다. 꽃의 여왕 같은 자태에서 깊은 향기가 나는 것은 꽃의 내면에 착색된 그리움 때문일까. 꽃이 질 때면 화려함도 덧없이 뚝뚝 떨어지는 설움 때문일까.

모란 꽃잎 몇 개를 따서 잉게보르크 바흐만(Ingeborg Bachmann) 시집 갈피에 넣어두니 시에서 향이 올랐다. 〈유예된 시간〉이란 시가 있는 페이지였는데, 책갈피에 잠든 모란 잎은 향기를 활자 속에 유예시키고 시간의 그늘에 들었다.

초행길로부터 몇 년 뒤 소설가 임철우 형의 집이 있는 보길도를 간 적이 있다. 보길도 가는 길에 이곳을 다시 찾았을 땐 영랑 생가 울타리에 달개비꽃이 피어 있었다. 모란은 자취도 없고 분홍빛 작약도 꽃이 진 후였다.

두 번의 여행길 모두 소설가 박완서 선생님과 함께했는데 한 번은 다산초당을 시작으로 남도 순례길, 또 한 번은 보길도 가는 길이었다. 초행길에 들른 강진의 한 식당에서 선생님은 간장게장을 참 맛있게 드셨다. 영랑 생가 주변에는 원추리꽃이 하늘하늘 피어 있었다. 꽃들은 제 생김새와 색깔과 향기 따라 사람을 미소 짓게 하며 아름다움이 무엇인지 묵언으로 가르쳐준다.

영랑 생가 마당에서 함께 간 작가들이 사진을 찍었다. 소설가 공지영은 풋풋한 여대생 같고, 보길도 절벽 가에서 노란 원추리 꽃을 꺾어 선생님한테 바친 시인은 청년의 해맑은 모습이며, 소설가 임철우 형은 장난기 가득한 더벅머리 대학원생 얼굴이다. 그리고 갓 예순의 박완서 선생님은 청초한 얼굴이었다. 누구에게나 그러하듯이 빛바랜 종이 거울에 새겨진 얼굴들에선 순금의 시간이 반짝거린다.

창을 순례하며 나 홀로 몇 차례 강진을 더 찾았다. 오래된 창에서 미적인 흔적과 사람의 추억을 찾는 데는 순례자의 마음이 필요했다. 투박하더라도 정이 느껴지고, 맵시 차면서도 견고한 미덕을 느낄 수 있는 창. 촌스럽더라도 예술적인 것의 감흥을 불러일으키는 창을 찾기란 쉽지 않았다. 어느 봄날 영랑 생가 인근 채마밭 낡은 건물에서 시간이 곰삭은 소리를 들었다.

퇴락한 집, 벽에 덧댄 함석판은 삭을 대로 삭아 바스라질 것 같았다. 세월에 진이 빠진 벽돌 담장 아래 나무 색이 소진된 의자 하나가 덩그마니 있었다. 불어오는 바람이 툭툭 의자를 건드렸다. 나는 사진 찍을 맘이 없는 사람처럼 빈 의자에 앉아 눈을 감거나, 아지랑이 가물대는 밭에서 봄 햇살을 즐겼다. 무량한 빛살 무늬에서 소리의 공명이 느껴졌다. 환청이었을까, 낯익은 소리의 광경에 여리게 들려오는 봄바람 같은 선율. 모차르트 〈클라리넷 5중주〉 같았다.

2악장의 라르게토였을까, 아다지오보다는 느리고 라르고보다는 빠르게 공기를 진동하는 울림. '약간 느리게'의 백미였다. 현악기가 은은하게 나오다가 제1바이올린과 클라리넷이 아름다운 2중주의 대화를 나눈다.

클라리넷 소리는 봄바람을 타고 사라져 가는 야윈 봄의 정경을 닮았다. 곰삭은 집을 스치는 바람결이 2악장의 클라리넷 화음과 비슷하단 것을 강진에 와서 알았다. 어쩌면 낡은 건물이야말로 인간의 체취가 고스란히 남아 자연에 조율되는 소리가 아닐까 싶다. 봄날의 한 시간이 아름다움의 쓸쓸한 접경에서 길을 잃고 말았다. 풍경에 잠입하는 클라리넷 소리의 처연함이 봄의 서주처럼 들려왔다.

깨진 창문 안의 글씨가 파편처럼 눈에 박혔다. '연탄 41장'이라고 흰 벽에 삐뚤삐뚤하게 쓴 검정색 타이포그래피를 보았다. 연탄집 아저씨가 연탄배달을 위해 써놓은 것일까. 동네 어딘가에 있던 그 많던 연탄가게는 모두 어디로 간 것일까. 어느 순간, 우리 주변에서 사라져 버린 연탄가게 흔적이 신기루 같았다. 주인 잃은 글씨에서 밥 냄새가 났다. 연탄 화덕 냄비에서 뜸들이던 구수한 쌀밥 냄새였다. 구공탄 위에는 김치찌개가 보글보글 끓

시간이 곰삭은 소리 들리는 낡은 건물

고 석쇠 위에서는 약간 탄 냄새를 풍기며 꽁치가 익고 있었다. 연탄가게에 저녁 밥상이 차려졌다.

'연탄 41장'이란 글씨에서 밥상 앞에 둘러앉은 식구들을 보았다. 삶을 스캐닝한 타이포그래피는 실제 풍경이 아니지만, 저녁 무렵 연탄집 모습을 실제처럼 보여주었다. 감성적으로 지각할 수 있는 타이포그래피는 풍경과 대상을 이미지로 묘사한다. 연탄과 냄비 사이에서 발갛게 달구어진 별표 모양의 삼발이도, 연탄가게 아저씨가 목에 두른 쉰내 나던 흰 수건도, 골목길을 누비던 연탄 지게와 지게 작대기도 봉인된 저 활자 속에 갇혀 있다.

연탄가게 아저씨 몸속에는 검은 탄가루가 쌓여 갔다. 연탄장수 손톱 밑에 끼어 있는 검은 때는 막 물들인 봉숭아 꽃물처럼 가실 줄 몰랐다. 눈 내리는 겨울밤, 새끼줄 끝에 매달린 까만 연탄 한 장과 봉지쌀을 가슴에 안고 걸어가는 날품팔이 가장도 보였다.

페인트칠 벗겨진 창문 안에서 구공탄 불빛을 보았다. '연탄 41장'이라고 벽에 쓴 글씨는 어느 신석기인이 암각화에 새긴 기호 같다. 타이포그래피는 인간의 본능을 표현한다. 그것은 뜨거운 밥을 위하여 20세기를 살았던 강진 촌 아저씨가 밥으로 쓴 글씨였다.

밥에서는 눈물 꽃이 핀다. 비단 강진의 연탄장수 아저씨 밥에서만 눈물 꽃이 피는 건 아니다. 세상의 모든 밥에는 눈물 꽃이 핀다. 장미가 시인 릴케에게 순수한 모순이고, 모란이 영랑에게

벽에 덧댄 함석판은 삭을 대로 삭아 바스라질 것 같았다.

순수한 설움이듯, 밤에 핀 검은 꽃은 연탄장수 아저씨한테 순수
한 모순이고 순수한 설움이다.

하얀 타일 벽에 써 놓은 '연탄 41장'이란 글씨를 보다가 하얀
벽 바탕에 "더 월"(The Wall)이라고 인쇄된 핑크 플로이드(Pink
Floyd)의 LP재킷이 떠올랐다. 그들의 앨범 재킷은 단순하지만
그것에 내포되어 있는 선동적인 요소는 부르주아 이데올로기
에 대한 반동으로 세상과 사람, 사람과 사람 사이에 거미줄처럼
쳐놓은 벽을 허물려는 것을 말한다. 프로그레시브 록(progressive
rock)의 전설이 된 밴드 핑크 플로이드는 세상의 모든 벽에 〈The
Wall〉이란 노래의 포고문을 붙여 벽이란 이데올로기를 균열시

어느 신석기인의 글씨

창 너머 글씨 '연탄 41장'.

키고자 반기를 든 전위이다.

그러나 그들은 사회주의자도, 공산주의자도, 몽상주의자도, 무정부주의자도 아니다. 그들은 벽이란 장막에 드리운 허무를 보았다. 세계의 벽은 거대해 보이지만 그 안은 진공상태 같아서 허무로 가득 차 있다. 핑크 플로이드는 벽 속의 허무란 진공에 너지를 신선한 공기로 바꾸려 했다.

프리즘을 투과한 빛에서 보이는 무지개처럼 세상의 벽에 록 이란 노래의 빛을 쏘아 무지개꽃을 피우려 했던 게 핑크 플로이 드이다(재미있는 것은 1973년에 발표되어 히트한 핑크 플로이드의 앨범 〈The Dark Side of the Moon〉의 LP재킷 역시 프리즘을 투과한 빛이 무지개 스펙트럼을 만드는 이미지이다). 그들은 다다이스트나 초현실주의자들처럼 세계에 존재하는 벽을 전복시키려고 강렬 한 사운드에 사회성 짙은 메시지, 철학적인 가사를 실어 노래하 고, 무대를 예술적으로 꾸몄던 아방가르디스트들이다.

핑크 플로이드는 진보(progressive)한 형태를 띠는 록 음악이 현대인의 억압된 실존을 해방하기 위하여 어떻게 노래하는지 보여주었다. 인간 내면의 고독한 자화상부터 20세기 자본주의 가 낳은 병폐─전쟁, 인종주의, 획일적인 교육제도, 독재, 소외, 파시즘─까지 거침없이 담아내는 핑크 플로이드의 록 사운드 (〈The Wall〉)가 우리를 인문적인 성찰에 이르게 하는 것은 세상 의 벽을 허물고 인간 자아를 만나려는 외침 때문이다. 이 세상에

핑크 플로이드의 LP 앨범 재킷 〈The Wall〉(1979)

아름다운 벽이란 존재하지 않는다. 벽은 우리를 현재에 머무르게 하는 동시에 벽을 허물고 앞으로 끊임없이 나아가게 한다.

강진에서 연탄을 지게에 지고 미장원과 단칸방, 달동네, 마을 점방, 궁항(窮巷) 같은 길을 누볐을 연탄장수 아저씨는 지난 20세기를 어떠한 편견의 벽 앞에서 살았을까. 핑크 플로이드의 〈벽〉은 잘 몰라도 자기의 벽을 어떻게 추스르며 살았을까. 가난하고 못 배운 연탄가게 아저씨는 세상의 벽보다도 어쩌면 자기가 만든 벽이 더 높았을지도 모른다. 연탄장수 아저씨를 세상의 벽 앞에서 떳떳하게 만든 것은 수다식구(數多食口)였을 것이다. 아이들 입에 넣어 주어야 할 밥은 세상의 벽과 편견을 깨는 아름다운 무기이다. 검은 연탄을 팔아 흰 쌀밥을 먹이기 위한 노동이 비록 세상의 벽과 편견을 깨는 것과 무관할지라도, 가장의 밥을 위한 고투는 눈물겹고, 세상은 밥과의 투쟁을 통해 조금씩

진보한다. 그것이 역사의 합목적성이라면, 연탄가게 아저씨의 밥을 위한 노동 역시 합목적적이다.

비록 연탄가게 아저씨는 밥벌이 외엔 아무것도 한 게 없지만 아이들은 그 뜨거운 밥을 먹으며 검은 땀을 흘린 아버지를 추억한다. 아이들은 연탄장수 아버지보다 자신의 삶과 세상을 조금 더 아름답게 만들려고 세상의 벽과 편견에 작은 숨구멍을 낸다. 시간이 퇴적한 벽에 생긴 무수한 숨구멍과 숨구멍이 역사를 반걸음 앞으로 나아가게 할 것이다. 창 너머 글씨에서 연탄장수 아저씨가 흘린 검고 굵은 땀방울을 본다. 그때나 지금이나 연탄가게 아저씨가 보고 느꼈을 편견이란 벽으로부터 우리는 얼마나 더 나은 세상을 살고 있는 것인지.

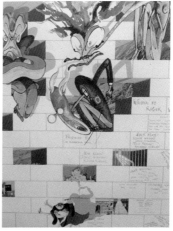

핑크 플로이드의 LP 앨범 재킷(2장) 〈The Wall〉의 속지 디자인

페인트칠 벗겨진 창문 너머 까만 글씨에서 본 것은 꽃가지였다.

겨울 한파에 꽁꽁 얼어 죽은 나뭇가지가 아닌 생명이 꽃피는 꽃가지. 오래된 글씨에 남아 숨 쉬던 삶의 꽃가지. 2013년 가을 강진을 다시 찾았을 땐 '연탄 41장'이라고 씌어 있던 낡은 건물은 통째로 사라져 버렸다. 지난 시간은 돌아보면 신기루처럼 사라지고 남아 있는 건 형해화된 기억처럼 손가락 사이를 우수수 빠져나가는 모래바람 속의 추억. 영랑 생가 꽃밭에는 모란이 진 자리마다 새까만 씨가 가득 열렸다. 내가 본 것은 풍경의 씨앗 속에 숨은 풍경이다.

빛의 틈입

도산서원 창의 로고스적인 빛과 렘브란트의 〈파우스트〉

창호지 바른 창에 깃든 빛의 너울은 선한 인간의 눈빛처럼 온화하다.

지구별에 도착한 햇빛 에너지가 매혹적인 빛으로 변신하려면 꽃과 나무, 들판과 호수, 강과 바다, 산 같은 매개물이 필요한데, 따스한 질감의 종이만큼 눈부신 광채를 되살아나게 하는 것은 없다. 이데아적인 아름다움이 존재한다면 한지에 떨어진 빛의 떨림이 심오한 영감 같은 빛살 무늬를 퍼뜨리는 것이라고 생각했다. 빛과 종이의 광합성은 말로 다 할 수 없는 미를 탄생시킨다. 한지에 산란하는 빛은 암흑보다 깊은 애수와 이슬보다 투명한 슬픔, 햇빛 자체보다 충만한 탄력을 펼쳐 놓는다.

환한 어둠 속에서 빛이 배어나는 창을 넋 놓고 바라보고 있으면 지금은 사라진 풍경과 사람들이 창호지에 그려진다. 오래전 산골 분지 마을을 지난 적이 있었다. 마당에선 할아버지와 할머니가 도리깨질하고, 토방 벽에 난 창호지 창으론 은빛 햇살이 하염없이 쏟아져 내린다. 몇 안 되는 옹기와 맷돌 놓인 장독대 주변엔 철마다 꽃이 핀다. 디딜방아 찧는 둔탁한 소리에 산새들은 지저귀며 날아들어 알곡을 줍는다. 논바닥에 거인처럼 서 있던 낟가리에 흰 눈 덮인 밤이 오면 도토리묵 쑤는 연기가 굴뚝으로 피어올랐다. 초승달 뜬 날은 일찌감치 저녁 밥상을 물리고 내기 민화투를 치기도 했다.

나지막한 구릉, 모난 데 없이 둥글둥글한 바위와 쪽빛으로 물들 것 같은 새파란 하늘, 지절대는 아이들 소리를 뒷산 능선은 온화하게 품고 있었다. 빨래다라이를 이고 가는 아낙 등에선 포대기로 감싼 아기가 잠들어 있다. 주전부리를 입에 물고 아낙 뒤를 강아지마냥 따라가는 예닐곱 된 딸아이. 돌각담 들어서면 마을 안길의 구부정한 고샅은 어머니 눈길처럼 온화하기 이를 데 없다. 저만치 가면 싸리로 만든 사립문 앞엔 황구(黃狗)가 꼬리 치고, 암탉과 병아리들을 거느린 오색 깃털의 수탉이 붉은 볏을 세운 채 밭둑을 건너가는 풍경… 무량한 햇살 가득한 창호지 창에서는 오래된 흑백사진첩을 보듯 사라져 버린 풍경이 펼쳐진다.

창호지 바른 창을 볼 때마다 시간의 심층이 켜켜이 쌓인 시간 상자란 생각을 한다. 햇빛 쌓인 창호지 창처럼 사람 심성을 은

밀히 다독이는 치유로서의 풍경이 또 있을까. 방이란 공간을 은은하게 비추는 창호지 창에 마법을 거는 건 햇빛이나 달빛, 별빛의 정감이다. 사라져 버린 창에는 슬픈 전설 같은 풍경과 사람들의 서사가 숨어 있다.

봄 햇빛은 튀어 오르는 공처럼 탄력이 좋다.

겨울잠을 자는 듯한 잿빛 햇살과 달리 봄볕에선 날갯짓이 느껴진다. 도산서원 창으로 온화한 빛이 새어들고 있다. 어두컴컴한 공간으로 은밀히 들이치는 광선은 햇빛 실타래에서 빛이 풀어져 나온 것처럼 아름답다. 태양이라는 거대한 빛 타래에서 풀린 빛살 무늬가 창호지를 수놓고 있다. 빛은 그 자체만으로도 아름답지만 사물에 닿은 빛은 보는 이를 빛의 사색자로 만든다.

선비들은 읽어야 할 서책들을 이 방에 쟁여 놓고 자기를 유폐시켰을 것이다. 자신을 돌아보며 세상을 보는 창을 마음에 달기 위해 스스로를 담금질했던 방에선 유생들이 책을 보고 있는 것 같다. 서원 공간과 고만고만한 방들은 웅대한 정신세계를 건설하려던 선비들의 유토피아였다.

도산서원 선비들의 창과 렘브란트의 에칭(etching)* 작품 〈파우

---

* 주로 동판 등의 금속판에 밑그림을 그려 산(酸)으로 부식시킴으

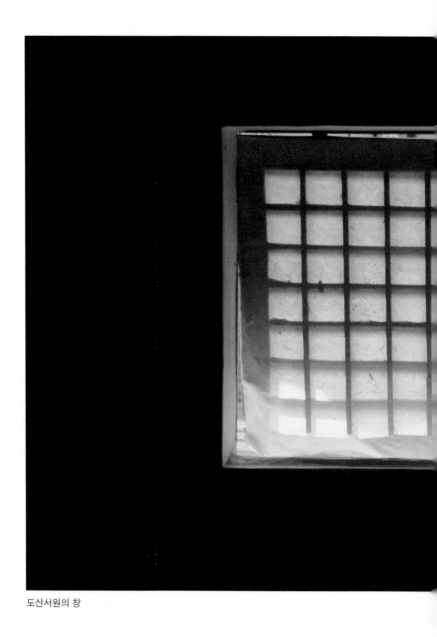

도산서원의 창

스트〉 창의 이미지는 닮은 데가 있다. 그것들은 어딘지 모르게

로써 판화를 만드는 기법. 렘브란트는 회화뿐 아니라 에칭 판화의 최
초이며 최고인 거장이기도 했다. 그는 300점 이상의 에칭 작품을 만
들었다. 파블로 피카소도 이 분야의 대가였으며, 앙리 마티스, 마르크
샤갈, 후안 미로, 조르주 루오 등도 많은 주요 작품들을 에칭 기법으
로 만들었다.

참고로 사족을 붙이면, 렘브란트가 괴테의 파우스트를 읽고 그
림을 그린 것은 아니다. 렘브란트는 1606~1669년까지 살았고, 괴테
는 1749~1832년까지 살았다. 렘브란트가 죽은 뒤 80년 뒤에 괴테는
태어났다. 렘브란트는 1652~1653에 에칭 작품으로 〈파우스트〉를
만들었고, 괴테는《파우스트》의 제1부를 1808년, 제2부를 1832년에
썼다.

파우스트는 서유럽 민담 및 문학에서 가장 오랫동안 전해 내려오
는 전설 가운데 하나로 지식과 권력을 위해 악마에게 자신의 영혼을
판 독일의 마법사 또는 점성술사에 이야기에 등장하는 주인공이다.
역사적으로 실제하는 파우스트는 실제 두 사람으로 추측되며 그 가
운데 한 사람은 자신이 악마와 '의형제' 또는 친한 친구임을 여러 차
례 암시하고 있다. 그들 중 한 사람(또는 둘 다)은 1540년경에 죽었고,
마술과 연금술, 점성술과 예언, 신학적 연구와 악마 연구, 마법과 심
지어 남색 등으로 뒤얽힌 전설을 남겼다.

파우스트가 사후에 명성을 누리게 된 것은 익명의 작가가 쓴 최
초의《파우스트편》(Faustbuch, 1587) 때문이다. 그 이후에도 크리스토
퍼 말로의《포스터스 박사의 비극》(1604), 고트홀트 레싱의 파우스
트 미완성 희곡(1784), 괴테의《파우스트》(1808-1832), 프랑스 작곡
가 엑토르 베를리오즈의 칸타타《파우스트의 저주》(1846년 초연), 하
인리히 하이네의《파우스트 박사, 무도시》(1851), 샤를 구노의 오페라
《파우스트》(1859년 파리 초연), 폴 발레리의《나의 파우스트》(1946),
토마스 만의《파우스트 박사》(1947) 등 19, 20세기에 들어서도 많은
작가들이 파우스트를 썼다.

인본주의적이다. 선비들과 파우스트 박사는 학문을 축으로 세계를 인식했다. 그래서인지 선비들의 창과 〈파우스트〉의 창에서는 로고스적인 햇빛이 빛난다.

중세의 모든 학문(철학, 법학, 의학, 신학)을 연구한 파우스트 박사는 로고스적인 지식에 한계를 느끼곤 영적인 힘과 계시를 얻어 삶과 우주의 신비를 캐고 싶어 한다. 그러나 불가능한 욕망은 그를 악마인 메피스토펠레스의 유혹에 빠지게 하고 결국 파우스트는 많은 죄를 짓게 된다. 파우스트는 끊임없이 무의식적 죄책감에 고뇌하고 성찰하며 참회한다. 그것은 파우스트가 악마의 유혹에 빠져있으면서도 양심적이기 위해 '무제약적으로 선하고자 하는 의지', 즉 선한 인간(guter Mensch)으로서의 최소한의 양심을 보여주려 했던 것 같다. 그래서 괴테는《파우스트》에서

비록 인간은 노력하는 한 방황하여도
Es irrt der Mensch solang er strebt

선한 인간은 올바른 길을 알고 있는 것이다.
Ein gutes Mensch in seinen dunklen Drange,
Ist sich des rechten Weges wohl bewnßt.

라고 한 것이 아닐까.

도산서원의 방에 난 작은 창.
선비들은 저 작은 창을 통해 세계를 사유했다. 창 안은 유교 이데올로기가 지배하는
거대한 우주였고 담장 너머는 밥이 지배하는 광막한 우주였다. 창 안은 성리학적
질서에 의해, 담장 밖은 밥벌이의 구조에 의해 굴러갔다. 창 안에 사는 사람들이 공맹의
왕도정치를 따랐다면 담장 너머 사는 무지렁이들은 철저하게 밥의 존재론을 따랐다.
담장 안과 밖 사람들은 모두 생로병사에 시달렸다. 창밖 연초록 물오른 나무를 바라보며
선비들은 어떤 생각에 잠겼을까? 봄은 왔지만 봄은 아니다.

렘브란트, 〈파우스트〉(1652~1653),
에칭, 20.9×16.1cm, Mz.275. ‖ 피어폰트 모건 도서관, 뉴욕

　렘브란트가 중세 독일에서 실존했던 인물 파우스트를 그린
것도 어쩌면 인간이 악에 물들 수밖에 없는 현실의 명암 같은
선과 악을 미술적인 '명암대비'를 통해 보여주려고 했는지 모른
다. 왜냐하면 회화 속 빛과 어둠의 명암대비를 렘브란트만큼 극
적으로 보여준 화가는 또 없기 때문이다.

서원 선비들의 창과 렘브란트의 〈파우스트〉 창의 이미지는 다
른 점도 있다.

서원의 창은 소박하기 그지없다. 박꽃의 순수한 흰색, 한지 창에 쌓이는 흰 빛은 학문의 길을 찾던 선비들의 투명한 눈 같다. 그러나 렘브란트의 〈파우스트〉 창 앞에는 눈부신 마법의 원반이 빛나고 있다. 자연적인 햇빛과 달리 마법의 빛은 화려하고 찬란하다. 마법은 인간의 능력을 뛰어넘는 이상한 힘 혹은 신기한 술법이다. 마법은 이성을 바탕으로 한 로고스, 즉 학문의 세계가 아니라 정염을 바탕으로 한 파토스의 세계이다. 무엇에 홀린 듯 눈부시게 빛나는 마법의 원반을 응시하는 그림 속 파우스트야말로 현재를 사는 우리들의 또 다른 모습일 수 있다. 21세기의 수많은 파우스트들에게 메피스토펠레스가 마법의 거울을 비춰준다.

살다보면 파우스트를 유혹했던 메피스토펠레스의 햇살을 만날 때도 있겠지만, 오아시스를 찾아 묵묵히 사막을 건너가는 낙타처럼 현실을 견뎌내고 싶다. 도산서원에 달이 뜨면 한지 바른 저 창에도 달빛이 들고, 별이 뜨면 창가에 별빛도 총총할 것이다.

'무언가'(無言歌)를 부르는 이야기꾼

흙과 돌과 나무로 빚은
시간의 더께 앉은 창과 박수근의 〈목련〉

아름다운 것들은 비루한 세상에서 우리 곁에 잠시 머물곤 사라진다.

길과 길 사이에서 내가 본 것은 창이지만, 내 심상에 비친 것은 창이란 형상 너머 세계이다. 창을 경계로 존재하는 안과 밖의 세계는 그 자신의 고유한 기호를 갖는다. 창 안이 현실 세계만을 의미하지 않듯 창밖 역시 풍경으로 보이는 세계만을 의미하지 않는다. 창의 안과 밖에는 이데아가 존재한다. 창에서 이데아의 흔적을 발견한다는 것은 예술적인 것의 감흥을 불러내는 일이며, 우리 곁에 잠시 머물다 사라지는 미적인 것을 포착하는 것을 말한다.

미적인 이데아가 존재하는 시간은 투명한 유리창이 햇빛에 반짝이는 순간만큼 찰나이다. 그러므로 현존하는 아름다움이란 것은 존재하는 것이 아닐지도 모른다. 창에 잠깐 비친 미적인 것을 찾아 방랑하는 시간들은 보이는 세계에서 보이지 않는 꿈을 찾는 순례였다. 보이지 않는 창밖은 미개척지라는 이름의 황야이다. 이데아의 정신이 현상되는 세계로서의 창에는 황야의 이리가 살고 있다. 나는 굶주린 황야의 이리처럼 창밖을 방랑한다.

청포도 익어 가는 7월의 끝날 이천 산수유 마을을 찾았다.

소쩍새 울음 따라 산수유는 사라졌지만 길가 흙담장, 작은 울타리마다 능소화가 휘늘어져 피었다. 어느 집 마당에는 구슬만 한 꽈리가 여물어 가고, 겹채송화도 한창이다. 나리꽃들은 토담 가에 가냘프게 피어올라 바람에 한들거린다. 올 여름은 유난히 긴 장마와 땅이 갈라져버릴 것 같은 더위에 꽃들도 수난이다. 파밭 한쪽에 수북하게 피어 있는 도라지꽃들도 태반은 거센 빗줄기에 꺾여 옆으로 스러져 있다.

이맘때면 어디를 가도 마을길 한쪽과 집집마다 봉숭아꽃이 피어 있다. 어느 집 담장 위로 핀 수세미꽃들은 청초한 노란 빛깔을 파란 하늘에 섞어 눈이 부시다. 요 며칠 계속 내린 비 때문인지 돌담에 핀 이끼는 진초록 빛을 내뿜으며 싱싱하게 퍼져 갔다.

분꽃이 소담하게 핀 골목을 지나다 말고 창가에서 웃고 있는 소녀를 보았다. 황토에 돌이 실팍지게 박힌 담장의 창이었다.

'무언가'를 부르는 이야기꾼 창

오래된 담장은 풍상에 지쳐 한 곳이 허물어졌다. 다행히 담쟁이 같은 초록 잎들이 담벼락을 뒤덮을 푸름으로 배틀려 오르느라 상처가 가려져 담장에선 생명력이 느껴졌다.

황토를 물에 개어 바른 창가 흙담은 시간에 곰삭아 진했던 빛깔이 말갛게 변했다. 황토의 말간 빛깔은 쌀뜨물을 뿌려놓은 듯, 분가루를 발라놓은 듯 고와보였다. 창가 옆에는 목련나무 한그루가 오랜 친구처럼 서 있다. 봄이면 나무는 목련꽃을 소담하게 피워 창과 담장에도 흰 꽃이 만개했을 것이다.

흙담에 피었을 하얀 목련은 박수근의 〈목련〉과도 닮아 보인다. 시골에 가면 어디서나 쉽게 볼 수 있는 흙담이나, 화강석 표면을 긁어 유화물감에 섞어 칠한 것 같은 박수근의 색채 톤은 우리네 심성 어딘가에 있을 법한 색이다. 시골 석수장이가 정으로 돌을 쪼아 곱게 만든 표면에 그림을 그린 것 같은, 혹은 사진 속의 창가 흙담에 색채를 입힌 것 같은 박수근의 그림들. 그의 그림들에선 할머니나 어머니가 쓰시던 오래된 텍스타일(textile)에 칠한 유화물감이 걸러지고 남은 온화한 질감을 느낄 수 있다.

박수근의 〈목련〉은 무명저고리 차림을 한 시골처녀의 내면을 보듯 순박하다. 흙담 창가에 핀 목련꽃 그늘 아래로 함지를 이고 지났을 마을 아낙들과 공기놀이를 했을 여자아이들, 딱지치기나 자치기, 구슬치기를 했을 동네 꼬맹이들, 포대기를 허리에

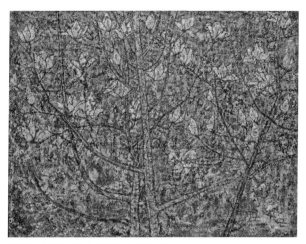

박수근, 〈목련〉(1964), 캔버스에 유채 27×54.

질끈 동여매고 아기를 재우며 장사나간 엄마를 기다리던 소녀, 빨래다라이를 머리에 이고 냇가로 갔을 이 집 아낙의 모습이 보일 것만 같다.

그런 점에서 견고한 마티에르(matière)가 느껴지는 창가 흙담이나 박수근의 그림은 우리의 내면을 들여다볼 수 있는 창이며 거울이다. 표면적으로 보기엔 빛바랜 흙담이고 색조 드러난 형태의 그림이지만, 그것들은 심미적으로 우리들 내면을 향하는 삶의 은유이며, 흙담과 색채의 겉을 한 꺼풀 벗길수록 진솔하게 드러나는 우리들의 추억일 것이다.

수수해 보이는 창의 해묵은 나무에선 구수한 냄새가 난다. 작고 네모난 창틀 칸은 삶의 이야기를 함뿍 머금은 형상공간

(Bildraum)이다. 그 공간에는 농사일로 손가락 마디마다 굵은 옹이가 박힌 늙으신 아버지와, 가마솥에 쇠죽을 쑤느라 불을 때는 등 굽은 어머니가 계실 것 같다. 방안의 앉은뱅이책상에선 숙제하던 아이가 졸고 있고, 툇마루에선 눈이 어두운 할머니가 콩나물을 다듬고 있을 것 같다. 마당 한쪽 앵두나무 밑에는 선한 눈망울을 간직한 백구가 어린 새끼들 털을 핥아 주고, 장대 받쳐 둔 빨랫줄에는 식구들 옷가지가 바람에 살랑대는 풍경도 들어 있을 것 같다.

활짝 열려 있는 낡은 대문에서 옥수수 삶는 냄새가 풍겨왔다. 화덕 양은솥에서 하얀 김이 오르고 있었다. 사람의 생로병사가 응축된 촌부집 창엔 시간의 더께가 쌓여갔다. 나는 창밖을 서성이며 " … 우리는 얼마나 많은 것을 잊고 살아가는지 … " 하는 동물원의 노래를 가만히 따라 불렀다. 속절없는 시간은 사물에 이야기를 남기곤 사라지고, 창은 무언가(無言歌)를 부르는 이야기꾼 같았다.

골목길에 훗훗한 바람이 들어서고 담장과 창으로 그늘이 내리고 있다. 창호지에 비친 햇살이 지고 나니 창은 모노크롬(monochrome) 미술같이 담백해 보인다. 캔버스가 된 오래된 돌과 흙과 나무의 창에 그늘이 무수한 선을 긋고 있다. 햇살과 달리 보일 듯 보이지 않는 그늘의 선은 무위의 선이다. 그늘은 반짝이는 것의 이면에서 존재하는 무량한 형상으로 우리 곁에 있

흙과 돌과 나무로 빚은 시간의 더께 앉은 창

다. 촌부집 창의 그늘에서 변주되는 무위의 선에서 그늘의 따스
함이 건너오고 있다. 한때는 '미'(das Schöne)란 게 고상하고 고
귀한 것이라고 여겼던 적이 있었지만, 시간이 퇴적한 촌부집 창
에서 보듯 그 집에 사는 식구들의 이야기와 인정과 손길이 창에
쌓이면, '숭고'(das Erhabene)한 소박함 묻어나는 아름다움이 된
다는 걸 알았다. 그늘 속 푸른 시간의 인간적인 것에는 우리가
잊고 지냈던 기다림이 있다. 촌구석에 한 백년쯤 붙박이로 남아
있는 창에서 박꽃의 자태 같은 소박함을 본다.

골목을 해찰하다가 삭아 가는 녹슨 함석지붕을 이고 있는 돌담
을 만났다. 황토에 질박하게 박힌 생긴 그대로의 정겨운 돌들은

삭아 내린 녹슨 함석지붕과 돌담 그리고 지붕 위의 연통

착하게 살아가는 사람들의 소박한 심성처럼 편해 보인다. 연기가 빠져나간 연통엔 정지된 시간이 걸려 있는 듯 고요하다.

시간이 퇴적한 창만큼이나 어쩌면 더 오랜 세월 마을 사람들의 이야기를 간직하고 있을 돌담. 오랫동안 잊고 살았던 자화상을 보는 것 같다. 사람과 사람의 이야기가 잠들어 있지만, 유리판에 명암이 반대로 재생된 사진처럼 흐릿한 화상(畵像)으로 존재하는 우리들의 자화상. "산모퉁이를 돌아 논가 외딴 우물을 홀로 찾아가선/ 가만히 들여다"보면 "우물 속에는 달이 밝고 구름이 흐르고 하늘이 펼치고/ 파아란 바람이 불고" 있을 것만 같고, 사나이 모습을 한 추억 속의 아버지와 꽃각시 얼굴의 추억 속의 어머니가 돌담에서 걸어 나올 것 같은 풍경. 우주에서 날아든 별똥별 하나 마음에 사선을 그으며 지나간다.

산모퉁이를 돌아 논가 외딴 우물을 홀로 찾아가선
가만히 들여다봅니다

우물 속에는 달이 밝고 구름이 흐르고 하늘이 펼치고
파아란 바람이 불고 가을이 있습니다

그리고 한 사나이가 있습니다.
어쩐지 그 사나이가 미워져 돌아갑니다

돌아가다 생각하니 그 사나이가 가엾어집니다.
도로 가 들여다보니 사나이는 그대로 있습니다

다시 그 사나이가 미워져 돌아갑니다.
돌아가다 생각하니 그 사나이가 그리워집니다

우물 속에는 달이 밝고 구름이 흐르고
하늘이 펼치고 파아란 바람이 불고 가을이 있고
추억처럼 사나이가 있습니다

— 윤동주의 시 〈자화상〉 전문

시에는 오랫동안 들여다보지 못한 내 모습이 낯설고 해쓱한 얼굴로 서성거린다. 내 마음의 마을 어딘가에는 명경 같은 우물이 있고, 그 "우물 속에는 달이 밝고 구름이 흐르고 하늘이 펼치고 파아란 바람이 불고" 있을 것만 같다.

꽃이 지고 있다. 꽃이 지는 길은 감흥 대신 추억이 길을 밀고 간다. 창이란 풍경에 비친 돌담과 사람들 이야기, 꽃과 바람과 별과 달은 현실이며 미완의 꿈이다.

조금은 촌스러운
꽃무늬 커튼이 드리운 창

백련사 동백숲에서 다산초당 가는 오솔길과
파울라 모더존 베커의 〈동백꽃 가지를 든 자화상〉

3월 하순에서 4월로 넘어갈 무렵 우리의 마음은 남녘을 향한다.

강진 도암만을 끼고 길을 걷다가 대문 열린 집 마당을 들여다
보면 봄바람이 흙담장을 넘어온다. 장독대 옆 화단에선 금빛 수
선화 몇 송이 봄을 재촉하고, 새순 올라온 모란에선 계절의 조
숙한 감흥이 풍겨왔다. 키 작은 동백나무에서 떨어진 꽃이 흙을
붉게 물들인다. 화단에 꽃봉오리째 떨어진 동백은 속으로 붉은
말을 머금은 시악시 같다. 무엇을 말하려다 끝내 한 마디 말도
못하고 돌아서는 촌각시 같은 꽃, 동백. 백련사 숲길은 빨갛게
덮여 차마 발걸음을 뗄 수가 없다.

동백을 닮은 오래된 책 한 권을 본다.《몬테크리스토 백작》,《삼
총사》를 쓴 알렉산더 뒤마의 아들, 알렉산더 뒤마 휘스의 소설

집《춘희》이다. 홍대 앞 산울림 소극장 철둑길 옆에 있는 헌책방 '숨어 있는 책'에서 샀는데 1967년 민조사에서 출간된 것이다. 누르스름한 갱지에 인쇄되어 책장을 넘길 때면 버석버석했다. 재미있는 것은 책 표지 제목을 촌스러울 정도의 빨간 바탕에 '椿姬'란 금색 글씨를 입혔다. 표지 장정이 여자의 입술에 칠한 새빨간 루주(rouge) 같은 게 소설의 무언가를 암시하는 것 같았다. 이 소설의 원제목은 'La Dame aux camélias'이고 우리말로 하면 '카멜리아꽃을 단 여인'이다. 카멜리아가 동백나무를 뜻하니 '동백꽃 여인'으로 옮겨도 좋을 것 같다.

뒤마 휘스는 1848년《춘희》를 발표했다. 자신이 사랑했던 파리 사교계의 고급 창녀 마리 뒤플르씨스와의 실화를 바탕으로 한 소설이다. 그는 소설 속 여주인공 마르그리뜨에 대하여 "나

알렉산더 뒤마 휘스의 소설집《춘희》(椿姬, 1967)

는 창부라는 한 여인이, 한평생 오직 한 번 진실한 사랑을 경험하고, 그 사랑 때문에 괴로워했고, 그 사랑 때문에 죽어갔다는 것을 발견한 것이다"라고 썼다. 동갑내기였던 뒤마 휘스와 마리는 이룰 수 없는 사랑으로 번민했으나, 마리는 스물세 살 꽃다운 나이에 폐렴으로 요절했다.

6년 뒤, 이탈리아의 작곡가 베르디는 뒤마 휘스의 소설《춘희》를 각색하여 불멸의 오페라 〈라 트라비아타〉(La Traviata)를 만들었으며, 1853년 베네치아의 라 훼니체 극장에서 역사적인 초연을 했다. 파리 사교계의 고급 창녀였던 '동백꽃 여인' 마리는, 오페라 속의 여주인공 '비올레타'로 되살아나 생전에 못 다 이룬 사랑을 하고 있다. 동백꽃은 오페라 속의 여주인공이 좋아하던 꽃이다. 라 트라비아타(La Traviata)란 이탈리아 말도, '길 잃은 여인', '방황하는 여인', '버림받은 여인'이란 의미라니 동백꽃 붉은 연정은 비련을 상징하는 것만 같다.

〈동백꽃 가지를 든 자화상〉을 그린 독일의 표현주의 화가 파울라 모더존 베커도 서른한 살에 요절했다. 자화상 속의 여자는 엄지와 검지손가락으로 동백꽃 가지를 들고 있지만 파릇한 잎사귀 사이 연붉은 꽃잎 한 장만 보일 뿐, 꽃이 없다. 예로부터 동백은 꽃을 세 번 피운다고 한다. 나무에서 한 번, 땅 위에서 한 번, 그리고 마음속에서 한 번 꽃을 피운다는데, 이 그림엔 동백

꽃이 여자의 마음에 물들고 있다. 마음에 붉게 물든 동백이 현
상되는 자리는, 그림 속 여자의 눈가이다. 불그스레한 동백 꽃물
이 처연한 그리움의 빛깔로 여자의 눈가를 물들였고, 이마와 볼

파울라 모더존 베커, 〈동백꽃 가지를 든 자화상〉

과 입술 주변에도 애수 짙은 꽃물의 흔적이 남아 있다. 그림 속 여자의 눈은 붉게 핀 동백꽃이다. 불꽃같은 생을 살다간 파울라 모더존 베커가 "독일 예술계를 단숨에 현대로 끌어올린 화가"로 회자되는 것도 이 작품에서 보듯 동백꽃을 가지에 그리지 않고, 마음에 물든 꽃의 흔적을, 동백이 변주된 눈[目]의 꽃으로 피어나게 한 데서도 그녀의 천재성을 엿볼 수 있다. 플라톤의 말처럼 세상의 모든 것에 이데아가 존재한다면, 그림 속 여자의 영혼에 깃든 이데아는, 동백꽃이 붉게 물든 눈일 것이다.

파울라 모더존 베커의 〈동백꽃 가지를 든 자화상〉이 꽃봉오리째 툭, 툭, 떨어진 동백의 허무가 여인의 눈가를 물들였다면, 윤희경의 〈동백〉은 꽃의 분화구에서 새빨갛게 터지는 원초적 생명력이 고혹적으로 그려졌다. 이 그림의 동백은 잠들어 있는 의식을 깨울 만치 붉다. 어두운 빛에서 밝음의 세계로 나아가는 붉은색을 함초롬히 머금은 그림 속 동백은, 타오르는 불꽃같은 루비의 붉은 빛을 연상시킨다. 한 꽃송이마다 붉은 해를 품은 동백은 겨울 설원을 뚫고 솟아올라 불가능한 것에 부딪치려는 생의 불가사의처럼 경이롭다. 꽃의 빛깔은 세상살이에 덧난 상처에 새살을 돋게 하고, 절망을 완화시키며, 실존에 대한 의지를 갖게 한다. 그렇지만 활짝 핀 동백이나 금방이라도 꽃망울을 터뜨릴 것 같은 윤희경의 〈동백〉이 처연한 것은 붉은 빛의 이면에 깃든 신비한 허무 때문일까. 그녀의 〈동백〉은 별 한 송이가 태어나는 것 같다.

윤희경, 〈동백〉

지금도 나에게는 검정 교복을 입던 까까머리 학생시절, 명동의
고전음악감상실 '필하모니'를 들락거리던 입장권이 한 장 있다.
오백 원을 내면 환타 한 컵을 받아들곤 대형 스피커가 있는 실
내에 앉아 죽치고 고전음악을 감상하는 곳이었다. 턴테이블에
서 돌아가는 LP 회전수를 화사한 소리로 바꿔주던 진공관 앰프
는 붉은 열정 가득한 동백꽃 같았다. 우연인지 필하모니 입장권
'신청음악란'에 나는 〈라 트라비아타〉를 신청곡으로 적었었다.
그때부터 비올레타란 동백꽃 여인을 짝사랑했는지, 지금도 동

명동 고전음악 감상실 '필하모니' 티켓
까까머리 시절부터 가끔 죽치고 듣던 명동 고전음악 감상실 '필하모니' 티켓이
오래된 수첩 비닐 안쪽에서 용케도 살아 있어 놀랐다. 1980년 7월 11일이라고
박힌 스탬프를 보니 1979년 늦가을 G.O.P 철책에 들어갔다 나온 뒤 휴가 때이니
영혼을 다스리는 음악이 필요해서였을까. 다시 '필하모니'를 찾았었다.
비올레타가 나를 구원할 리도 없는데 죽어라고 〈라 트라비아타〉를 들었다니!
희망곡을 신청하지 않아도 음악이 넘쳐나는 시대에 다시 종이 한쪽에
희망곡을 적고 싶은 것은 희망 때문이다. 희망곡을 쓰면 희망이 나올 것만 같다.
나는 희망한다. 그러므로 나는 존재한다!

백을 보면 가슴 한쪽이 붉게 물든다.

동백이 질 때면 마음이 스산한 것은 소설 속의 애달픈 실연이
나 비올레타의 버림받은 사랑 때문만은 아닐 것이다. 동백꽃 자
리에는 얼마나 많은 사람들 이야기가 사랑의 연민으로 채워진
것일까. 동박새들의 화음에 잠시 걸음을 멈추고 숲을 바라본다.

백련사 올라가는 길에 집 한 채가 보였다. 인기척은 없었지만
세간도 온전해 보였고, 빨랫줄과 빨래집게도 튼실한 걸 보니 주

인은 외출중인 것 같았다. 창에 드리운 커튼에는 화사한 연분홍 꽃이 물들었다. 독일의 많은 집 창엔 하얀 레이스 커튼이 걸려 있고, 창가에는 화분들이 놓여 있다. 언제부터인가 우리네 창에 서는 커튼 보기가 쉽지 않아졌다. 어느 사이 창문엔 커튼 대신 모던한 블라인드로 바뀌었다.

창에 쳐진 커튼을 보면 왠지 그 집 식구들 심성이 착할 것 같 단 생각이 든다. 이 집 창문의 울긋불긋한 커튼은 조금 촌스러 워보였지만 정겨웠다. 잘나고 세련된 게 넘쳐나는 세상에서, 좀 촌스럽고 어수룩한 걸 보면 그렇게 반가울 수가 없다. '세련된 맛이 없어 엉성하고 어색한 데가 있다'는 '촌스럽다'란 형용사 는 시대와 세태에 뒤떨어졌다는 말이 아니라 인간이 지니고 있 는 페르소나(Persona)가 순연히 드러난, 퍽 인간적인 모습 같다.

흰색 페인트칠 벗겨진 창틀 둘레에는 방풍용 비닐을 막 뜯은 흔적이 남아 있었다. 꽃무늬 커튼을 열면 방안은 어떤 풍경일 까. 동백꽃이 소담스레 담긴 옹기가 놓여 있진 않을까. 자식 출 가시킨 노부부가 단출히 사는 집일지도 모르고, 시집 안 간 여 자의 단아한 방일지도 모르고, 헌 집을 작업실로 쓰는 화가의 방이거나, 책상 앞에 '춘소일각치천금'(春宵一刻値千金)이라 쓴 종이를 붙여 놓은 한 시쟁이가 '봄밤의 한 시간은 천금의 값어 치가 있다'라며 아름다운 봄밤을 시로 지으며 사는 집일지도 모 른다. 커튼이 드리운 창문 앞에서 미완의 상상을 즐기며 발길을

조금은 촌스러운 꽃무늬 커튼이 드리운 창

옮겼다. 조금은 촌스러운 꽃무늬 커튼이 드리운 창 집 주인은 초당으로 나들이 간 것일까.

동백나무 숲길을 지나 산속 조붓한 오솔길을 따라가면 다산초 당이 나온다. 백련사에서 다산초당 가는 길은 인적 없어 호젓하 다. 산길에 꽃을 피운 나무는 화사한 얼굴을 드러내고, 꽃을 틔 우려는 나무는 온몸이 부풀어 올랐다. 나무만 그런 게 아니라 세월에 닳아 얼굴 밋밋한 초당 바위와 무당벌레, 새와 공기도 부풀어 오르는 봄.

산에 막 피기 시작한 연분홍 진달래는 애잔한 빛깔이다. 봄날 존재하는 것들은 색이 드러날수록 무명한 애잔함을 띤다. 바람 이 전해 주는 숲의 소리 앞에서 생은 침묵해야 한다. 숲길에서 는 침묵만이 생을 견인한다. 적막히 찾아드는 것들을 침묵으로 맞으면 꽃 한 송이 필 때마다 숲이 진동하는 울림을 느낄 수 있 다. 산색이 잿빛에서 연한 새순 빛깔로 변신할 무렵 이 길을 걸 으면, 마음에서도 어린순 같은 빛깔이 차오른다. 꽃들이 진창으 로 완연한 봄보다 나목들이 봄 나무에로 건너가는 잿빛 침묵 속 의 개화는 대지에 창을 달아 준다.

쉬잇, 꽃 피는 산중에선 가만가만 걸을 것!

이상한 굴뚝이 있는 나무 덧창 집

덴노흐(dennoch)의 미학과 동화 여행길과
가브리엘레 뮌터의 〈노래〉

창문 바깥에 달린 '나무 덧창'은 동화 속 풍경을 떠올리게 한다.

남부 독일의 중세 도시 로텐부르크의 나무 덧창과 프랑스 남
동부 알프스 산록에서 지중해 연안에 있는 프로방스의 나무 덧
창이 그렇다. 로텐부르크의 나무 덧창은 원목 질감을 그대로 살
렸거나, 무채색이 칠해졌거나, 볕에 바랜 광목처럼 담담한 색깔
이다.

로텐부르크에 살 때 하숙집 창에 달린 나무 덧창은 소박하고
낭만적인 이국의 아름다움으로 비쳤다. 브람스처럼 수염이 덥
수룩한 하숙집 주인은 화가였는데, 중세적 풍취 물씬한 창가 캔
버스 앞에서 그림을 그렸다. 마치 바로크 시대의 화가가 창가에
서 그림에 몰두한 것 같은 모습은 고풍스런 건물과 어우러져 멜
랑콜리한 풍경화로 보였다. 화가는 해 질 무렵이면 나무 덧창을

꼭 닫고 실내에 주황색 불을 여러 겹 켰다.

덧창은 비바람과 추위를 막아 주고 빛이 창밖으로 새나가지 않게 했으며, 방안의 감빛 램프등은 안온하고 더 따스해 보였다. 건축미적으로도 나무 덧창이 달린 집은 목가적인 정서를 불러일으켰다. 덧창을 닫으면 창의 눈이 감겨지는 것 같고, 덧창을 활짝 열면 창의 눈을 뜨게 하는 건축의 유희가 느껴졌다.

로텐부르크와 달리 프로방스의 나무 덧창에선 은연한 유채색이 빛나고 있었다. 구릉을 오르면 멀리 숲의 평원이 펼쳐지고, 마을 종탑 아래로 오래된 집들이 모여 옛이야기처럼 살아가는 프로방스. 붉은 지붕 가득 내려쬐는 수려한 햇살이 나무 덧창을 한없는 그리움으로 비치고 있다. 12세기 프로방스 문화의 전성기 때 지어진 초기 로마네스크 양식의 건축물에선 고색창연한 시를 읊는 음유시인의 시구가 창에서 흘러나올 것 같았다.

이 지방의 시골길을 덮은 라벤더밭에 떨어진 햇살은 보랏빛으로 산란하며 나무 덧창에 착색하여 빛바랜 바이올렛색이 된다. 세상 그 어디에서도 볼 수 없는 색깔이, 나무 덧창에서 빛나는 곳이 프로방스이다. 원색으로 칠해진 남프랑스의 나무 덧창에서는 색의 상상력을 자극하는 샤먼적인 우수가 느껴진다.

우리네 가옥에선 나무 덧창 보기가 그리 쉽지 않았다. 강화도를 떠돌다가 해변가 후미진 집에서 그 창을 볼 수 있었다. 나무 덧

처마 밑으로 난 나무 덧창에 담장이가 집을 지었다.

이상한 굴뚝이 있는 나무 덧창 집

창 보이는 빈집 대문엔 큰 자물통이 채워져 있고 앞마당에는 처음 보는 아주 희한한 굴뚝이 서 있다. 허물어진 돌담 따라 핀 나팔꽃에선 뚜뚜따따 나팔소리가 들릴 것 같다.

이른 아침 활짝 피었다가 오므라든 나팔꽃 옆에는 한 소녀가 꽃을 따고 있었다. 소녀가 발걸음을 옮길 때마다 누렁 강아지가 꼬리를 흔들며 따라다녔다. 아이들이 해찰 부리듯 강아지가 꽃밭을 돌아다니자 소녀는 "꽃돌아, 저리 가 있어!" 라고 했지만 누렁이는 더 신나게 꼬릴 치며 뛰어다녔다. 햇빛에 반사된 소녀의 진줏빛 눈에선 무지개색이 스치기도 하고, 영롱한 이슬이 비치기도 했다. 머리에 나팔꽃을 꽂은 모습의 소녀와 강아지, 빈집 대문 앞 이상한 굴뚝과 담쟁이가 점령한 나무 덧창은 동화 속의 한 장면 같다. 낯선 풍경 앞에 잠시 나타났다 사라진 소녀를 보고 동화적인 상상을 해보았다.

꽃을 좋아해서 '꽃돌이' 라고 부르는 순박한 이름의 누렁 강아지와 꽃 따는 소녀는 '꽃사리Bao213b' 란 별에서 왔다. '꽃사리'의 옛 이름은 '화사리'(花沙里)이다. 들꽃이 모래알처럼 많은 별이라서 '화사리' 라고도 불린 내력을 가진 꽃사리Bao213b. 이 별에 사는 사람들은 신기하게도 머리에 꽃이 한 송이씩 피어 있다. 머리에 보랏빛 제비꽃 핀 아이, 노란 수선화 핀 소녀, 빨간 들장미 핀 아주머니, 과꽃 핀 아저씨, 솜다리꽃이 핀 할머니, 하얀 감꽃 핀 할아버지 … 사람들 머리에는 저마다 다른 꽃이 피

이상한 굴뚝 앞의 나팔꽃

어 있다. 그래서 사람들은 이름 대신 당산나무 아래 쑥부쟁이네
집, 동구 밖 노랑민들레 집, 구멍가게 봉숭아네 집이라고 부른
다. 꽃돌이와 함께 사는 소녀 머리에는 연분홍 나팔꽃이 피어서
사람들은 나팔꽃 소녀라고 불렀다.

　사람 내면에는 심연이란 깊은 곳, 영원한 미궁 같은 짙푸른
섬이 있듯 이상한 굴뚝 속 심연에는 우리가 알지 못하는 신세
계, 꽃사리Bao213b 별이 있다. 사람들은 이상한 굴뚝을 빈집 앞
에서 무너져 가는 쓸모없는 것으로 여겼지만, 실은 이 굴뚝이야
말로 외계로 가는 등대 역할을 한다. 그리고 굴뚝 앞의 빈집 나
무 덧창은 스타 게이트처럼 미지의 별로 가는 문이다. 세계에는
우리가 잘 모르는 외계와 연결된 문이 셀 수 없이 많다. 외계로

가는 문은 실존하지만, 3천 5백 년 전 혹은 7천 9백 년 전이나 1만 2천 년 전에 폐쇄되어 존재하면서 존재하지 않는 공간이 된 곳도 많다. 굴뚝 속 심연, '꽃사리' 별 문 앞에는 한줄기 빛으로 존재하는 꽃의 요정이 살고 있다. '꽃사리' 별나라는 노란별 모양으로 반짝반짝 빛나는 별꽃들이 어찌나 휘황한지, 고흐의 〈별이 빛나는 밤〉에서 본 소용돌이치는 별 같기도 하고, 보티첼리의 그림 〈비너스의 탄생〉에 나오는 조개를 닮은 조개꽃도 있고, 작은 연못에는 모네의 그림 〈수련〉에서 본 꽃들이 색색으로 가득 피어 있다. 어떤 꽃은 마티스의 그림 〈금붕어〉처럼 생긴 것이 바람결에 흔들릴 때마다 금붕어가 어항 속을 헤엄치듯 금 비늘이 눈부시고, 흰 재스민꽃이 들녘을 가로질러 꽃바다를 이룬 곳도 있다. '꽃사리'는 그야말로 신비한 꽃의 별이다.

지금까지 이 별을 다녀간 지구인은 프랑스인 클레망 필리베르 레오 들리브(Clément Philibert Léo Delibes)란 사람밖에 없다. 들리브는 오페라 〈라크메〉(Lakmé)를 작곡하며 꽃사리Bao213b 별에서 보았던 꽃의 노래들을 〈꽃의 이중창〉(Flower duet)이란 제목으로 만들어 몽환적이고 신비한 아름다움을 자아내는 선율로 탄생시켰다. 들리브의 〈꽃의 이중창〉을 들은 사람들은 마음에 꽃 한 송이가 피어나는 신비한 체험을 하게 된다. 이 노래를 듣노라면 꽃의 요정이 심어놓은 사랑의 꽃씨가 화음을 따라 흘러와 분노와 탐욕, 죄와 벌, 부정한 마음을 사그라지게 하고 꽃

을 피우게 한다. 라크메 제3막에 나오는 동굴 속 영원한 사랑의
샘물 이야기는, 꽃사리Bao213b 별의 동굴에 있는 영원한 사랑
의 샘물을 본 들리브가 그 모티프를 가져와 작곡한 것이다.

누렁 강아지 꽃돌이와 나팔꽃 소녀는 원래 이 별에 사는 꽃의
요정이다. 멀고 먼 옛날, 자신들이 지상에 퍼뜨린 나팔꽃을 보
러 나팔꽃 소녀는 잠시 지상을 다녀간 것이다. 꽃사리Bao213b
별에 사는 꽃의 요정을 만나려면 나팔꽃 핀 이상한 굴뚝과 나무
덧창 앞에서 가장 순수하고 고귀한 마음으로 꽃의 노래를 불러
야 한다. 이 세상에서 가장 순수한 노래를 부르면 꽃의 요정을
감동시켜 꽃사리 별, 요정의 사랑이 미치지 않는 마귀 동굴에
꽃 한 송이를 피운다.
　이 아름다운 별 깊은 동굴에도 악의 기운이 존재한다. 음험한
동굴에 사는 마귀는 꽃향기를 제일 싫어한다. 그래서 지상의 누
군가 순수한 마음으로 노래를 부르면, 이에 감동한 꽃의 요정의
사랑의 빛이 마귀 동굴에 닿아 한 꽃송이를 피우는 것이다. 그
러나 꽃의 요정 마음을 감동시키는 순수하고 진실된 노래를 부
르기란 매우 어려우므로 별나라와 지상에는 악의 기운이 존재
하는 것이다.
　이 세상에서 가장 순수하고 진실된 노래를 불러야 꽃의 요정
을 감동시킨다는 말에 나팔꽃 소녀의 아름다운 눈빛을 생각했

가브리엘레 뮌터, 〈노래〉(1911)

고, 다시 가브리엘레 뮌터의 그림 〈노래〉를 떠올렸다. 〈노래〉는
동화적 동심 가득한 색채로 그린 시이다. 대상을 단순화시켜 표
현하되 맑고 깊은 색채를 강렬하게 추구한 독일의 표현주의 여
성화가 뮌터의 이 작품은, 우리들 마음 어딘가에 있는 깊고 푸
른 섬 같다. 청기사(Der Blaue Reither)파 화가답게 뮌터는 색조에
내재한 섬세한 리얼리티를 형태에 입혀 풍경을 그렸다. 나무 아
래서 새들의 노래를 올려보는 소녀는, 뮌터 자신일 수도 있고,
어쩌면 이상한 굴뚝 앞에서 만난 나팔꽃 소녀일지도 모르고, 우
리가 잃어버린 시간 어딘가에 있을 유년의 동화 같다.

이상한 굴뚝과 나무 덧창이 있는 풍경은 내 안의 여백에 침묵의 목소리로 말을 걸어왔다. 나팔꽃 소녀가 동화 속 모험의 세계를 지나 나무 덧창을 열고 나올 삶의 터전은 또 다른 모험의 세계이다. 동화를 보며 꿈과 희망을 찾아가는 시간이나, 행복한 삶을 위하여 노동을 하고 륙색을 꾸려 여행을 즐기는 시간이나, 삶은 늘 모험의 공간에 존재하고, 사람들은 모험의 방랑자이다. 굳게 닫혀진 나무 덧창을 열고 집안을 들여다보고 싶었다. 구름 한 점 없는 파란 하늘에 서러운 그리움이 물든 것은 연기가 피어오르지 않는 굴뚝, 지붕까지 덮은 담쟁이덩굴 때문이었을까. 반쯤은 이미 담쟁이 차지가 된 나무 덧창 때문이었을까. 나무로 덧

처마 밑에 난 나무 덧창

나무 덧창 벽에 매달린
주인 없는 마늘에서 핀 꽃

나무 덧창 집 대문의 녹슨 고리

댄 창은 밖에서 열리지 않았다.

잠근 문을 열 때는 열쇠가 필요하지만, 때로는 꿈이, 잠긴 문을 열게 한다.

꿈으로 여는 문은 내면세계의 알에서 현실로 나오려고 노력하는 것이든, 혹은 현실세계에서 내면으로 들어가려고 자신과 싸우는 것이든, 문은, 상상력의 절정에서 열린다. 그것이 동화이고 시와 소설이고, 음악과 미술이고 간에 예술이라는 이름의 밀실에서는 아름다운 꿈을 열기 위한 열쇠수리공이 시공을 초월한 열쇠를 만들고 있다. 사람들은 자기 안에 존재하는 수많은 문과 창에 걸어둔 자물쇠를 풀기 위하여 산다. 비록 세상에서 절망하고, 현실에 좌절하고, 사람들한테 실망하더라도 그게 삶의 일부려니 하고 산다.

군이 쇼펜하우어를 말하지 않더라도 인생이 고해인 것을 어찌하랴. 그 염세주의 철학자도 고해의 바다에서《의지와 표상으로서의 세계》를 집필하지 않았던가. 내가 좋아하는 독일어 중에 '덴노흐'(dennoch)라는 접속사가 있다. 우리말로 하면 '그럼에도 불구하고'란 뜻이다. 삶은 단절이 아니라 전기코드를 콘센트에 꾸욱 밀어 넣어 전등에 불을 밝히듯 나와 너, 나와 세상을 환하게 잇는 접속의 연속이 아닐까. 동화속의 나팔꽃 소녀가 불가능해 보이는 모험을 통해 나무 덧창을 열고 세상으로 다시 돌아올 것처럼, 생이란 것은 '그럼에도 불구하고' 자기 안의 닫힌 문과 창을 하나하나 열어 가는 '덴노흐'의 미학이 아닐까.

따뜻한 허무의 창

사람과 사람 사이의 만유인력과 파울 클레의 〈오래된 소리〉

창가로 웃자란 억새는 빈집 창의 메타포가 아니다.

빈집 창의 메타포는 창이다. 창의 은유는 밤하늘의 별도, 유토피아를 꿈꾸던 몽상의 마음도, 닿을 수 없는 그리움을 찾아가는 예술과 삶도 아니다. 빈집 창에는, 움켜쥐고 싶지만 손가락 사이로 새어나가는 미풍 같은, 아련하고 절박한 메타포가 존재한다. 완성된 시보다도 시적인 '것'에 포착된 원시적 감흥이 더 강렬하듯, 잘 꾸며진 창보다는 창적인 '것'만 남은 감흥으로서의 창이 더 많은 서사를 간직하고 있었다.

'마음의 은유로서의 창'을 사진에 담고 싶어진 것은 러시아 바이칼 호수변의 리스트 뱐카 마을에서 본 창 때문이다. 유리창 위쪽 귀퉁이에 다시 손바닥만 한 창이 나 있었는데, 그 창은 우주에서 인간의 영혼으로 불어오는 바람을 맞이하는 것 같았다.

낡고 오래됐지만 우주와 교감하는 창이, 사람의 온기 느껴지는 따뜻한 사유 깃든 창이, 또 어딘지 있을 듯싶었다.

어둠 속에 점선처럼 사라져 가는 창가 불빛에는 인간의 추억이 잔향처럼 남아 있다. 감빛 은연한 램프가 켜져 있고 장미가 놓인 함부르크의 블랑케네제 마을 창과, 낙엽 지던 알스터 호숫가의 물소리 흐르던 목조집 유리창, 그리고 함박눈이 펑펑 내리던 동화 같은 로텐부르크의 중세적 창에서도, 영혼은 기다림의 무언가(無言歌)를 들으며 그리움을 불러일으킨다.

어느 날에는 바흐의 〈파르티타〉 피아노 소리 들리던 함부르크 음대의 낡고 흰 창에서, 음악이, 안개처럼 새어나오고 있었다. 그것은 주술사의 마법처럼 아름다웠다. 음악으로 지은 집에서 들려오던 정결한 음악의 소리는 창문마다 색깔이 달랐는데, 이를테면 어느 창가에선 청아한 목소리의 소프라노가 슈베르트 가곡 〈음악에 부쳐〉(An die Musik)를 노래하고, 또 다른 창 앞을 지날 땐 멘델스존의 바이올린 콘체르토를 연주하는 소리가 들려오는 것이었다. 북독일 함부르크의 알스터 호숫가에 있는 이 음대의 하얀색 건물은 음악의 신전 같았다. 흰색으로 치장된 음악의 창 앞을 오랫동안 떠나지 못한 것도 불현듯 솟구치는 이름 모를 그리움에 붙잡혔기 때문이다.

바람이나 햇빛을 들게 하고 비나 눈 내리는 풍경을 내다보는 작은 문인 창은, 근원적으로 동경의 메타포를 품고 있다. 그러나 우리 곁에 있는 많은 창은 미학적으로 폐허였다. 남도 시골구석에서 본 창마저도 금속성 창틀로 거듭나 있었다. 한국적인 우수와 애수 간직한 돌쩌귀 박힌 창문은 좀처럼 보기 어려웠다. 서울과 시골의 창은 편리함이란 이름으로 이미 평준화가 이루어졌기에 사람 냄새 물씬 나는 시골 창은 가뭄에 콩 나듯 했다. 차라리 인적 끊긴 대낮에 도깨비라도 튀어나올 것 같은 빈집 창이 잃어버린 낙원으로 여겨졌다.

나주 석현마을 빈집 창이 그랬다. 창 앞에 요요히 흔들리는 억새풀들, 헝클어진 머리처럼 지붕에 웃자란 잡초들, 주인 잃은 항아리들, 저 홀로 꽃을 피운 동백과 연보라 무꽃이 바람에 흔들렸다. 대문은 사라지고 앞마당 가득 봄바람에 낭창낭창 흔들리는 억새 사이 창문 유리가 반짝였다. 유리창은 인적이 사멸된 공간에서 저 홀로 빛나고 있었다. 창을 방랑하며 풀리지 않던 그리움을 슬라이드 필름에 새기기로 한 것도 빈집 창이 실낙원 같았기 때문이다.

빈집은 정지된 시간 속에 침식당하며 주저앉아 갔다. 두텁게 내려앉은 먼지는 빈집의 기억을 희뿌옇게 지워갔다. 그러나 빈집 창에서만큼은 '따뜻한 허무'가 느껴졌다. 창의 소리는 침묵하고 있지만 오래된 소리가 들릴 것 같은 따뜻한 허무의 창. 억새 흔들리는 빈집 창에 빛이 닿고 낮달이 뜨고 몽상적인 바람이 분다.

갈대가 노래하는 나주 석현마을 빈집 창

창가에 흔들리는 억새 소리가 파울 클레(Paul Klee)의 그림 〈오래된 소리〉(Alter Klang)를 닮았다고 생각했다. 햇빛과 바람 사이에서 반짝이며 소리를 내는 억새가 창을 스칠 때마다 조각보 무늬처럼 다채로운 추억 간직한 유리창은 오래된 소리를 낸다. 사람과 사물의 마음에는 색색의 소리상자가 들어 있다. 클레는 보일 듯 보이지 않는 색색의 소리, 들릴 듯 들리지 않는 소리의 색색을 〈오래된 소리〉란 그림에 새겨놓았다. 색채의 극한을 기하추상적으로 배열한 클레의 그림을 보면, 미술이 문학적 은유와 음악적 음계로 조화된 상상의 건축물임을 알 수 있다.

화가 이전에 재능 있는 바이올리니스트이기도 했던 그는 음악의 선율을 미학적으로 그림에 재구성하였다. 이 작품을 볼 때면 그림의 방에 든 색색의 소리가 수많은 이미지들을 끊임없이 떠오르게 한다. 그런 소리 중에는 그리운 어머니 목소리도 있고, 해 저무는 길에서 본 초저녁별과 솔체꽃을 스치는 바람소리, 달빛 내린 우물물에서 보았던 자화상도 있다. 색채의 풍경은 예측할 수 없는 내면의 소리를 싣고 온다.

그림 속 청회색에선 뮌헨의 슈바빙(Schwabing) 카페에서 마셨던 다즐링 차향이 진하게 묻어났다. 뮌헨의 슈바빙이란 카페 맛일까, 가스등 켜진 독일의 겨울 동화 같은 침침함에 우러난 슈바르츠차(Schwarztee, 홍차) 맛일까. 주홍색에선 노을 지는 바닷가의 물그림자 소리가 났다. 빛바랜 색깔마다 군고구마 냄새도 났고, 하동 평사리 할머니의 쿨럭거리는 기침 소리도 들렸다. 갈색은 억새 서걱대는 억새밭이다. 노란색에선 함부르크 무지크할레에서 슈베르트 소나타를 연주하던 정경화의 바이올린 음색이 울렸다. 슬픔이 아름다운 집을 짓는 슈베르트 소나타를 황금빛 그리움으로 물들이던 정경화의 바이올린 소리. 그리고 청색에선 빛바랜 책장을 넘기는 고독한 냄새가 풍겨왔다. 눈 내리는 활자의 사막을 방황하며 책을 읽는 사람의 냄새. 흰색의 이름은 침묵이다. 색과 색의 공간에서 침묵의 소리에 귀 기울이게 하는 흰색. 클레의 추상 이미지에선 풍요로운 색의 다중 음이 들려와 소리의 풍경을 펼친다.

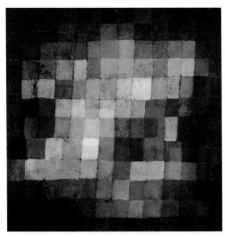

파울 클레, 〈오래된 소리〉(Alter Klang, 1925), 38×38cm

어쩌면 나주 빈집에서 본 억새 흔들리는 창의 '풍경의 소리'와 클레의 그림에서 본 '소리의 풍경'은 같은 것인지 모른다. 먼 곳에의 동경에 이르게 하는 아름다운 힘. 풍경의 소리, 소리의 풍경.

"구텐베르크-은하계의 끝에서" 하나 둘 문서고(Archiv)로 들어가는 활자문화와 달리 클레의 작품들은 예술을 즐기려는 자들의 즐거운 유희 공간이다. 디지털시대로 진화할수록 그의 그림들이 사람들에게 감흥을 주는 것은 상징이며 은유이고, 기호이며 상형문자 같은 이미지 때문이다. 클레의 작품들은 문학 텍스트보다도 훨씬 더 동화적이고, 조형미는 철학적이며, 색은 심미적이다. 그의 잘 알려진 작품들인 〈황금물고기〉, 〈지저귀는 기계〉, 〈리듬 있는 나무 풍경〉만 하더라도, 색과 형의 여러 모티브들이 자유로운 상상을 펼치는 그의 예술은 문학 너머 우리가 가보지 못한 형이상학적인 동화의 세계로 안내한다.

클레의 〈오래된 소리〉에는 색채의 각 방마다 신비한 소리, 깨어나지 않은 이야기들이 숨어 있다. 해묵은 소리를 그림으로 빚은 이 작품만 하더라도 보이지 않는 세계의 소리를 색채에 배접시켜 놓았다. 아름답게도 색채와 소리의 변증법을 우리네 조각보처럼 구성했다. 오지 않는 이를 기다리며 색실로 한 땀 한 땀 마음을 깁던 여인의 심사 같은 소리의 처연함이 조각보를 닮은 색

파울 클레, 〈황금물고기〉(1925)

색의 방에 수놓아졌다. 저마다의 낡은 서랍을 열고 '오래된 소
리'를 펼쳐 놓으면 바로 이 그림과 같은 색채가 드러나지 않을
까. 구체적인 자연의 모방 대신 추상적으로 형태를 주조한 클레
의 미술 언어는 그래서 기호적이다.

　억새 흔들리는 빈집 창에 손을 대면 클레의 〈오래된 소리〉에
서 본 색채의 씨앗들이 몽환적으로 꿈틀거린다. 파울 클레 그
림에 나타난 색의 이미지들은 여러 모티브들이 꿈을 꾸는, 꿈의
램프빛 같다. 그리고 빈집 억새 창에 숨은 색과 소리의 은유 또
한 우리들의 꿈을 적신다. 허무하지만 따뜻한, 따뜻하지만 허무
한 클레의 〈오래된 소리〉와 빈집 창의 이미지.

　빈집의 쇠락한 창은 허무한 모습이지만 무언가를 갈망하고
누군가를 그리워하기에 따뜻함을 잃지 않는다. 피폐한 창이라

파울 클레, 〈지저귀는 기계〉(1922), 〈리듬 있는 나무 풍경〉(1920)
클레의 작품들은 예술을 즐기려는 자들의 유희공간이다.

고 해서 무의미하고 깜깜한 허무가 깔려 있는 건 아니다. 인생
도 그렇고, 예술도 그렇고, 사물도 마찬가지로 허무를 바탕으로
타오를 때 가장 절실한 빛을 발한다.

> 소박하게 더듬거리는 말로
> 인간의 가슴은 듣고 있지
> 허무에 대해 ─
> 세계를 새롭게 하는
> 힘인 '허무' ─
>
> ― 에밀리 디킨슨의 시 〈소박하게 더듬거리는 말로〉 전문

빈집에는 중력이 작용하지 않는다.

따뜻한 허무의 창

　공을 떨어뜨리면 바닥에 부딪혀 튀어 오르려는 탄력 대신 공
간을 떠도는 기억의 환각만이 존재한다. 빈집은 사물의 무중력
지대이다. 사람이나 사물의 그 무엇이, 탄력 있게 튀어 오르는
공간이란 얼마나 아름다운가! 사람의 호흡이 튀어 오르고, 나의
웃음이 너에게 튀어 오르고, 왕겨 때느라 풍구질하는 어머니 눈
가에 매캐한 연기 튀어 오르고, 아버지가 장작 패는 소리 튀어
오르고, 식구들 온기에 아카시아향 튀어 오르고, 양은냄비 속 비
빔밥 먹느라 바닥 긁는 소리 튀어 오르고, 김치찌개 뜨는 식구

들 순가락 부딪치는 소리 튀어 오르던 소리의 화음, 창의 기억! 사람 사는 집에는 식구들 간의, 식구와 사물 간의 만유인력이 존재한다.

　나무 등걸에 걸터앉아 창밖 뒷산을 쳐다보았다. 산자락에 드리운 그림자가 마을 숲에 걸친 풍경은 텍스트의 보고(寶庫)이다. 푸르러 가는 산은 빈집을 기억하고, 대지의 여신은 식구들을 추억하고, 나무들은 천둥소릴 들으며 실팍하게 커간다. 빈집에서 본 것은 발터 벤야민이 말했던 "소원한 것(Ferne)의 일회적인 현상으로서의 아우라(Aura)"였다.

　" …오후의 정적 속에서 지평선 위에 펼쳐진 산줄기나, 그림자를 드리우는 나뭇가지 하나를 바라보는 것. 이것은 곧 이 산의 그리고 이 나뭇가지의 아우라를 숨 쉰다는 것이다." 이 산과 이 나뭇가지의 아우라에는 빈집을 떠난 식구들의 내력이 들어 있다. 빈집 창은 쇠락하여 허물어지면서도 순간순간 강렬한 빛을 내뿜었다.

초현실적인 창
신기루를 찾는 삶의 이면과
조르조 데 키리코의 〈거리의 우울과 신비〉

한옥의 검게 그을린 창은 삶이 연소된 신기루로 보였다.

길 위의 생은 초현실을 꿈꾸지만 돌아보면 제자리다. 막스 에른스트, 살바도르 달리, 르네 마그리트, 조르조 데 키리코 같은 초현실주의 화가들은 낯선 세계의 신기루를 먼저 본 사람들이다. 보이는 세계에서 보이지 않는 세계를 발아시키는 것은 신기루처럼 사라지는 그 무엇의 찰나에 형상의 옷을 입히는 망각과의 고투이다. 그것은 우주에서 지구 대기권으로 진입할 때 영혼이 일그러질 것 같은 고뇌 어린 미적 개안!

배꽃 진 자리마다 잎들은 푸르고 산벚나무 꽃 피우는 날, 빈집 창은 내게 초현실적으로 다가온다. 머지않아 무너져 내릴 것 같은 기왓장, 검게 그을린 벽, 마당 가득 자란 잡초에 길게 누운 건물 그림자. 불에 타다 남은 창살 사이 겹쳐 보이는 연초록 나

초현실적인 창

뭇가지들, 그 위에 눈부시게 내리는 햇살. 생이 연소된 창문에서 따뜻한 허무를 느낀다. 심미적인 것들은 저렇게 속수무책으로 시간의 검은 기억에 자리하는 것인지… 검은 창살에 풀잎이 그려지고 있다.

검게 탄 창살에 찾아든 봄에는 불타오르고 싶은 생의 초록빛 욕망이 겹쳐 있다. 욕망은 현실에 밀착해 있으면서 현실을 초월하고자 하는 꿈이다. 현실은 욕망을 붙들고, 꿈이란 이름의 욕망은 초현실 세계를 떠다니는 아름다운 구름. 그래서 현실과 초현실 사이에 선 인간은 난해한 존재일까. 나는 현실과 초현실의 경계에서 풍경의 난해함에 빠져든다.

　검은색 창살에 포개진 녹색 잎들의 순색은 밝게 빛나면서 원시적인 빛을 발산한다. 더구나 단색 사이를 검은색 선으로 구분지어 놓으면 초록색은 한층 더 명징해지는 법인데, 검은 창살의 선에 겹쳐진 초록 풍경은 그래서 더 원시적이고 우주적인 기운을 발산한다. 코로나(Corona)의 불가사의한 색에 숨겨진 검정과 초록 같기도 하고, 죽음과 생명이 혼재하는 색의 변증법 같기도 한 창살 풍경.

　창살 사이 연초록 숲으로 난 검은 길을 걸어갔다. 색채는 기억을 형상화시켜 물질 속의 정신을 우리에게 펼쳐 보인다. 초현실주의 화가들은 그림 속에서 초현실 세계의 공명음을 우리에

초현실적인 창

게 들려주었고, 인간 내면에 있을 막연한 선험적 실체를 현실화
했으며, 그들이 본 신기루 같은 이데아를 형(形)과 색(色)을 통
해 표현했다.

　나는 순례자의 심정으로 길 위의 창을 순례한다. 길 위의 창

들을 구경하다 보면 어느 집 창은 온화하여 살고 싶은 마음이 들었고, 또 다른 집 창에서는 세레나데를 부르고 싶었으며, 오랜 시간에 닳은 나무창에서는 하염없이 머물고 싶은 순간도 있었다. 그러나 안동 외곽의 한적한 시골에서 본 불에 탄 검은 창은 조르조 데 키리코(Giorgio De Chrico)의 형이상학적인 그림마냥 뜨악하다. 그의 그림은 비현실적인 세계가 지배하고 있다. 〈거리의 우울과 신비〉(1914), 〈불안하게 하는 뮤즈들〉(1916)에서 보듯 그의 그림 속 풍경은 낯설기 짝이 없으며, 오브제는 이질적인 모습으로 불안함을 증폭시키고, 원근법도 모호하고, 다채로운 색채엔 녹슨 쇳덩이가 달렸는지 무겁고 어둡다. 아주 오래된 시간 속에 깊이 박힌 신비로운 풍경 같으면서도 어느 순간 시간의 껍질을 깨고 나와 시간마저도 초월하는 세계로 날아갈 것 같은 그림 속 풍경.

마치 광속으로 우주를 유랑하다 이름도 존재도 모르는 별에 불시착하여 만난 침묵의 도시 같은 모습이랄까. 그러나 낯선 외계는 우리 내면에 닻을 내리고 있는 또 하나의 심연일지 모른다. 다만 우리가 보지 못할 뿐. 우리가 보지 못한다고 하여, 보이지 않는 세계가 존재하지 않는 것은 아니지 않는가.

'유리창 없는 검은 창에 이마를 대면 슬픔의 파수꾼들이 밀려왔다.' 고독이라든지, 외로움이라든지, 슬픔의 정체는 모호하기 짝이 없다. 그것들은 살아가며 까닭 모르게 부딪히는 이미지로서 외적인 이유 말고도 존재의 불투명성에 대한 내적 불안에서 자생한다. 그러나 슬픔의 파수꾼들이 밀려와 성을 쌓는 시간은 마음에 벽이 되기도 하지만 자신의 내면으로 들어가는 문을 열어 주기도 한다. 도시의 일상에 갇혀 사는 동안 내 안의 '나', 내 안의 또 다른 '너'를 만나기란 쉽지 않다. 그런데 불에 타다 만 검은 창살에서, 창에 겹쳐 보이던 초현실적인 풍경에서 삶의 이면을 본다. 여행길에서 만난 것은 색다른 풍경만이 아니고 내 안에 은폐돼 있던 나의 '나'와 나의 '너'였다. 그것들은 꽃을 찾아가는 나비처럼 내 안에서 나와 팔랑팔랑 날아다닌다.

예술은 현실을 상징하면서도 초현실의 저편을 꿈꾸고, 버려진 검은 창은 예술의 질료로서 현실 너머를 동경하는 것 같다. 슬픈 사연이라도 있을 법한 타다 만 검은 창살이 그랬다. 창의 검은 흔적에서 불이 발갛게 달아오른 불 켜진 창을 상상했다. 불 켜진 창의 예술은 슬픔의 끝에서 쏘아올린 신호탄 같다.

예술로서의 창을 통해 본 것은 또 다른 나를 만나는 일이었다. 그리고 예술이란 게 타인의 잃어버린 꿈을 찾아 주는 일이란 것도 덤으로 알게 되었다. 내가 동경하는 것의 실체는 그리운 사람일까, 물질일까, 햇빛 같은 행복일까, 해 저무는 풍경 너머 있을 또 하나의 세계일까.

슬픔의 끝에는 언제나

열려 있는 창이 있고

불 켜진 창이 있다.

— 엘뤼아르의 시 〈그리고 미소를〉 부분

초현실주의 시인 엘뤼아르(P. Eluard)의 시는 드뷔시 음악처럼
인상적이면서도 생의 표면에서 포착하지 못한 일상의 모호함을
각성케 해준다. 그렇다. 내가 찾아 헤맨 것은 생의 비루함을 전복
시키고 일상의 기계적인 질서에 대한 반동으로서의 인간적인 창
이었는지 모른다. 비록 폐허 미 느껴질지언정 창에는 언제나 따
뜻한 허무가 존재했고, 이름 모를 "슬픔의 끝에는 언제나/ 열려
있는 창이 있고/ 불 켜진 창이 있다". 폐허가 된 빈집에서 홀로 삶
의 그리움을 은닉한 채 생의 형상들을 숨겨놓은 그늘 속의 창.

내가 여행하고 있는 그대의 눈은

내 여정의 행적마다

속세를 벗어난 의미를 갖게 했지

— 엘뤼아르의 시 〈사람들은 나를 알 수 없으리〉 부분[*]

---

[*] 폴 엘뤼아르, 오생근 역, 《이곳에 살기 위하여》(*Pour vivre ici*), 민
음사, 1974.

여행길에 본 모든 창들은 집의 수정체 같은 투명한 눈(眼)이며, 길 위의 서사이고, 하나의 세계이다. 저 집의, 검게 그을린 창은, 우리 생의 무엇을 말하고 싶은 것일까. 우주의 낯선 별 파란 땅을 여행하는 발걸음마다, "내 여정의 행적마다", 이 길은 속세를 벗어난 의미 갖기도 하고, 몽상을 꿈꾸게 한 여러 겹의 또 다른 속세. 지구 중력을 벗어나 광대한 적막을 꿈꾸는 나는, 창의, 초현실적 상상에 빠진다.

인연의 줄이 내려오는 봄비 소리

봄비 내리던 구례의 창과 아폴리네르의 〈비가 내린다〉

그해 4월 초하룻날 구례에서 환청 같은 빗소리를 들었다.

전생 어딘가의 구비에서 들려오듯 끊어졌다, 이내 들리는 빗소리는 나뭇가지마다 겨울을 밀어내며 꽃망울을 터뜨린다. 꽃 터지는 소리는 짙게 긴 연무가 꽃망울에 닿아 부서지는 것 같다. 파멸된 줄 알았던 봄의 기억을 부르는 소리가 그랬을까. 아폴리네르의 시구처럼 "인연의 줄이 내려오는 소리"가 봄비 소리 같다고 생각했다. 봄비 내리는 날, 빈집의 허물어져 가는 부엌 창을 통해 내다본 바깥 풍경은 신천지이다.

창밖 산수유 군락지 뒤엔 아스라이 산봉우리가 보인다. 필름에 상이 맺히도록 풍경에 순연해진 마음을 전한다. 카메라에 슬라이드 필름을 넣고 사진을 찍다 보면 시간의 무게가 느껴지고 마음의 깊이가 투영된다. 카메라에도 봄이 오려는지 사람보다

구례 빈집의 허물어진 부엌 창

사진기가 먼저 봄을 감지한다. 겨울날 카메라 셔터 떨어지는 소
리는 좀 쌀쌀맞고 야박한 것이 정나미 없이 들리지만, 봄날의
그 소리는 양지 바른 골짜기 바위틈에 부서지는 시냇물 소리처
럼 맑고 투명한 것이 정겹다. 빗방울이 어린 잎사귀에 시를 새
기고 있다. 하늘에서 지상을 향해 곤두박질하는 빗방울은 투명
한 얼굴이라 잘 보이지 않는다. 빗방울은 지리산 봉우리에 닿아
떡갈나무 숲에 걸치면서 온전한 모습을 드러냈다.

   산자락에 비친 빗방울이 기욤 아폴리네르의 상형시 〈비가 내
린다〉처럼 시각적으로 상징화된 추억이라 생각했다. 바람에 빗

방울이 실려 갈 때 유리창에 부딪힌 빗방울이 산산이 흩어져 무수한 점선으로 흘러내린다. 시의 시각 이미지는 비가 내리는 것인지, 시가 내리는 것인지 알 수 없다.

"추억 속에서 죽기나 했듯이 여인들의 목소리로 비가 내린다"로 시작되는 시는, 아폴리네르가 끝내 결혼에 이르지 못한 연인 마들렌느를 위해 쓴 것인지, 대지를 적신다.

추억 속에서 죽기나 했듯이 여인들의 목소리로
비가 내린다.

비가 되어 내리는 건 내 인생의 복된 해후들
오 낙수여!

성난 구름이 으르렁대기 시작한다 음향의 도시
이 우주에서
뉘우침과 서러움이 옛 노래로 흐를진대 이 빗
소리를 들으라.

아래위로 그대를 묶어 놓는 이 인연의 줄이 내
려오는 소리를 엿들어 봐라.

— 아폴리네르의 시 〈비가 내린다〉 전문

아폴리네르가 1918년 내놓은 시집《칼리그람》(*Calligrammes*)
에 수록된 이 시는 우리말로 옮겨진 것과 다르게 비가 내리는
광경과 비슷한 시각 이미지로 표현되었다. 그것은 언어의 조형
화, 문자의 회화화, 활자의 음악화, 글씨의 기호화를 의미하는
실험시의 신호탄이었다.

아폴리네르의 이 시를 보면 그는 예술적 직관이 매우 뛰어났던
시인이다. 시는 한 편의 캘리그라피 예술작품이다. 'calligraphy'

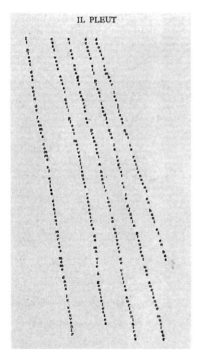

1918년 아폴리네르가 발표한 시 〈비가 내린다〉(Il Pleut) 원문

란 영어 어원은 '미'(美)를 뜻하는 그리스어 'kallos'와 '쓰기'를 뜻하는 'grafos'에서 나온 것이다. 이 둘을 합치면 '아름다운 글쓰기' 또는 '아름다운 글씨'란 의미가 된다. 그런 점에서 시 〈비가 내린다〉는 캘리그라피 예술로도 시대를 앞서간 작품이다. 아폴리네르의 이 작품은 시각 예술적으로도 매우 파격적이다. 그는 〈미학적 명상: 큐비즘의 화가들〉(1913)이란 논문에서 '큐비즘'이란 말을 처음 사용하였다. 그가 디자인 같은 형태의 시를 쓸 수 있었던 것은 미술이론에도 조예가 깊었고, 전위예술에 대해서도 보들레르와는 대척점에 있었지만, 빅토르 위고, 발자크, 랭보 등과 함께 선구적인 아방가르디스트였기 때문일 것이다.

구례 빈집의 무너진 창밖으로 새가 날아와 앉았다.

큐비즘 화가들을 두고 '신진 화가들은 더 이상 자연을 모방하지 않는다'라고 말한 아폴리네르는 시의 형식과 이미지도 입체적으로 만들고 싶었던 것 같다. 그의 시에 배치된 글씨 모양은 보는 이에 따라 다양하게 변주되고 해석된다. 이 작품은 디자인적으로도 타이포그래피 역사에서 중요하게 다루어지고 있다.

아폴리네르의 비가 그친 후 창의 실루엣을 찾아 순천, 보성으로 길을 나섰으나 여의치 않았다. 차라리 봄비 뿌리던 구례의 창이 다시 보고 싶어졌다. 그래서 햇살 좋은 날 다시 구례로 간 것은 비 올 때의 그 풍경을 잊지 못해서였다. 살다 보면 비 내리는 궂은 날을 피하고 싶지만, 봄비 오는 날 먼저 사진을 찍어서인지 볕이 쨍쨍한 풍경이 오히려 낯설었다. 삶에 익숙했던 맑은 날이 낯설다니! 생각해 보면 우리에게 익숙한 것과 낯선 것의 차이는 종이의 양면 같은, 생의 이면 같은 것이다.

다시 허물어진 창 앞에 섰다. 프레임 속의 풍경은 익숙한 듯 낯설고, 낯선 듯 익숙했지만 가슴 한쪽이 저려왔다. 무엇인가를 그리워한다는 '것'은 한쪽이 저려오는 것 같다.

보이지 않는 창의 실루엣

생이 켜켜이 쌓인 추억의 퍼즐과 고야의 〈카프리초스〉

청와대에서 체부동 쪽으로 걸어가면 내자사거리 못미처 금천교 시장이 나온다.

체부동은 효자동, 통의동, 청운동 등과 더불어 서촌(西村)이라 불렸으며, 조선시대 때부터 지금까지 삼청동 일대의 북촌과 함께 전통 한옥이 밀집된 마을이다. '서촌'이라 함은 경복궁 서쪽에서 인왕산 동쪽에 놓인 마을을 일컫는다. 서촌에서는 예로부터 시인묵객이 많이 났다. 송강 정철 생가(청운초등학교 자리)와 시인 이상 생가(통인동 154-10), 소설가 현진건 집터(부암동 325-2), 시인 윤동주가 〈서시〉(序詩), 〈별 헤는 밤〉을 쓴 그의 하숙집(누상동 9)도 서촌에 있다.

금천교 시장은 점포수가 몇 안 되는 게 변한 것이 없어 보였다. 청와대 때문에 개발이 묶인 탓으로 변화무쌍한 세월에도 그나마 부침을 덜 겪었던 것이다. 오래된 시장 길을 걷노라면 기름집에서 참깨 볶는 구수한 냄새를 맡을 수 있다. 반질반질한 기름때 낀 참기름 병을 신문지에 둘둘 말아 주던 기름장수 아저씨와, 장바구니에 참기름 병을 곱게 넣던 한복 입은 어머니들을 쉽게 볼 수 있었던 곳도 시장이었다.

손바닥만 한 크기의 이 시장 통에는 보석 같은 가겟집이 셋이나 있다. 첫 번째는 서울 장안에서 둘째가라면 서러울 만큼 맛있고 값싼 '체부동 잔치국수집'이며, 두 번째는 멍석이 놓인 '튤립 쌀가게'이고, 세 번째는 '60년째 간장떡볶이를 파는 할머니'이다.

허름한 국숫집은 시장의 터줏대감처럼 20여 년 가까이 국수를 삶아 팔고 있다. 어머니 손맛으로 멸치국물을 진하게 우려낸 삶의 애환 깃든 국수 맛은 묘미이다. 시장 국숫집에서 김을 불며 뜨거운 국수를 먹는 사람들을 보면 마음도 괜스레 따스해진다. TV에서 낯이 익어 알 만한 사람들과 외판원, 시인, 회사원, 장보던 아줌마, 화가, 페인트공 아저씨가 비좁은 시장 통에 줄을 서서 차례를 기다린다.

이상국의 시 〈국수가 먹고 싶다〉처럼 국수가 먹고 싶은 시간이다. "사는 일은/ 밥처럼 물리지 않는 것이라지만/ 때로는 허름한 식당에서/ 어머니 같은 여자가 끓여주는/ 국수가 먹고 싶다//

삶의 모서리에 마음을 다치고/ 길거리에 나서면/ …/ 어둠이 허기 같은 저녁/ 눈물 자국 때문에/ 속이 훤히 들여다보이는 사람들과"…

쌀 파는 가게를 보기 어려운 요즈음 '쌀집'을 볼 수 있는 것도 흥미로웠다. 이 집 곡물들은 벽돌색의 투박한 고무다라에 담겨 있지 않고, 옛 정취 그대로 멍석에 담겨 있다. 검정콩과 팥과 보리와 녹두도 작은 멍석에 들어 있어 그런지 윤기가 더 났다.

커다란 멍석에 작은 봉우리처럼 쌓여 있는 쌀도 더 찰지고 맛

쌀집 멍석에 담긴 팥과 조

큰 멍석에 있는 쌀

있어 보였다. 나무로 만든 원통형의 쌀 한 말들이 됫박도 정겨움을 더했다. 작은 됫박으로 봉지쌀을 사 먹었던 사람들은 기억할 것이다. 가난이 뜸들어 가는 냄비에서 나던 흰 쌀밥 냄새의 그리움을!

가게를 둘러보니 쌀에서 돌 고르는 기계와 무쇠덩이 추 저울, 굵은 알의 주판도 눈에 띄었다. 사대문 안에서 아직도 쌀집 간판을 짱짱히 달고 있는 아저씨는 이 동네에서 이십여 년 동안 쌀장사를 한 토박이다. 그는 곡물이 든 작은 멍석들 사이에 노란 튤립 화분과 보랏빛 튤립 화분을 놓아두었다. '튤립 핀 쌀집'은 조금 낯설게도 보였지만, 장 보러 온 여자들은 신선한 미소를 지었다. 튤립을 이용한 쌀 마케팅은 사람들 시선을 집중시켰고, 화분이 놓인 곡물들은 한결 더 싱싱해 보였다. 시장 길에 버려진 튤립 화분을 가져다 튤립 스캔들을 만든 쌀집 주인이 포스트모던한 예술가쯤 되어보였다. 쌀도 이미지를 파는 시대, 나는 이 재미난 곳을 '튤립 쌀가게'라 이름 붙였다.

시장이 끝나갈 무렵 어느 집에선가 여자의 앙칼진 목소리가 들려왔다. 골목길 한쪽의 열린 대문 안을 살며시 들여다보니 항아리가 깨져 있었다. 바닥을 흥건히 적신 진갈색 액체로 보아 이 집 아이는 좁은 마당에서 야구배트를 휘두르다가 그만 장독을 잘못 건드린 모양이다. 엄마는 깨진 장독을 보곤 어쩔 줄 몰라

하며 능장질이라도 하듯 아이 엉덩이를 모질게 때렸다. 아이가 말썽꾸러기일까, 엄마가 불같은 성격일까? 아이는 그 와중에도 야구공과 야구배트를 꼭 쥐고 있다. 화난 엄마는 그럴수록 아이의 야구배트를 뺏으려고 더 기를 썼고, 아이는 울며 엉덩이를 맞으면서도 알루미늄 배트를 놓지 않았다.

골목길 풍경 안에 남은 삶의 이야기들은 점점 닳아져 가지만 아이들은 이런 추억을 안고 키가 한 뼘 더 커간다. 곰삭은 장맛의 깊이와 불 속에서 단련된 항아리의 생애와 물레질하는 옹기장이의 못 박힌 손의 아름다움을 알기까진 아이들은 너무 어리다. 훗날엔 장독을 깬 추억과 자신의 볼기를 때린 엄마를 그리워하며 세상을 향해 걸어갈 것이다. 우리들 기억 속에도 그렇게

저울추와 화분이 보이는 쌀집 풍경 　　　튤립 화분이 놓인 쌀집 풍경

컸던 추억 한둘쯤 남아 있는 것처럼 ···.

아련한 웃음을 짓고 골목을 나오는데 추억이 한 편의 그림을 불러왔다. 스페인이 낳은 위대한 화가 고야(Francisco de Goya)의 판화집 《카프리초스》(*Los Caprichos*)가* 그것이다. 카프리초스란 '기상천외한'이란 뜻인데, 그야말로 고야의 기상천외한 상상력이 유머러스하게 새겨져 있다. 그의 작품 중에 〈항아리를 깨뜨렸을 때〉란 그림은 빨랫줄에 빨래를 널던 어머니가 아들이 깨뜨린 항아리를 보곤 신발 한 짝을 쳐들어 아이의 볼기를 때리는 장면이 나온다. 고야는 제목 밑에 "아들은 말썽꾸러기에 엄마는 불같은 성격이다. 누가 더 나쁠까?" 라고 글을 달았다. 재밌는 것은 동서양을 막론하고 아이의 잘못을 볼기로 다스린 모양이다. 그림이 풍기는 뉘앙스가 어찌나 우리의 어린 시절을 떠올리게 하던지!

1799년 쉰두 살의 고야가 에칭(etching) 기법으로 남긴 80컷의 《카프리초스》 판화들은 인간 삶의 방식과 부조리, 관습이 된

---

* 고야의 《카프리초스》에 대해서는 80편의 전체 카프리초스가 고야가 직접 쓴 해설과 함께 실려 있는 다음 두 책을 참조.
프란시스코 데 고야, 이은희 역, 《고야, 영혼의 거울》, 다빈치, 2001.
프란시스코 데 고야, 이은희·최지영 역, 《고야, 영혼의 거울》, 다빈치, 2011.

고야, 〈항아리를 깨뜨렸을 때〉, 〈아무도 모른다〉

악습, 사람들의 어리석음을 풍자한다. 작품들마다 제목 밑에는
고야가 직접 짧은 글을 달았다. 그림들은 한결같이 삶에 대한
깊은 통찰과 인간 군상의 적나라한 모습과 시대의 허위를 풍자
하는 내용들이다. 그러면서도 그의 에칭엔 인간에 대한 연민과
애수가 짙게 깔려 있다. 귀머거리가 된 고야가 내면의 소리에
귀를 기울이며 인간 본성에 천착했기 때문일까?

〈아무도 모른다〉란 제목의 그림은 가면을 쓴 여자를 유심히 들
여다보는 남자가 묘사되어 있다. "세상은 하나의 가면이다. 얼
굴도 옷도 목소리도 모두 거짓이다. 모두들 자기가 아닌 모습을

고야, 〈이제야 정신이 들었군〉, 〈응석받이〉

보여주고 싶어 한다. 모두가 속이기 때문에, 제대로 아는 이는 아무도 없다"란 고야의 설명 글은 인간 내면의 허위의식을 비수로 '푹', 찌른다. 가면무도회 같은 세상 속의 나는 내 자신을 과연 누구라고 알고 있을까?

또 다른 그림은 222년 전 작품이지만 지금 서울의 풍경과 판박이다. 〈이제야 정신이 들었군〉이란 작품엔, 속이 비치는 얇은 상의만 입은 소녀 둘이 머리에 의자를 뒤집어 올려놓고 자랑스레 미소짓는다. 하반신은 요즘 유행하는 레깅스 패션이다. 소녀들 주변엔 남자들이 비웃고 있다. 무려 이백여 년 전에도 레깅스 패션이 있었다니 재밌는 것이 문화사 같다. 고야가 부제로 붙인 글은 "경망스런 이 소녀들이 머리에 의자를 쓰고 나니 비로소 정신이 든다. 망나니들이 놀리는 줄도 모르고 상반신을 돋보이게 하려고 이런 광기를 서슴지 않는다"였다.

보는 이로 하여금 실소를 금치 못하게 하는 작품 중엔 〈응석받이〉를 빼놓을 수 없다. 현대말로 하면 마마보이이다. 머리엔 어린 아이들의 예쁜 모자를 쓰고 소녀가 입었음 직한 수놓은 원피스를 입은 채 입안에 손가락을 넣어 빨고 있는 아이는 다름 아닌 남자 어른이다. 눈썹은 숯검정처럼 꺼멓고, 눈은 산적처럼 부리부리하고, 코는 넙데데한 데다 시꺼멓게 자란 구레나룻이며 입가엔 거뭇거뭇한 수염까지 …. 이 '어른 아이'가 손가락을 빨고 있는 오른손과 앙증맞게 턱을 괸 왼손의 팔뚝은 소라도 때려잡을 만큼 강건해 보인다. 한마디로 너무 코믹적인 그림이다.

고야가 살았던 시대에도 치맛바람을 일으키는 엄마들과, 어른이면서도 엄마의 보호가 필요한 몸만 어른인 사람들이 있었나 보다. 고야는 이 그림에 밑에 "제대로 관심을 기울이지 않고 대충 넘어가다 보면 아이들은 제멋대로이고, 고집스럽고, 무례하고, 탐욕스러우며, 참을성 없는 사람이 된다. 어른이 되어도 여전히 어린애 같다"라고 적었다.

에스파냐의 고야가 많은 판화 작품을 남긴 독일의 뒤러나, 에칭 판화의 거장이라 할 수 있는 렘브란트 못지않은 화가라는 걸 짐작케 하는 게 이 판화집의 드로잉 작품들일 것이다. 고야의 드로잉 선과 점을 따라가다 보면 어느 후미진 자리에선 시장 통에서 만난 사람들이 뜨거운 국밥 한 숟갈 뜨는 장면과 겹쳐진다. 연필로 그려진 그의 세밀한 그림들은 사람 살아가는 이야기가 응축된 말하지 않는 삶의 언어다. 삶이 질펀하게 널린 시장 풍경과 사람들 모습 또한 고야가 그림에서 상징한 미의 고귀한 표상이지 않았을까.

나는 고야 그림의 위대한 미덕을 금천교 시장에서 다시 깨달았다. 남루한 삶이 덕지덕지 붙어 있는 시장은 인간의 원형질적인 풍경이 남아 있는 곳이고, 예술 또한 인간의 원형질을 탐사하기 때문이다.

시장 통을 어슬렁거리며 구경하다가 옛날 고릿적 '간장떡볶이' 맛을 보았다. 어렸을 때 먹어본 적이 있는 바로 그 맛이었다. 시장 한쪽에서 60년째 간장떡볶이를 파는 할머니는 아흔 중반이 넘었지만 아직도 정정한 모습이다. 60년째 붙박이로 한 장소에서만 떡볶이를 만들어 팔았다면 놀랄 일이다.

개성이 고향인 할머니는 열두 살배기 아들과 아홉 살, 일곱 살 난 딸 둘을 개성에 둔 채 서울로 돈 받으러 왔다가 길이 막혀 북으로 돌아가지 못했다. 할머니의 "잠깐 돈 받으러 왔다가 오도 가도 못한 채 60년이 지났어!"란 말 속에는 실로 엄청난 여인의 생애가 들어 있다. 할머니가 젊어지고 살아온 이데올로기

구덕구덕한 상태의 간장떡볶이

의 무게란 얼마나 가혹한 것일까. 그리고 저 할머니에게 이데올로기란 그 얼마나 사치스러운 정신적 유희일까. 한순간 어린 자식 셋과 생이별시킨 이데올로기야말로 할머니에게는 넌더리나고 몸서리치는 데몬이지 않았을까.

그럼에도 할머니는 한이 되어버린 그 세월 앞에 애잔히 미소 짓고 있다. 나는 시간의 파도에 침식당하고 파인 할머니 얼굴에서 앙상한 그리움을 보았다.

변변한 주전부리 하나 없던 1960년대, 자식만 한 아이들이 떡볶이 사 먹으러 오면 가슴에 묻은 아이들 생각에 그냥 먹으라고 했다던 할머니…. 무명한복에 고무신 신은 서른세 살 조선 여인은 아흔 넘긴 홀몸으로 지금까지 간장 떡볶이를 팔고 있다.

할머니의 생처럼 짧고 뭉툭하게 닳아 군데군데 깨진 '스뎅 주걱'

좁다란 시장 통 한구석에 차린 가게 아닌 가게가 할머니 삶의 터전이다. 작은 무쇠솥 뚜껑을 뒤집어 놓은 떡볶이 불판에서 할머니 생이 간장에 졸아들고 있다.

아득한 기억을 더듬어 보면 청운초등학교 시절, 저 할머니한테서 간장떡볶이를 사 먹었던 기억이 났다. 물론 그 시절의 할머니는 젊은 여인이었다. 그때 저이 얼굴은 잘 기억도 나지 않고 그저 희뿌옇고 어스름한 윤곽뿐이다. 오랜 세월 풍상에 마모된 비문 같은 여인의 얼굴에는 돌에 각인된 이끼 모양 검버섯이 피었다. 서른 무렵부터 떡볶이를 팔던 여자는 아흔 중반을 넘긴 채 여전히 시장 구석에서 떡볶이를 팔고, 방과 후 떡볶이를 사

먹던 열 살 남짓의 소년은 장년의 사내 되어 여전히 똑같은 떡
볶이를 사먹는다. 낯설면서, 낯설지 않은 할머니와 나 사이의 인
연 줄은 덩그마니 남은 간장떡볶이다. 사람의 인연이나 운명처
럼 기구한 것이 또 있겠는가. 사노라면 언제인가 그 어딘가의
구비에서 만났을 것 같은 사람들이 있다. 마주쳤던 사람들, 고
락을 함께 했던 이들, 사랑했던 사람들조차도 세월에 가려 서로
잊혀진 존재들 말이다.

마치 클로드 모네의 그림 〈봄 풍경〉 이미지 같다고 할까. 풍
경의 형태는 빛에 굴절되어 아지랑이 아른거리듯 인상의 미동
만 느껴지는 모네의 그림 같은 할머니와 나 사이의 오래된 풍경
화. 햇빛 따스한 봄날의 풍경처럼 아련한 시간이 흘러간다. 시간
과 빛의 변주가 삼켜 버린 풍경의 변주가 모네의 그림이듯 할머
니와 나 사이가 그렇다. 두 사람 사이의 시간 속엔 모네의 〈봄 풍
경〉에서 보았던 희미한 빛살 무늬 이미지가 짙게 끼어 있다. 풍

모네, 〈봄 풍경〉(1894)　　〈지베르니의 봄 풍경〉(1894)　〈봄 풍경〉(1894)

경의 흔적을 지울 듯, 지우지 않는 햇빛과 시간이 기록한 삶의 묵시록. 나는 그 빛과 시간이 고해성사하듯 풀어놓은 풍경을 엿볼 뿐이다. 사라져 가는 풍경 속의 삶이 머물고 있는 순간은 애달파 보였다. 사람이 보이지 않는 시간 속의 풍경을, 간장떡볶이를 파는 할머니를 통해 보았다.

금천교 시장을 지나 발길 머무는 대로 걸었다. 한옥이 늘어선 골목길 담장을 휘돌아가면 유년의 나를 만날 것만 같다. 백묵으로 낙서한 한옥 담벼락은 아이들에게 커다란 스케치북이다. 얼핏 보면 꼬맹이들의 낙서는 글씨라기보다는 문자추상에 가깝다. 어린 날의 아이들 마음속엔 피카소나 샤갈, 달리보다 더 위대할지 모를 예술성이 잠재되어 있다. 타일을 붙여 만든 벽도 있었는데, 대문을 가운데 두고 펼쳐진 양쪽 타일 벽은 데칼코마니처럼 문양이 똑같았다. 초등학교 미술시간에 도화지를 반으로 접은 뒤, 한쪽 면에 그림물감을 짜서 두 면의 종이를 겹치면 나타나던 대칭적인 그 무늬에, 우리들은 얼마나 신기해 했던가.

오래된 풍경과 손때 묻은 사물들은 디지털 세상에서 잊고 살았던 사람 냄새에 대해 각성케 해준다. 함석으로 만든 새 모양의 처마 물받이와 골목길 전봇대, 시멘트로 만든 정사각형 모양의 옛날 쓰레기통도 보였다. 족히 반세기를 넘겼을 저 쓰레기통은 용케도 세월의 부침 속에 사라지지 않고 남아 있는 게 거룩해 보였다. 저런 물건은 골목이 아니라 민속박물관에라도 가 있어야 하지 않을까. 쓰레기통 옆에 쌓인 타고 남은 연탄더미에 붉은 노을이 몸을 뉘였다. 서울 한복판에서도 아직 연탄을 때는 집이 꽤 되는 것 같다. 옥인동 한옥들은 옹기종기 붙은 채로 미로 같은 골목에 붙어 있다. 이 집 굴뚝에서 연기가 오르면 저만치 산동네 어느 집에선 화답이라도 하듯 기와지붕 위로 몽실몽실한 연기를 피워 올린다.

간장떡볶이를 파는 할머니집도 이 동네 어디쯤일 터인데, 그 집 창을 두드린 뒤 할머니에게 꽃 한 묶음을 건네고 싶다. 유년에 먹었던 간장떡볶이를, 다시, 똑같은 사람의 손맛으로 먹을 수 있었다는 건, 어마어마한 행운이었다고. 그것은 시인 김수영이 〈거대한 뿌리〉에서 노래했던, "나에게 놋주발보다도 더 쨍쨍 울리는 추억이/ 있는 한 인간은 영원하고 사랑도 그렇다"라는 말처럼, 금덩이보다 더 귀한 추억을 맛보게 해준 것이므로 그렇다. '나에게 놋주발보다도 더 쨍쨍 울리는 추억'은, 따스한 사랑을 가슴에 품고 미래를 맞이하는 열정의 연금술이므로.

백년 만에 큰 눈이 내린 서울 거리는 하얀색으로 완전히 덮여 버렸다. 간장떡볶이 할머니의 아린 기억을 망각의 눈으로 덮기라도 하듯 쏟아진 폭설에 할머니도 눈 속에 갇혀 버렸다. 할머니 집 창을 보고 싶었지만 창은 보이지 않았다. 할머니의 창을 보려던 생각은 부질없는 것이지만, 그 부질없음이 새로운 창에 눈뜨게 했다. 할머니의 창은 잠깐 나타났다 사라져 간 안개 같은, 그녀의 생에 부식된 푸르스름한 빛의 음화(陰火)였다.

미로 같은 오래된 골목길은 사람의 생이 켜켜이 쌓인 추억의 퍼즐이다.

겨울동화, 빈집의 적멸

봄에로 가는 떨림, 혹은 헛것의 시뮬라크르와
모네의 〈건초더미〉

3월에 내린 폭설은 따뜻했다.

흰 눈이 꽃씨를 품고, 피다 만 꽃봉오리가 눈보라에 갇혔어도 봄이 소생하는 들녘은 생명력으로 가득 차 있다. 북한강변 외딴 빈집에도 흰 눈이 쌓였다. 실핏줄 같은 개울 건너 고샅길 들어서면 집의 기억을 덮어버리기라도 하듯 슬레이트 지붕을 흰 이불로 덮은 따뜻한 적막. 논틀길 지나온 노을이 뒷마당을 물들이고 있다. 잠들어 깨어나지 못하는 집에는 몽유병자처럼 서성이는 것들이 있다. 부엌엔 타다 남은 숯덩이와 성냥개비 예닐곱 남은 팔각 성냥통, 깨진 바가지, 이 빠진 사기 종지가 뒹굴고 있다. 폭설 속의 외딴 집은 한낮에도 어둠이 잠복해 있다.

천장 내려앉은 빈집 창가에서 '바라본다'의 명사형인 '봄'(春)을 아스라이 바라본다.

빈집 창밖 풍경

　무엇인가 '본다'는 것은 실제 이미지와 허상, 시뮬라크르를 포함하는 모든 시각적인 영역과 심미적인 것까지도 의미한다. 빈집에서 이른 아침 쇠죽 군불 땔 때 어머니가 빗자루로 눈 쌓인 마당을 쓰적쓰적 쓰레질하던 소리의 풍경이 보였다. 소리는 기억의 형상을 도둑처럼 싣고 온다. 장작불 연기도, 사기 밥그릇도, 무쇠솥에서 피어오르던 김 서림도, 김칫국 냄새도, 망각의 눈에 덮인 빈집의 적멸!

　창밖 무논 가득 쌓인 흰 눈에도 듬성듬성 꼼지락거리는 소리가 들렸다. 겨울에서 봄으로 가는 떨림은 어디선가 들었던 소리이다. 눈을 감고 천천히 귀 기울이니 소리에서 기억이 났다. 초등학생 때 풍금 소리로 들었던 〈봄의 왈츠〉일까, 베토벤의 〈바이

빈집의 창밖 풍경

올린을 위한 로망스〉일까, 겨울 빗소리가 나는 게 비발디의 시
적인 바이올린 소리였다. 비발디의 〈사계〉 중 〈겨울〉 2악장은 겨
울 속의 봄을 예감하는 촉촉한 떨림을 음악의 정경으로 빚어놓
은 시였다. 흰 눈 쌓인 무논의 꼼지락거리는 소리는 기억의 강
을 흐르는 음악소리를 불러낸다. 회화가 빛살 무늬로 풍경의 속

살을 드러내고 낯선 이미지로 인간 내면의 이미지를 창조하듯, 음악은 소리에 풍경의 옷을 입혀 심상을 수놓는 이미지의 예술이다. 눈밭으로 들려오는 화음은 비록 설경일지라도 여리게 봄을 신고 왔다.

전라도 광주의 한 초등학교 아이들에게 문학과 예술의 상상력을 넓혀 주려고 글 쓰는 공방을 열었을 때다. 고전에서 낭만파, 인상파, 표현주의와 초현실주의 회화를 보여주고 클래식 음악을 들려주며, 상상력과 이미지만으로 글을 쓰게 하였다. 비발디의 〈사계〉는 음악으로 글을 쓰게 하는 아름다운 텍스트였다. 아이들은 뭉크나 밀레, 고흐, 샤갈, 모네, 다빈치, 드가, 고갱, 렘브란트, 피카소, 살바도르 달리와 르네 마그리트 그림들까지 기발한 상상으로 글을 썼다. 바흐, 모차르트, 베토벤, 슈만, 브람스, 슈베르트, 드뷔시, 엘가, 크라이슬러, 비발디도 아이들의 상상력과 판타지를 넓혀주는 훌륭한 텍스트였다.

꼬맹이들은 화가의 그림에서 사유를 배우고, 음악의 풍경에 연필로 저마다의 상상의 색을 칠했다. 예술에 대한 이해력과 상상의 힘이 쌓이면서 아이들은 논리적인 글을 익혀 갔다. 아이들의 글은 겨울에서 봄 나무로 진화하는 생명의 떨림 같은, 자연의 꼼지락거림 같은 것이다. 하늘빛과 바람 향, 햇빛, 사위어가는 새벽 별빛과 만월의 둥근 달빛, 천둥, 번개, 우주의 순결한 눈

물방울 같은 이슬 머금은 들풀이 큰 옹기에서 발효되는 산야초처럼 오랜 시간 숙성되는 게 교양(die Bildung)이라고 생각했다.

아이들은 비발디가 〈사계〉에 색칠했던 풍경의 이미지에, 저마다 시뮬라크르의 색깔을 입혀 글로 쓴다. 글 말미에는 저마다 빨간 머리 비발디와 생생한 인터뷰를 하며 즐거워하는 아이들. 비발디가 풍경을 소리언어로 재현했다면 꼬맹이들은 시뮬라크르란 판타지를 통하여 비발디의 소리를 활자 이미지로 그린다. 아이들은 별같이 반짝이는 눈을 지니고 있으므로 나는 꼬맹이들 이름 뒤에 별 하나씩 붙여주었다.

소윤별, 범준별, 규현별, 지영별…그리고 두 해째 세계문학 텍스트 100권을 함께 읽고 글로 쓰는 중학생 도현별. 도현별은 진즉 대학생이 되어 서울로 간 지 오래고, 소윤별, 범준별, 규현별은 벌써 고 3이니 곧 대학생이 될 것이고, 베토벤의 〈합창 교향곡〉을 듣고 글을 쓰던 초등학교 3학년 지영별도 어느새 여고생이 되었을 것이다. 대학생이나 대학원생한테 강의할 때보다 아이들과 수업할 때의 떨림이란 은하계 어디쯤 다녀온 듯 신비했다. 아이들이 로버트 프로스트의 시 〈가지 않은 길〉을 외우는 사이, 길은, 다시 다른 길로 이어진다. 이 무렵 음악의 소리와 미술·문학이 내는 소리는 텍스트가 아니며, 아이들이 꿈꾸는 생생한 소리처럼 별을 스쳐오는 자연의 생명력이란 걸 새삼 깨달았으니, 아이들과 함께 공부했던 그 시간은 생에 다시 돌아올

수 없는 아름다움을 새겨 주었다.

자연의 시간에 순응하는 생명들이 저마다의 색깔로 약동하는 소리를 전해오고 있다. 침묵의 그 소리는 그리움의 사신이다. 긴 겨울의 끝과 이른 봄 사이에 숨은 낯선 그리움은, 시간의 진화에 맞춰 빈집에 아주 여린 진동을 전한다. 바람의 숨결 같기도 하고 그리움의 얼굴 같기도 한 미세한 떨림. 꽃이나 나무는 별빛 싣고 온 공기의 파동에도 반응하고 달빛에도 몸을 연다. 빈집은 시간을 횡단해 가는 그리움을 싣고 점멸해 갔다. 눈부시게 빛나는 황금빛 나무를 바라봄이 생의 경이로움이라면, 빈집처럼 사라져 가는 풍경 또한 낯선 경이로움이다.

　빈집 앞 눈 쌓인 논에는 지난 가을 추수한 뒤 묶어 놓은 짚단이 그대로 세워져 있다. 작은 짚단은 눈밭에서 이야기하는 사람들 같기도 하고, 동화 속 허수아비처럼 자정 지나면 무엇인가로 변신할 것 같다. 논 한쪽에는 모네의 그림에서나 볼 수 있는 커다란 낟가리가 거인처럼 우뚝 서 있을 것만 같았다.

　가을이면 탈곡하거나 도리깨질하고 난 짚단을 움막 형태로 쌓아올린 낟가리(건초더미)는 논 한가운데나 집 앞 공터에 있었다. 시골 아이들은 한겨울밤이면 참새를 잡는다고 남의 집 초가지붕 밑이나 낟가리 안쪽을 쑤시며 손전등을 비추곤 했다. 그러면 건초더미 속에서 포근한 잠을 자던 참새는 느닷없는 손전등

빛에 그만 꼼짝 못하고 잡혔다.

　모네는 아무도 관심 갖지 않던 들판의 건초더미를 빛의 성스러움에 휩싸인 사물로 재탄생시켰다. 화가는 빈 들의 〈건초더미〉를 빛을 잃은 처연한 모습이거나, 서리나 눈 맞은 은유적인 모습으로, 아침햇살을 받아 눈부시거나, 석양 무렵의 애수 띤 풍경으로 빚어 놓았다. 심미적인 것들은 우리 주변에서 우리와는 다른 언어와 기호로 신호 보낸다. 그것은 빛일 수도 있고, 바람이거나 공기, 천둥, 별과 달, 꽃과 나무, 절망일 수도 있고, 보이지 않는 심연이거나 눈물, 고독일 수도 있고, 아무것도 아닐 수도 있다.

　예술가는 사물들이 내뿜는 현란한 무지갯빛 언어를 해독하여 우리 앞에 펼쳐 놓는다. 모네는 빛의 연금술사답게 사물에 투영된 빛의 심연을 찾아 색칠했다. 빛을 머금어 광휘로운, 그러나 실체가 없는 광휘로서의 빛 사물. 건초더미란 사물은 존재하지만, 빛이 뿌리고 간 사물은 찰나적으로만 존재하므로 환영(幻影)이다.

　모네는 환영에 뿌려진 빛의 형상을 영원에 새겼다. 그러므로 모네의 〈건초더미〉 연작은 존재하지만, 사라져 간 빛 같은 한 편의 시다. 사라져 가는 것을 쓸쓸한 시간으로 견디며, 캔버스에 감금된 빛과 말과 색에 생명을 불어넣어 〈건초더미〉 연작을 그린 모네. 그는 이 미완성의 작품들 속에 빛을 감금시킨다는 게 허망한 일이란 걸 알고 있었을까.

모네, 〈건초더미〉 연작

눈밭에 앉았던 멧새 몇 마리가 포르르 날아간다. 멧새는 얼핏 보면 참새와 비슷하지만 머리에 검은색과 하얀색 줄이 있는 텃새이다. 녀석들은 멸종 위기종이고, 눈밭의 빈집 또한 사라져 가는 중이다. 사라져 간다는 것은 시간 이편에 점선 같은 추억의 꼬리만 남기고 시간 저 너머로 여행을 떠나는 것이다.

눈 쌓인 처마 끝에 꽁꽁 언 명태가 달려 있었는지 짚검불로 엮은 흔적이 보인다. 흔적의 서정은 상상의 옷을 입고 나타난다. 처마 끝에도 명태에도 고드름이 달려 있다. 해거름일 무렵 집으로 돌아드는 길 굴뚝에서는 밥 짓는 연기도 피어올랐다. 백석 시에서 보았던 북방 풍경의 이미지도 이 모습과 다르지 않았다.

처마 끝에 명태를 말린다
명태는 꽁꽁 얼었다
명태는 길다랗고 파리한 물고긴데
꼬리에 길다란 고드름이 달렸다
해는 저물고 날은 다 가고 볕은 서러웁게 차갑다
나도 길다랗고 파리한 명태다
문턱에 꽁꽁 얼어서
가슴에 길다란 고드름이 달렸다

— 백석의 시 〈멧새 소리〉 전문

겨울, 빈집의 적멸

북한강변 외딴 마을 작은 빈집에 "해는 저물고 날은 다 가고
볕은 서러웁게 차갑다". 얼어붙었던 강줄기 풀리면 봄은 저만치
서 강물에 실려 올 텐데, 집으로 수렴되던 길은 끊긴 지 오래.

창은 하얀 꿈을 꾸고 있다.

나무의 창
모딜리아니의 긴 목 초상을 닮은 산벚나무

빈집 앞에 비스듬히 서서 꽃을 틔운 산벚나무는 모딜리아니 (Amedeo Modigliani) 그림에 나오는 초상화의 긴 목선을 닮았다. 그의 작품 속 인물들은 대부분 목이 길고 눈동자가 없다. 눈동자 없는 푸른빛의 눈은 신비로움을 자아낸다. 모딜리아니의 보헤미안적 삶을 닮아서인지 그의 그림에 나오는 여자들도 동경에 찬 보엠(Bohême) 같다.

빈집 앞의 목이 긴 산벚나무도 세상을 방랑하다 돌아온 보헤미안처럼 초록빛 눈의 모습이다. 아무도 보아주는 이 없고, 아무도 말 거는 이 없지만 산벚나무는 물비늘 같은 꽃잎을 햇빛에 반짝이며 바람에게 말을 전한다. 산촌에서 향기로운 관을 쓰고 있는 벚꽃은 파리한 모습으로 겨우 꽃을 피웠다. 우주의 광휘가 별에서 나온다면 지상의 아름다움은 나무와 꽃으로부터 나온

빈집 앞에 홀로 서서 연분홍 꽃을 틔운 벚나무 한 그루

다. 나무와 꽃들은 인간의 삶에 내재한 근원적인 외로움에 신비한 기운을 불어넣는다. 그러나 나무와 꽃만이 세상의 신비로움을 말하진 않는다. 나무와 꽃이 시각적인 신비함을 보여준다면, 빈집 창은 폐허를 통해 삶이 쓸쓸한 신비의 은유임을 보여준다. 그럼에도 불구하고 빈집 창만이 신비한 창의 은유는 아니다. 그리움 닿아 사유할 수 있는 자리는 모두 창이며, 꽃들은 나무의 붉은 심장으로서의 창이다.

니체는 생의 의지로서의 창이며, 릴케의 시는 생을 성숙시키는 정신으로서의 창이고, 고흐의 밤늦은 카페테라스는 시간의 고독한 생애를 음미해 보는 창이다. 그리고 북한강변 빈집 앞에 핀 목이 긴 산벚나무는 모딜리아니의 미가 변주된 창이라고 생각했다.

　모딜리아니의 그림 〈하얀 슈미즈의 소녀〉(1918)는 속옷의 일
종인 소매가 없고 어깨에 끈이 달린 슈미즈(chemise) 차림이다.
소녀는 한 쪽 가슴을 조금 드러낸 채 수줍어하고 있다. 흘러내
린 한 쪽 어깨 끈을, 살짝 보인 가슴 밑에 잡고선 부끄러운 듯 고
개를 약간 튼 모습이, 빈집 앞의 연분홍 벚꽃 같다. 묘한 관능미
와 수줍음 배접된 하얀 슈미즈 차림의 소녀 얼굴에 산벚나무 꽃
이 피었다. 나무의 내면은 여자의 내면처럼 여러 겹의 은유로
되어 있다. 은유는 변신하고자 하는 욕망이라는 이름으로, 혹은
실존을 위한 다양한 가능성에로의 의지로 변주된다.

　빈집 앞의 산벚나무 역시 〈하얀 슈미즈의 소녀〉 모습만 있는
건 아니다. 그 속에는 여인의 고독이 헤아릴 수 없는 심연처럼
숨은 〈아기를 안고 있는 집시 여인〉(1919) 풍의 모습도 있다. 빈

모딜리아니, 〈하얀 슈미즈의 소녀〉

집 앞에 서 있는 산벚나무 한 그루에서 구김살 없는 수줍음과 심연 같은 고독을 본다.

나무의 분홍빛 수줍음이 〈하얀 슈미즈의 소녀〉를 닮았다면, 나무의 맑은 고독은 〈아기를 안고 있는 집시 여인〉의 모습을 닮았다. 그림 속 여인의 얼굴은 그녀 내면을 보여주는 창이다. 집시 여인의 눈에는 푸른 달이 박혀 있다. 여인의 기다란 목은 고독이 기다랗게 자란 흔적이다. 빈집 앞에 선 산벚나무 목이 길어진 것도 꽃을 잉태하느라 고독했기 때문이다.

토스카나인 모딜리아니는 서른여섯 해를 살았으니 모차르트나 슈베르트처럼 요절했다. 지독한 가난과 술과 마약에의 탐닉, 고흐처럼 살아 생전 인정받지 못해 생겨난 예술의 광기는 그의

모딜리아니,
〈아기를 안고 있는 집시 여인〉

모딜리아니,
〈커다란 모자를 쓴 잔 에뷔테른〉

생을 갉아먹어 갔다. 〈아기를 안고 있는 집시 여인〉에서는 모딜리아니가 죽기 전 2년여 동안 진실로 사랑했던 여인 잔 에뷔테른의 환영이 느껴진다.

모딜리아니는 잔 에뷔테른의 초상화를 여러 점 남겼다. 긴 목선과 눈동자 없는 푸른 눈의 자태는 사색적인 아름다움을 띠고 있다. 모딜리아니가 죽자 이틀 후 잔 에뷔테른도 창문 아래로 몸을 던졌다. 죽은 그녀의 뱃속에는 아이가 자라고 있었다.

〈아기를 안고 있는 집시 여인〉이든, 〈잔 에뷔테른의 초상화〉이든, 빈집 앞에 선 산벚나무이든, 몸속에는 슬픈 전설이 잠들어 있다.

모딜리아니의 삶과, 그림 속 집시 여인의 표정과, 불행한 화가를 사랑한 잔 에뷔테른의 운명은 예술의 흔적이 된 지 오래다. 목을 길게 늘어뜨린 산벚나무도 집의 흔적을 간직한 예술적 기호로 보였다. "하나의 기호는 자신을 통해서 어떤 다른 것이 의식에 들어오게 만드는 하나의 사물이다."* 나무란 사물과 예술은 삶을 상상하게 만들고, 삶의 본질을 탐구하게 한다. 빈집 앞에 덩그마니 서 있는 산벚나무는 모딜리아니의 긴 목선을 가

---

* 박평종, 《흔적의 미학》, 미술문화, 2006, 167쪽 아우구스티누스의 기호개념 참조.

진 예술의 메타포이다.

모딜리아니의 그림들과 산촌 벗나무 속에는 "고독의 동굴, 고독의 회랑"이 끝도 없이 펼쳐 있다. 삶에 근원적으로 깃든 고독이라는 성분은 관습적인 일상을 성찰하게 만들고, 어느 순간 고독의 껍질을 깨고 나와 일상의 진부함과 비루한 시간들을 견디게 하고, 상투성으로부터의 탈출을 돕는다. 산벗나무는 지금도 우주의 고독을 성찰 중이다.

이야말로 내가 두려워하는 ─ 고독 ─
영혼의 창조자
고독의 동굴, 고독의 회랑(回廊)은
밝고도 ─ 캄캄하다 ─

─ E. 디킨슨의 시 〈고독은 잴 수 없는 것〉 부분

빈집 앞 나무의 창

바람과 별과 흰 달빛, 산벚나무만이 반추하는 빈집의 무덤 같은 시간이 펼쳐지고 있다. 인적 묘연한 빈집 앞에 선 산벚나무 한 그루, 집의 화신(花神) 같다. 곧 사라질 봄의 정경 앞에 밖에 나갔던 마음이 몸에 들어와 혼불을 밝힌다. 내가 본 것은 모두 허무의 그림자이다. 나무의 창으로 엿본 꽃잎의 붉은 심장이 그랬다. 나무의 그늘이 된 집의 흔적 또한 그러하며, 삶의 흔적을 예술에 새긴 모딜리아니의 그림 속 여자들 모두가 그랬다. 삶과 예술, 나무와 꽃 모두 그림자의 허무한 이야기 같은, 허무의 그림자이다.

아방가르드를 꿈꾸던 선비의 그늘진 창

거문고 타는 세상

마음속으로 져버린 꽃을 찾아가는 길은 애련하지만 그리움이 길을 만들고 애틋함이 길 속에 실핏줄 같은 또 다른 길을 낸다.

산수유로 이름난 이천의 한 마을을 찾아가는 길도 그러했다. 회갈색 나뭇가지마다 노란 꽃봉오리 터뜨린 산수유는 봄 풍경의 화려한 시작이며 한 절정을 보여주곤 했었다. 작은 꽃술의 숨결에는 지난겨울 엄동설한에 부러진 가지의 상처와 꽃을 틔우라는 우주의 염원도 들어 있었겠지.

꽃이 져버린 길은 감흥 대신 추억이 길을 밀고 간다. 꽃이 진 길 어딘가에 옛사람의 꿈이 져버린 곳이 있었다. 오래된 느티나무 밑에서 생각에 잠기노니 그들이 꽃 피우려 했던 꿈은 무엇이었을까?

조선조 중종 14년, 1519년 음력 11월에 일어난 기묘사화로 이상주의적 도학정치를 추구하던 정암 조광조는 그해 12월 죽임을 당했다. 젊은 선비들은 유토피아를 꿈꾸었지만 그 꿈을 실현시키지 못했다. 그들의 성리학적 이데아는 세계를 명분론적 질서로 구축하는 절대적인 형이상학이었지만 백성은 명분보다 밥을 필요로 했고, 왕 역시 정치적으로 그들을 이용했을 뿐 진정한 개혁을 원하진 않았었다.

결국 급진적 개혁정치를 펼치던 조광조는 훈구세력들의 반발을 사 전라도 화순 땅 능주로 귀양 간 뒤 사사되었다. 정암이 죽던 해 그의 나이 38세였으며 벼슬은 사헌부 대사헌에 이르렀다.

그는 자신의 진심을 알아주지 못하는 세상을 한탄하며 〈영금〉(詠琴)이란 시를 남겼다.

아름다운 거문고로 오래된 곡조를 타니
귀머거리 속인들은 가락을 듣지 못하네
아, 슬프도다 종기가 영원히 죽다니
이 세상에 누가 백아의 마음을 알아주나

— 정암 조광조의 시 〈거문고를 타며〉(詠琴) 전문

시 속의 종기(鐘期)는 종자기(鐘子期)를 말하고, 백아(伯牙)는 유백아(俞伯牙)를 말하는데, 모두 중국 춘추시대 사람들이다. 종자기는 거문고 소리를 매우 잘 듣는 사람이고, 백아는 거문고를 잘 타는 명인이었다. 종자기는 백아가 타는 금현의 떨림만 듣고도 그의 마음의 소리를 헤아릴 정도였다고 한다. 종자기가 병으로 죽자 백아는 자신의 거문고 소리를 알아줄 사람이 없다 하여, 그의 묘 앞에서 마지막으로 거문고를 연주하고는 거문고와의 인연을 끊었다고 한다. 조광조는 시 속의 백아와 자신을 비교하며 자신의 진실한 마음을 알아주지 않는 세상을 한탄했다.

조광조의 죽음은 그를 따르던 많은 신진사류들의 급격한 몰락을 가져왔다. 그때 난을 피하여 지금의 이천 산수유마을로 낙향한 여섯 선비가 뜻을 모아 육괴정(六槐亭)이란 정자를 짓고, 그 앞에 연못을 만들어 여섯 그루의 느티나무를 심었다고 한다. 원래 정자는 벽 없이 기둥과 지붕만으로 건축되는데, 이 정자는 본당에 담장을 두르고 대문을 만들어 사당 형태를 띠고 있었다.

　마루 끝에는 두 개의 창문이 단아하게 나 있었다. 대문에 들어서면 돌계단과 맞닿은 석대는 자연석을 잘라 돌각담처럼 쌓아올렸는데 야트막한 높이가 시야에 적당하게 들어왔다. 이끼 낀 돌계단은 푸른 나무에 걸린 연기처럼 녹연한 아름다움을 머금고 있었다. 기둥은 날렵하면서도 강건해 보이는 굵기와 적절한 높이로 지붕을 떠받치고, 온화한 기개가 느껴지는 사각면의 화강석 주춧돌, 작은 마당을 펼쳐 놓은 듯한 마루, 그리고 창이 마주 보였다. 가식 없이 한눈에 들어오는 공간미는 소박한 아름

육괴정 정자의 창 혹은 문

다움에 젖어들게 했다.

창은 세파에 미동도 않을 모양으로 문고리가 잠겨 있었다. 마루로 올라가 문고리를 풀고 창문을 살포시 열어보았다. 기와 얹은 담장이 바로 코앞에 나타났다. 자연석을 듬성듬성 박아 둘레를 흰색으로 회칠한 담장은 언제 보아도 수수하고 단아해 보였다. 자그마한 뒤뜰이라도 있었으면 볕 좋은 날 들려오는 솔바람 소리 창으로 들어와 마루 가득 흩어졌을 것이다.

뒤란 한편에 파초며 열매가 여물어 가는 작약이며 백일홍이 한창일 터이고, 석란이 돌이끼 사이로 엷은 홍자색 꽃을 피웠을 것이다. 그러나 창과 담 사이에는 가녀린 꽃대와 풀만 겨우 보였다. 창문과 담장은 쉼표가 없는 문장처럼 붙어 있었다.

담장은 새로운 세상을 꿈꾸던 선비들의 의기를 꺾어버린 현실의 벽 같았다. 벽 앞에서 유토피아를 꿈꾸던 선비들의 이상은 좌절되었으며, 벽을 창으로 만들지 못한 그들은 벽 속에 갇히고 말았다. 사화를 피해 이천 산수유마을로 내려왔던 여섯 선비들은 지금 저 벽 속에 있다. 그들에게 도피처가 된 벽은 창이 될 수 없었다. 선비들은 한때 권력의 중심에 서며 그들의 이상정치를 펼 것같이 여겼지만 현실은 이상을 배반했다. 정치도 예술과 같은 것이어서 미학적 판단력이 필요했던 것일까?

창과 벽 사이에 훗훗한 여름바람이 들어서고 있었다. 젊은 선비들이 꿈꾸던 성리학적 이상사회는 누구를 위한 무엇이었을까?

담장과 창문 사이에 그늘이 내리고 있었다. 선비들이 창문 너머 보았을 푸른 이상의 하늘가에도 그늘이 드리우고 있었다. 나는 그림 속에 깊게 숨은 그림자를 찾듯 이 집의 담장과 창문 사이에서 그늘의 따뜻함을 찾고 있었다.

정자를 나서기 전 열어 두었던 창문을 다시 닫고 나오는데, 창호지에 비친 햇살 한 조각이 모노크롬 미술같이 보였다. 캔버스가 된 창문의 한지에 햇살이 무수한 선을 긋고 있었다. 보이면서 보이지 않고, 보이지 않으면서 보이는 무위의 선. 순간, 무아로 변주되는 무위의 무진장한 선에서 그늘의 따스함을 보았다. 찰나의 미에 비친 햇빛이 벽 속으로 들어갔다. 벽의 그늘에 갇힌 사람들은 벽의 기호가 되어 말이 없다. 선비들이 지은 정자에는 선비들이 없다.

인디고 서원의 은행나무 유리창들과
요제프 보이스의 〈7천 그루 떡갈나무〉

슈바벤 나무숲에 가면 지금쯤 바위와 나무그루마다 노란 주단 이끼가 자랄 것이다.

아무도 걸어가지 않은 숲길을 투명한 시냇물 소리가 지나가고 새들은 햇빛을 타고 날아올라 신에게 날아갈 것이다. 햇빛이 잘 들지 않는 검은 숲 땅에서도 제비꽃이 피고, 수직으로 뻗어오르고 싶은 키 작은 가문비나무들은 태양을 사모하는 노래를 부를지도 모른다.

산등성이를 넘어가면 한 무리의 사람들이 달을 향해 순례자의 길에 오르고, 계곡에서는 모닥불을 지피며 밤새 신성한 춤을 추는 여자들이 있을 것이다. 나무의 영혼에 사는 숲의 정령을 만나려고 새 한 마리와 함께 방랑하는 사람을 본 적이 있다. 숲의 정령이 존재하기는 하는 것일까? 안타깝게도 숲의 정령은 여간해선 자신의 빛을 드러내지 않는다. 아니, 정령이 빛을 드러내지 않는 게 아니라 우리가 볼 수 없는 것이다. 영혼이 해맑아야 하는데, 우리 영혼으로는 볼 수 없으니 숲의 정령이 빛을 뿌리며 다녀도 우리는 그를 가까이할 수가 없다. 어떤 절망감으로 정전 같은 암흑에 잠길 때가 있는데 바로 이런 순간들이다.

그래서 숲의 정령들은 우리가 볼 수 없는 성스러운 빛 대신 우리 눈에 보이는 꽃이나 딱정벌레로 변신하여 현현하기도 한다. 이 숲에서 물망초에 앉았던 무당벌레를 본 방랑자가 있다면 그의 손에는 행운 한 줌이 들어 있을 것이다. 행운이란 신비한 시간이 다가오는 시간의 진동 같은 것이니까. 사람은 행운을 찾아다니는 순간 여행자다. 행운이 숨 쉬던 곳이 슈바벤이든, 시간이 멈춘 중세 소읍 로텐부르크이든, 라벤더빛 구릉을 볼 수 있는 프로방스이든, 강진 갯마을이든 순간 여행자의 상상은 별에서도 빛난다.

광안리 바다가 보이는 인디고 서원에서 불현듯 슈바벤이 떠올랐다. 수령이 오래된 느티나무가 있는 인디고 서원의 작은 정원을 슈바벤 시골 마을에서도 본 것 같고, 아름다운 책들이 즐비한 서원의 책방과 슈바벤의 작고 허름하지만 미적인 책방이 닮아서였다. 그러나 무엇보다 인상 깊었던 것은 기억 이전의 생이라도 비춰 줄 것 같은 슈바벤 나무들처럼 시간의 풍경 느껴지는

인디고 서원의 은행나무 유리창

유리창을 달고 서 있는 나무 한 그루를 보았기 때문이다.

손으로 구워 만든 10만 개의 벽돌을 쌓아 올렸다는 건축물 한 가운데 텅 빈 공간을 보았다. 신기한 것은 유리창으로 둘러싸인 정방형의 공간에 키가 큰 나무가 자라고 있었다. 서원(書院)이란 예스러운 이름을 붙인 것도 학문을 닦는 선비처럼 의와 예, 인문주의적인 원칙을 지키겠다는 미학이 담긴 것 같아서 좋았고, 그 이름에 걸맞게 건축물 내부 중심에 은행나무가 자라고 있다. 나무의 우물이라고 해야 할까, 창의 우물이라고 해야 할까, 정신의 우물이라고 해야 할까.

시골집 우물처럼 깊게 파인 곳에 서 있는 나무는 무슨 생각을 하고 있을까. 은행나무에서는 공룡의 숨소리와 몇 번의 혹독한 빙하기를 견뎌낸 서늘한 지혜가 느껴진다. 은행나무의 유전자에는 2억 3천만~2억 7천만 년 전의 페름기 풍경부터 1억 3천 5백만~1억 8천만 년 전의 쥐라기 풍경이 각인되어 있을 것이란 생각을 하면 불기둥 솟는 원시 지구 모습이 경이롭게 스쳐 간다. 저 나무 한 그루 어딘가에 그런 엄청난 기억이 들어 있다니, 나무를 두 손으로 안고 줄기 껍질에 가만히 귀를 대고 나무의 박동 소리를 듣고 싶다.

나무는 나무 그 자체가 아니라 우리에게 형이상학적인 상상력을 불어넣고 이 세계에서 저 세계를 여행하게 하는 마력이 깃들어 있다. 나무들이 감성적인 지각을 할 수 있을 것이라 믿고 있었지만 인디고 서원의 건축물 안에 있는 은행나무를 보며 다시금 나무에 관한 명상을 하게 됐다. 햇빛이 유리창에 비칠 때마다 반사된 빛들의 하모니가 은행나무의 심장에 숨결을 불어넣는 게 보일 듯했다. 새들이 나무에 둥지도 지을 것이며, 새들의 노랫소리가 햇빛을 타고 유리창에 반사되면 건물 책방에서 책을 고르던 사람들의 마음에도 새 한 마리가 날아들 것 같았다. 감성적인 지각 공간인 나무가 있는 풍경에서 단꿈을 꾸었다.

어떤 공간이 인간적인 공간으로 변신하기까지 마음 한 번 먹으면 가능한데 우리가 그걸 잘 하지 못하는 것은 자본의 문제가 아니라 인식의 문제 때문일 것이다. 건축물과 그 안에서 사는 인간은 저 경이로운 나무 한 그루로 하여 상상의 날개를 달 수 있다. 바슐라르 말처럼 "상상의 주요 주제인 상승의 역학"이 탄생하는 것은 바로 나무이다. 건축물은 나무로 하여 꿈을 꿀 수 있는 공간이 되고, 인간은 나무의 꿈을 통해 비로소 지혜를 체험할 수 있다. 그리고 저 나무를 바라보는 유리창들은 얼마나 아름다운가!

봄이면 연둣빛 여린 새순이 나무줄기마다 돋아나 생의 축제를 준비할 것이다. 그 무렵 나무 빛을 받은 저 수많은 유리창들은, 나무와 창을 바라보는 사람들은, 생의 축복 같은 행복을 느낄 것이고 머리끝에선 물방울만 한 새순이 만져질 것이다. 여름날의 싱그러운 은행나무 잎은 마음의 창을 활짝 열고 미지의 세계로 날아오르게 한다. 여름날의 초록 날개만 있다면 은행잎은 우리를 어디로든 데려다주는 마법을 부릴 테니까. 은행나무가 노란색으로 변신한 달밤이면 나무는 프란츠 슈베르트의 가곡 〈안 덴 몬트〉(An den Mond)〈달에 부쳐〉란 노래를 부를 것이다. 제럴드 모어의 피아노 반주에 맞춰 바리톤 디트리히 피셔 디스카우의 명징한 서정 느껴지는 목소리가 은행나무에서도 흘러나와 달까지 들릴 것이다. 노란빛 눈부신 달밤에는 은행나무를 타고 올라 달에게 건너가고 싶은 욕망이 든다. 노란빛이 우리를 떠오르게 하는 것일까. 나무의 꿈이 우리를 상상하게 하는 것일까.

함박눈 오는 날 저 은행나무를 본다면 그리운 이를 생각한다거나, 오랫동안 헤어져 소식마저 끊긴 사람 이름이 생각난다거나, 나목 아래 길을 무명치마 입고 걸어가는 까맣게 쪽 찐 머리 어머니가 생각날 수도 있겠다. 하지만 내리는 눈은 더 근원적으로 사람에게 말을 걸어오는 철학자다. 나목 가지마다 흰 눈 쌓인 모습은 삶의 고뇌를 짊어지느라 머리카락이 하얗게 세어버린 철학자를 닮았을 것이다. 마치 실존이란 고립된 섬이 아니라 다른 실존과 또 다른 실존이 소통하는 실존의 코무니카치온(kommunikation)임을 말하는 야스퍼스처럼 겨울이면 저 나무는 고독한 사색자의 모습으로 존재할 것이다. 나는 거울 같은 유리창을 온몸에 달고 생의 깊은 숙고에 빠진 저 은행나무를 '야스퍼스의 나무'라 부르고 싶다.

요제프 보이스는 1982년 '카셀도쿠멘타'에서 카셀 시에 7천 그루의 떡갈나무를 심는 퍼포먼스를 통해 행위예술 개념을 확장시키고, 예술이 사회를 어떻게 변혁시킬 수 있는지, 인간은 예술을 통해 또 어떤 유토피아를 실현시킬 수 있는가를 보여주었다. 놀라운 생명력 가득한 프로젝트인 이 퍼포먼스는 1987년 요제프 보이스의 아들에 의해 7천 번째 나무가 심어지며 완성됐고, 1년 전 세상을 등진 요제프 보이스는 이 광경을 볼 수 없었지만 그는 이 퍼포먼스가 완성됐다고 여기지 않을 것이다. 왜냐하면 예술의 완성이란 불가능하며 예술은 언제나 현재진행형이기 때문이다.

더구나 나무가 주제인 〈7천 그루 떡갈나무〉 퍼포먼스야말로 국경을 건너 지구를 아름답게 할 예술의 진경을 보여주기에 더 그렇다. 예술은 영원하다는 말의 의미는 예술 그 자체가 아름다워서가 아니라 일찍이 헤겔이 말했듯 예술미라는 게 정신에서 태어나기 때문이고, 예술미가 작품 속에 표현된 진리를 표상하기 때문일 것이다.

인디고 서원의 은행나무를 보며 요제프 보이스의 〈7천 그루 떡갈나무〉가 떠오른 것도, 건축물마다 내부에 생명과 지혜를 상징하는 나무가 있는 광경을 연상했기 때문이다. 행위예술이나 전위예술이 뜨악한 경우가 많지만 그 낯설기 짝이 없는 뜨악함은 근본적으로 고정관념을 전복시킬 때 나타나는 전조현상으로 우리의 의식을 확장시키고 삶을 고양시킨다. 요제프 보이스의 〈7천 그루 떡갈나무〉 퍼포먼스는 행위예술의 고전이 된 지 오래지만 예술에 있어 고전은 포스트모던의 현재이다. 인디고 서원의 은행나무처럼 새로운 건축물마다 7천 그루 나무들, 7만 그루 나무들이 생겨났으면 좋겠다. 떡갈나무든 은행나무든 자작나무든 세상의 모든 나무들이 한 그루씩 건축물 유리창마다 비춰지는 꿈을 꾸어본다. 나무의 꿈이 창에 새겨지고 창을 보는 이의 마음에도 꿈이 새겨질 것이다. 인디고 서원의 유리창 품은 은행

서원 정원에 핀 수국

나무가 신비로운 마음을 갖게 한 것은 건축물을 치장하기 위한 장식품으로서의 나무가 아니라, 건축물에 깃든 인문 정신과 건축물에 깃들어 사는 사람이 가져야 할 예술미를 나무라는 지혜 깊은 생명체가 보여주고 있다고 생각했기 때문이다.

서원 은행나무가 내려 보는 정원에는 수국이 탐스러운 빛을 발하고 오래된 느티나무가 서 있다. 나무와 나무는 어떻게 교감을 하며 살고 있을까. 거울 같은 유리창을 달고 있는 은행나무는 창과 어떤 이야기를 하며 살아갈까. 그리고 우리는 나무와 창을 보며 또 무슨 생각을 하는 것일까.

화포(花浦)의 창은, 화포 바다이다

화포에서의 봄과 에밀 놀데의 〈한국 소녀〉

미묘한 방문자,

너는 꽃으로 그리고 물로 도착한다

화포는 여느 바다와는 또 다른 매력을 간직하고 있다.

연필로 칠한 소묘처럼 펼쳐진 긴 개펄은 산과 꽃이 어우러진 한가로운 풍경을 낭만적으로 드러냈다. 길은 목가적인 풍경에 도취된 방랑자의 발끝에서 나온다. 길을 걷다 보면 내가 보이지 않을 때가 있다. 빛의 산란으로 풍경이 빛 속에 숨을 때, 그 찰나의 하얀 어둠이라니!

설원의 지평선에 작렬하는 태양 광선에 갇혀 아무것도 볼 수 없는 하얀 어둠 같은 길은, 순간이나마 존재하는 것이 무란 것임을 인식케 한다.

별량 지나 죽전이나 금천쯤 화포에 이르기 전 방랑자는 차에서 내려도 좋다. 그 자리에서 바다를 보면 봄 바다는 마음에 품는 자의 것이다. 봄의 정령이 살아 있음을 느낄 수 있는 시간은 그리 많지 않다.

나는 차에서 내려 흙담 사이 반짝이는 햇살과 바람에 살랑거리는 배추꽃과 아지랑이에 입 맞추며 길을 걸었다. 쪽진 머리 할머니는 매화나무 밑에서 나물을 뜯고 있다. 소쿠리 가득 봄이 쌓여 간다. 몸뻬 입은 궁둥이를 하늘로 쳐든 아주머니 둘은 호미를 들고 밭일을 한다. 길을 걷다 보면 산다는 게 고동치는 가슴만으로도 행복해진다는 걸 느끼게 해준다.

발걸음에 빛이 휘감기는 길이 더해질수록 대지에 슬그머니 내려놓게 되는 무언가가 있다. 나도 모르게 내 안에서 빠져나간 것들이 욕망인지, 허상인지, 지폐인지, 표백된 미소인지 모르지만 헐거워진 마음에 길이 쌓여 간다. 화포 길을 걷다보면,

매일 너는 우주의 빛과 더불어 논다.
미묘한 방문자, 너는 꽃으로 그리고 물로 도착한다.

— 파블로 네루다의 시 〈매일 너는 논다〉 부분

라는 시인의 시구처럼 우주의 빛과 더불어 놀 수 있고, 꽃으로 출발해서 물로 도착할 수 있다. 흙 위로 고물고물 얼굴 내민 파릇한 싹들은 무언으로 경외를 불러일으킨다. 내면 깊숙한 곳에

자리한 아름다움을 금방이라도 만날 것 같았다. 하지만 아름다움은 보이지 않고 만질 수 없는 침묵의 무늬라서 때론 멜랑콜리하게, 때론 환희의 음표를 잉태한 절망의 노랠 부르며 오는지 모른다. 그래서 산다는 건 풍경 앞에서 절망하기도 하고, 침묵해야 한다는 걸 또 길에서 배운다.

화포에 이르기 전 월평마을 비닐하우스에선 식구들이 모여 미나리를 뽑고 있다. 초등학생과 여중생 딸들도 일손을 보탰는데, 미나리만큼 싱싱한 가족들 얼굴에는 구슬 같은 땀방울이 맺혀 있다. 그들은 일과 밥과 행복의 변증법을 온몸으로 만들어갔다. 시골길을 다니다 보면 길에서 만난 사람들은 노동의 아름다움을 가르쳐 준 삶의 스승이었다.

그렇게 얼마쯤 걷다가 오르막길을 굽이돌면 서사시 같은 바다가 펼쳐진다.

여신의 옷자락처럼 펼쳐진 화포는 모성적인 바다이다. 2차선 아스팔트 도로변에 심은 벚나무에선 벚꽃이 만개하여 방랑자를 유혹한다. 보슬비 내리는 봄날 화포를 찾은 이들은 좀더 특별한 풍경과 마주할 수 있다. 꽃길 바다에서 올라온 해무가 길을 삼켜 버렸다. 길은 꽃비에 젖어 안개 속에서 길을 잃고, 바다로 가는 인적 없는 길은 삶의 무거운 테마를 해체하여 한없이 날아오르게 한다.

마을 산벚나무 아래 서니 물 오른 내 몸이 꽃을 피운다. 내게

화포에서 별량 가는 길에 핀 벚꽃. 왼쪽으로 서사시 같은 화포 바다가 펼쳐진다.

서 꽃이 핀다는 건 꽃의 아름다운 영혼이 내 안으로 들어왔다는 것이다. 이 얼마나 엄청난 일인가!

마을 사람들과 만나 이야길 하다 보면 낯선 사람끼리 주고받는 말에도 꽃이 피는 걸 느낄 수 있다. 언어와 언어 사이에 피는 꽃은 사람과 사람 사이의 가교가 된다. 말은 씨가 되어 서로의 몸 안에 꽃을 피우는 진귀한 풍경이 된다는 걸 화포에 와서 알았다. 씨가 되어 꽃을 피우는 말이 사람과 사람들 사이에 있다.

화포의 아름다움은 4월 10일 무렵 절정에 이른다.

인적 드문 호젓한 도로변에 늘어선 벚꽃은 너른 바다를 향해 편 화포만의 독특한 정경이다. 꽃보다 사람들이 더 많은 여느 곳과 달리 시간의 무의식에 들어 느리게 산보할 수 있는 화포!

노란 빛을 아스라이 저미는 산수유꽃과 눈부신 발광체처럼 봄빛을 내뿜는 매화, 꽃잎을 무더기로 떨구는 하얀 목련, 숲은 아직 잿빛이지만 진달래는 첫사랑의 연인처럼 분홍빛으로 피어 나무들을 설레게 한다. 산에는 군락을 이룬 철쭉이 가지마다 꽃망울을 터뜨릴 기세고, 꽃눈이 벙근 야생화들도 지천이다. 그러나 뭐니 뭐니 해도 가슴 아픈 건 지는 동백이다. 만개한 동백보다 나무 밑동 흙을 붉게 물들이며 봉오리째 낙화하는 꽃이 슬프게 아름다운 건 왜 일까?

바닷가 마을에 피는 꽃들은 바다를 향한 그리움으로 우수에 젖는다. 화포에 피는 꽃들도 바다를 향한 동경으로 개화한다. 화포(花浦)란 마을 이름도 '꽃피는 바닷가'란 뜻인 걸 보면, 꽃이야 세상 어디인들 피지 않으랴마는 왠지 화포에 피는 꽃들은 예사롭지 않아 보인다. 골목에선 동백이 지고 있다. 선운사 동백이

화포 선창의 동백은 가늠하기 어려운 붉은 색을 띠고 있다.

동백나무 열매   시간의 진화
나뭇가지의 검은 꼭지는 동백꽃이 지고 난 아름다운 흔적이다.
구월 하순이면 동백 열매가 붉게 열린다. 빨간 동백 열매 속에는 까만 씨앗이 숨 쉰다.
그 옛날 동백기름을 짜서 쪽 찐 머리에 곱게 바르고 은비녀를 꽂았던 할머니들.
그래서인지 옛 여인에게서 나던 동백 향에는 붉은 연정이 들어 있다.

나, 백련사 동백숲이나, 지심도 동백섬이거나 꽃들은 매한가지
겠지만, 바닷가 마을에 핀 동백은 처연함의 깊이가 심상치 않다.
　화포 선창의 동백은 해변가에 핀 해당화 빛깔보다도 가늠하
기 어려운 붉은색을 띠고 있다. 바닷가 마을에 핀 동백은 바다
로 떠난 사람을 기다리듯 저 홀로 붉게 물들어 속절없이 진다. 그
래서인지 화포 선창에 핀 동백은 이루지 못한 사랑의 화신(花神)
같다. 이즈음 화포를 찾는 사람들은 누구든 자신의 삶을 반추하
는 센티멘털리스트가 될 수 있다. 그러나 화포에 와서 센티멘털
리스트가 되지 못한 사람은 자신의 생을 들여다볼 기회를 잃은
자이다. 밤하늘의 우주나 사막, 바다 같은 위대한 자연 앞에 서
면 사람들은 존재의 허무와 고독을 되새기며 유난히 작아진다.

초자연적인 힘을 느낄 때의 자기연민이랄까, 센티멘털리즘이랄까? 허무의 바다, 절대고독의 파도 속에서 인간은 역설적으로 위버멘쉬(übermensch)에의 동경과 그것의 힘을 포착할 수 있다.

어떤 순간 찾아드는 생의 쓰디쓴 허무, 절망, 고독은 파토스적이므로 그것에 맞서 역경을 극복하는 길은 그것들이 주는 상실을 껴안는 것이다. 상실에 대한 사랑, 상실로 인한 상처 어루만지기 없이 어떻게 자신의 삶을 사랑할 수 있겠는가! 어차피 범인의 생이란 허무와 고독을 벗어날 수 없으므로 자기연민 혹은 자기사랑을 통한 긍정이 생을 고해로부터 초극할 수 있는 힘을 갖게 한다. 니체는 그래서 신을 죽이고 지상의 척도로서, 지상의 혼돈과 박치기하면서 자신의 생을 초극하는 존재로서 위버멘쉬가 된 것은 아닐까?

센티멘털리즘은 굳은살같이 딱딱해진 일상에 훈풍을 불게 하고, 파도 소리를 들려주고, 생의 상처를 핥아 어려운 시간을 견디게 하는 고독의 완화제 구실을 한다. 그런 면에서 화포는 센티멘털리스트가 되기에 제격인 바다이다. 화포를 찾는 날은 바닷길을 함께 걸었던 누군가를 만날 것 같아서 마음이 두근거렸다.

동백꽃 속으로 빨려 들어갈 듯 꽃사진을 찍고 있는데, 등 뒤로 지나가던 할머니 두 분이 한 말씀 하시며 간다.

"아따, 뻘건 동백이 오지게 이쁘다야!"

뻘에서 널을 지쳐 찔렁게 그물을 거둬 온 아낙과
슬픈 빛깔의 노가 잠든 전시장으로서의 골목길

해안선을 따라 길고 넓게 펼쳐진 화포 개펄에는 일 년 내내 그물이 처져 있다. 그물 처진 갈색 개펄을 멀리서 보면 천조각으로 기운 것 같아 정겹기 그지없다. 개흙이 깔린 갯가의 넓고 평평한 땅을 '개펄'이라 하는데, 전라도 지방에서는 개흙을 '뻘'이라 부른다. 나는 개펄이라는 표준어보다는 뻘이란 이 지역 말이 훨씬 정감 있게 들렸다.

마을로 접어드는 봉화산 자락 도로에서 내려다본 바다 풍광은 맑고 아름다운, 명미(明媚) 그 자체다. 수평선과 맞닿은 곳에는 섬들의 산줄기가 끊어질 듯 이어져 해무라도 낄 때면 더 낭만적으로 변했다. 화포 바다는 섬으로 둘러싸인 호수처럼 아늑했고, 봄바람이 불 때마다 바느질 솜씨 좋은 여인이 물을 깁는지 찰랑찰랑한 소리가 들려온다.

발 그물 처진 은빛 바다에 햇살 내리는 화포에 가면 잃어버린 시간들은 꿈이 되어 준다. 백면서생처럼 책만 읽으며 살아온 사람들은 텍스트 속에서 길을 찾지만, 바다에서 발 그물을 거두어 고기를 잡는 사람들에겐 바다가 밥줄이고, 삶의 텍스트이다. 물 빠진 뻘에서 아낙네들이 '널'을 지친다. 스노보드보단 기다랗고 폭이 좁은 판판한 널빤지를 이곳 사람들은 '널'이라 부른다. 널은 아낙들이 뻘을 이동할 때 타는 썰매이다. 아낙들은 질퍽한 뻘을 물 찬 제비처럼 지치고 다니며 꼬막과 피조개도 캐고, 게가 가득 잡힌 그물도 거둔다.

몸을 가누기조차 힘든 뻘에서 널을 자유자재로 움직이는 모습은 신기에 가깝다. 한 쪽 발을 널에 얹고, 다른 한 쪽 발로 뻘을 지치며 전진하는 것만으로도 큰 노동이다. 널에 꼬막이나 게를 두세 망씩 싣고서 점성 높은 뻘을 지치려면, 널과 뻘에 작용하는 저항이나 마찰력이 만만치 않아 웬만한 사내들도 손사래를 친다. 하지만 널을 지치며 묵묵히 뻘을 미끄러져 나가는 아낙들은 일을 했다. 바닷가에서 살아야 하는 숙명에 대한 사랑일까, 밥벌이에 대한 집념일까? 나는 숙명보다는 밥벌이의 억척스럽고 숭고한 의지가 힘든 노동을 일상으로 여기게 만든 것이라 생각했다.

아낙네들이 널을 지치며 앞으로 나갈 때마다 생기는 아름다운 길을 보았다. 뻘에는 길의 흔적이 여기저기 곧게 나 있었다. 아낙들은 방향을 정하면 주저 없이 널을 전진시킨다. 아, 길은, 온몸으로 내는 것이구나. 길은 저렇게 아름다운 진창에서, 온몸으로 밀고 나가는 것이구나! 내 생이 외면했던 잃어버린 시간들이 뻘에서 달구어지고 있다. 나도 뻘을 지치며 씽씽 달리고 싶다. 뻘에서 일을 마친 한 아낙이 널을 지치며 뭍을 향해 왔다. 뭍가 뻘 속에 박아 놓은 긴 장대 옆에 널들이 모여 있는 걸 보니 여

화포 뻘에서 온몸으로 널을 밀고 나가는 아낙.

사선들은 널의 흔적이다.

화포 뻘, 널의 선착장

기가 널의 선착장이다.

　갯바람 냄새 풍겨오는 젊은 아낙의 옷에는 여기저기 뻘흙이
묻어 있다. 바닷가에서 나고 자란 어부 아낙의 얼굴에선 순수함
과 수줍음이 엿보였다. 그녀의 얼굴에서 독일의 표현주의 화가
에밀 놀데(Emil Nolde)가 그린, 〈한국 소녀〉란 작품이 생각났다.
놀데가 1913년 조선을 방문하여 펜과 잉크로 스케치한 조선 소
녀는 앞가르마를 곱게 했고, 눈썹과 눈매는 가느스름했으며, 코
는 좀 뭉툭하고 입은 살짝 벌어져 있다. 소녀의 동그스름한 얼
굴 소묘는 눈매 가득 수줍음을 머금었다. 낯선 이국의 화가가
재빠르게 포착한 소녀의 크로키지만, 조선 여자에게서 느껴지
는 순수한 연민의 정이 묻어났다.

지금도 시골장터나 논둑길, 선착장에서 만날 수 있는 우리들 어머니와 누이의 인상이다. 뻘에서 나온 젊은 아낙의 생김새는 신기하게도 그림 속 소녀를 빼닮았다. 놀데의 아내인 아다의 서울 체류기는 조선과 조선인에 대한 그들 부부의 따뜻한 시선을 느끼게 한다.

서울, 서울, 우리는 너를 결코 잊지 못할 거다. 하얀 옷을 입은 아름다운 사람들, 황홀하게 아름다운 색동옷의 아이들, 연꽃이 피어나는 궁전의 연못, 햇빛 좋은 오후에 그토록 귀여운 아이들이 알록달록한 옷을 입고 뛰어놀고, 웃통 벗은 남자들이 물속에서 뿌리를 건져 올리고 있던 서울, 소가 끄는 달구지, 속이 비치

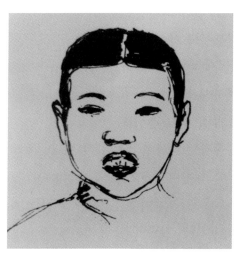

에밀 놀데, 〈한국 소녀〉(1913), 펜과 잉크 소묘, 아다와 에밀 놀데 재단

에밀 놀데, 〈푸른 바다〉, 종이에 수채

는 작은 모자를 쓴 남자들, 연하늘색, 회색, 또는 하얀색의 기다란 두루마기를 입은 사람들, 하얀 바지 아래에 수놓은 까만 신을 신고 그 둘레로 연하늘색의 비단 끈을 섬세하게 조여 맨 사람들, 초록색 두루마기로 얼굴을 가린 여인들, 그리고 하얀색의 옷을 입은 여인들, 포이어바흐(Anselm Feuerbach)의 작품처럼 부드럽고 고상하며 매력적이며 순수한 여인들이 있던 서울.

— 아다 놀데의 〈서울 체류 메모〉, 1913년

놀데가 한지에 그린 수채화에는 수묵화적인 농담뿐 아니라, 그의 작품의 특징이랄 수 있는 색채의 원시적인 강렬함이 투영

에밀 놀데, 〈노을에 물든 바다〉, 종이에 수채

되어 있다. 북해와 발트해 사이의 유틀란트 반도에 고향이 있었
던 놀데는 유난히 바다 풍경을 많이 그렸다.

독일 유학시절, 함부르크 쿤스트할레에서 놀데의 바다 작품
들을 보며 두고 온 화포를 떠올렸고, 화포에 와서는 놀데의 바
다 그림들이 생각났다. 실재의 바다와 그림 속 바다 사이에는
낭만적인 상상력이 존재한다. 화포 바다와 놀데의 바다 사이에
서 색채의, 원시적인 힘의, 은유에 대한 상상을 했다.

아낙이 커다란 망 두 개를 땅에 내려놓는다. 망 속에는 작은
게들이 바글바글 거린다. 젊은 아낙에게 아주 작은 이 게 이름
이 뭐냐고 물어보니, '찔렁게'라고 했다. 찔렁게! 찔렁게 라니

이렇게 예쁘고 토속적인 이름이 또 있을까.

원래 이름이 '칠게'인 찔렁게는 화포에서 1년 내내 나는데, 4월 이맘때 알이 배어 제일 맛난 철이란다. 아낙은 찔렁게의 작은 배에 밴 알을 꾹, 눌러 보여준다. 생명의 우주인 알이 미세한 거품 속에 꿈틀거린다. 암수를 어떻게 구별하느냐고 물었더니, 암컷은 배가 둥그스름하고 수컷은 배가 길게 생겼다며 게를 뒤집어 보여주니 정말 그랬다. 탈탈거리는 경운기를 타고 아낙의 노모가 다가왔다. 어부 모녀는 망 속의 찔렁게를 다라이에 쏟아 거친 손놀림으로 게를 휘저으며 크고 작은 것들을 골라낸다. 가끔 망둥어와 장어가 게 속에 섞여 있는 것은 브이자로 쳐 놓은 발 그물에 물이 들 때 게와 함께 갇혔기 때문이란다.

2만 원을 내고 찔렁게 두 망을 샀다. 녀석들은 바다가 멀어질수록 비닐봉지 안에서 버석버석 거렸다. 아무래도 집으로 가는 길이 조용하긴 그른 것 같다. 골목길 담장에 기대 놓은 커다란

화포 찔렁게

닻과 빛바랜 노랑, 초록색 그물더미를 보고 실험미술의 전시장인 줄 알았다. 어부들의 멘탈리티는 고기 잡는 바다를 향해 열려 있지만, 나는 피사체를 예술의 오브제로 먼저 생각한다. 사람들은 제 마음속 이상과 취향에 따라 꿈을 꾸고 밥벌이를 한다. '차이'와 '취향'은 이데올로기적이다. 집 앞 담장에 걸쳐 놓은 어른 키만 한 닻과 그물이 어부들에겐 생계를 꾸리는 일상적인 연장이지만, 나에겐 그것들이 배나 바다가 아닌 골목길에 있으므로 의미가 달라 보인다. 연출된 것처럼 보이는 녹슨 닻과 그물더미는 낯설기 짝이 없다. 그러나 정말로 낯선 것은 햇빛 찬란한 돌담 밑에 바싹 붙어 길게 누운 '노'(櫓)였다.

뱃사공이 물살을 저을 때 쓰는 기다란 노는 나무색이 퇴색할 대로 퇴색하여 흰색에 가까웠다. 물결에 닳은 나뭇결에는 물의 흔적이 나 있다. 노의 빛바랜 색깔에는 아름다움이 응축되어 있다. 한 생애 동안 물결의 속살을 다독이며 노닌 노의 안쪽과 바깥을 어루만지면 꿈꾸는 물의 무늬가 느껴진다. 손잡이에선 사공의 거친 숨소리도 들려온다. 노는 일자 형태가 아니라 두 개의 나무가 맞닿은 중간 꺾임 부분에 굵은 볼트 네 개를 박아 너트를 끼어 꽉 조였다. 그랬는데도 불구하고 흐르는 세월은 막을 수 없었는지, 헐거워진 연결부분은 굵은 철사로 동여매 놓았다. 쇠가 박힌 자리와 철사가 둘러진 곳에는 녹물이 고스란히 배어나 견고한 미의 흔적이 되었다.

바닷가 골목길 풍경　　　　노　　　　　　　닻과 그물

　　바닷가 골목길 풍경은 삶의 이야기가 응축된, 낯설지만 낯설지 않은 미술전시장이다. 그러나 미술관이나 박물관은 그만두고 그 흔한 노래방이나 가게, 이발소, 미장원, 목욕탕 하나 없는 화포는, 게마인샤프트(Gemeinschaft)에 가까운 고적한 세계 같다. 그래서일까, 점방 하나 없는 화포가 역설적으로 포스트모던하게 보였다면!

화포의 창은,
화포 바다이다

바닷가 마을의 창은 바다와 대화를 나누는지 바다를 향해 나 있다.

　　바닷가 마을에는 창뿐 아니라 사람들 마음도 바다를 향해 나 있고, 어부들의 생애는 통째로 바다에 잠겨 있다. 바닷가에 사는 사람들은 푸른 심해에서 꿈을 건져 평생 그 꿈을 수선하며 산다. 그들은 바다에서 밥을 수확하고, 파도가 신앙의 물결이며, 바닷바람이 어머니의 목소리라고 여긴다. 그들은 작은 배 한 척에 몸을 싣고 영혼을 실어 넘실대는 바다와 합일한다. 바다가 내어주는 대로 고기를 잡고, 바다에서 자신의 생을 주조하며, 생로병사가 펼쳐지는 바다에서 한 생애를 지낸다.

바다를 내려 보는 언덕배기에서 노쇠한 굴뚝 옆에 난 창문을 보았다. 옛날에 쌓은 화강석 돌담 위에 빛바랜 시멘트가 떨어져 나간 굴뚝과 제법 큰 창이 우뚝 서 있다. 굴뚝에 밥 짓는 연기 오를 때면 늙은 어부는 귀항의 닻을 내리고, 저물녘 노릿하게 물든 자기 집 창을 보며 허기진 발걸음을 옮길 것이다.

할미꽃처럼 허리가 굽어가는 어부의 아내는 갓 잡아온 생선으로 회를 뜨고, 매운탕을 끓여 흰쌀밥에 맛있는 저녁을 마련할

화포 바다

것이다. 늙은 어부가 "카―아" 소릴 내며 입에 소주 한 잔을 털어 넣곤 매운탕 국물을 뜬다. 반주로 곁들인 소주 맛을 스코틀랜드산 위스키에 비할까? 프랑스산 코냑에 비할까?

소주는 어부들에게 생의 동반자이니 마음으로 마시는 존재론적인 술이다. 그것은 어부들에게 단순히 "물체적 사물"(res corporea)로서의 소주가 아니라, 데카르트적으로 "사유하는 사물로서의 '에고 코기토(ego cogito), 나는 사유한다'"적인* 소주이다. 어부들에게 소주는 삶의 고락을 함께하는 벗이며, 판타지이고, 인생의 고해를 완화시켜 주는 약이다.

밥상 물릴 무렵 내오는 아내의 숭늉 한 사발에 사내는 오장육부까지 구수해 할 것이다. 집안 살림은 넉넉지 않고 집은 낡았지만, 바다를 품은 집에서 물소릴 들으며 부부는 또 그렇게 늙어갈 것이다. 그들은 갤러리에서 그림 한 번 본 적 없다. 덕수궁 옆 미술관에서 전시회가 열려도 고갱의 〈우리는 어디서 왔는가? 우리는 무엇인가? 우리는 어디로 가는가?〉라는 철학적이고 심오한 명제의 그림을 보러 서울 간다는 건 상상도 못할 일이다.

연극이나 오페라, 영화 같은 게 삶의 질을 어떻게 향상시키는지 알지 못하지만, 부부는 바다라는 이름의 무대에서 연극과

---

* 마르틴 하이데거, 이기상 역, 《존재와 시간》(*Sein und Zeit*), 까치, 1998.

영화와 오페라의 주인공이다. 자연은 아름다운 배경으로 설치되고, 끼룩거리는 갈매기 노랫소리, 파도 소리, 바람 소리, 뱃고동 소리, 음향으로 들려온다. 작렬하는 태양과 뭉근한 달빛과 물결에 반사되어 빛나는 별빛 또한 무대를 비치는 조명이 될 것이다. 무엇 하나 뻐길 것 없고, 으스댈 것 없는 바닷가 살림이지만, 그래도 부부는 바다 속에 어망을 던지며 산다는 것의 의미를 건져올릴 것이다. 바닷가 집 창문에는 서사시 같은 파도가 넘실대고 있다.

화포에서 창을 사진에 담으려 했던 건 부질없는 짓이었다.

화포에 가면 바닷가 마을에는 창이 없다. 집집마다 창은 바다를 향해 나 있지만, 창은 바다에 잠겨 보이지 않고, 창의 소리와 창의 냄새만 있을 뿐, 창은 파도에 실려가 보이지 않고 창의 이미지와 창의 사유만 있을 뿐,

화포 마을의 창은

화포 바다에 있다.

푸른빛의 신들이 내려앉은 바닷가 마을에서
멸치젓을 달여 짚에 거르는 할머니

골목 막다른 집 할머니가 마당 화덕에 솥단지를 걸어놓고 무엇인가를 끓이고 있다.

할머니의 생이 켜켜이 눌러 붙은 양은 솥단지는 씩씩하게 김

바다가 보이는 화포의 창

을 내뿜고, 이미 솥에서 한 차례 끓어낸 것은 양은 다라이에서 식히고 있다. 저 안에 들은 게 무엇일까? 양은 다라이 안에는 짚이 깔려 있고, 그 위에 진한 갈색의 액체가 고여 있었다. 나는 호기심 많은 초등학생처럼 "할머니, 이게 뭐예요?"라고 여쭤봤다. 할머니의 "젓이여, 젓 맹글어!"란 전라도 말에서 진한 멸치젓 냄새가 풍겼다. 얼굴에 검버섯 핀 키 작은 할머니는 멸치젓을 달여 멸치액젓을 만들고 있는 중이다.

멸치젓을 독에 담아 삭힌 뒤 그것을 솥에 넣고 불에 달여 걸러 내면 멸치액젓이 된다. 양은 다라이 바닥에 짚을 도톰히 깐 것은 멸치 뼈를 걸러내기 위한 것이다. 이상스레 입안에 군침이 돌았다. 공장에서 기계로 뽑아낸 멸치액젓과는 근본적으로 맛이 다를 것 같았다.

장작불을 지펴 멸치젓 달이는 바닷가 할머니의 염원은 무엇이었을까? 할머니는 비탈밭 한 뙈기 없이 가난한 삶을 살아왔다. 솥단지에서는 평생 멸치젓 달이던 할머니의 생이 졸아들고 있었다. 열여덟 꽃 같은 나이에 시집와서 시집살이 하며 배운 할머니의 멸치액젓 제조비법은 여든 셋이 된 지금까지 이어지고 있다. 그러나 혼자 사는 정씨 할머니만의 비법은 머지않아 영원히 자취를 감출 것이다.

손수 짚을 깔아 정성스레 걸러낸 액젓은 어떤 맛일까? 화포 할머니표 멸치액젓을 새끼손가락 끝에 콕, 찍어 맛을 보았다.

"젓이여, 젓 맹글어!" 멸치젓을 불에 달여 짚에 걸러내고 있는 멸치액젓

아! 비릿한 냄새가 내장을 할퀴며 달려든 순간 몸은 진저리를
쳤다. 첫맛은 퀴퀴하고 짭조름하더니, 뒤로 갈수록 은근히 속을
개운하게 했고, 끝맛은 달착지근한 미감이 들었다. 할머니는 이
깊은 맛 나는 액젓으로 양념 진한 전라도 김치를 담고, 상추
나 부추, 배추 겉절이에도 얼버무려 먹는다고 했다.

흰 김이 푸지게 오르는 솥뚜껑에는 커다란 나무 주걱이 놓여
있었다. 할머니는 가끔씩 솥뚜껑을 열고 주걱으로 안을 휘저었
다. 저 속엔 또 무엇이 있는 것일까?

"할머니, 김 나는 솥에 있는 건 또 뭐예요?"라고 궁금증을 참
을 수 없어 여쭤보았다. 할머니는 미소 지으며 메주콩을 삶는다
고 했다. 연이어 나온 "메주 만드시게요?"란 나의 물음에 할머

니가 빙그레 웃으셨다. 할머니 웃음에 나도 덩달아 웃었지만, 내 질문이 얼마나 무지했는지 알기까진 채 1분도 걸리지 않았다. 할머니는 음력 동짓달에 메주콩을 삶아 메주를 만든 후 따스운 방에서 메주를 띄운다고 했다. 그것으로 정월에 메주를 담가 석 달 후에 장에서 건지는데, 지금이 그때라는 것이다.

할머니는 장에서 건진 메주덩어리를 "쳐 내야 혀!"라고 말했다. 쳐 낸다니? 무엇을, 어떻게 하는 게 쳐 낸다는 말일까? 들을수록 거시기한 전라도 말의 그물에 갇힌 느낌이었다. 할머니의 말인즉, 막 삶아낸 메주콩을 손절구로 짓찧어 장에서 건진 메주와 '섞는다'는 말이었다. 그것을 독에 넣으면 비로소 된장이 된다.

할머니가 내게 던진 마지막 말은 "뭐든지 먹고 사는 건 힘들

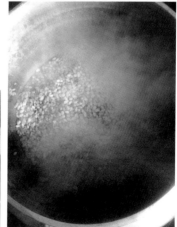

솥단지를 화로에 걸고 메주콩 삶는 모습과 삶아진 메주콩

어!"였다. 할머니 말에 왠지 가슴이 찡해 왔다. 밥을 먹기 위하여 공들여야 할 일이 비단 메주뿐이랴마는, 팔순 넘긴 할머니의 그 말은 노쇠하여 힘에 부쳐 보였다.

단출하기 짝이 없는 할머니의 살림살이를 보면 무소유가 별것인가 싶다. 폐드럼통을 개조해 만든 화덕에선 장작개비가 활활 타고, 가끔 희나리가 터지며 "탁탁 딱" 튀는 소리가 들려왔다. 할머니가 늦은 점심상을 들고 툇마루에 걸터앉는다. 할머니 어깨너머로 점심상을 흘깃흘깃 보았다. 점심상은 소박하다 못해 궁상맞았다.

한번은 하동 평사리에서 사진작업할 때, 돌각담 너머 분이 할머니가 점심 드시는 걸 본 적이 있다. 밥사발 옆에는 달랑 고들빼기김치만 있었다. 반찬이라곤 그게 전부였다. 속내까지 파랗게 물들일 것 같은 가을하늘 아래, 연시 익어 가는 감나무 바람이 불어왔다. 분이 할머니는 한낮의 고요를 수저에 얹어 툇마루 바닥에서 홀로 밥을 자셨다.

화포 할머니의 점심상에도 찬이라곤 신 김치뿐이었고, 물 대접에는 오후의 고요만이 가득 담겨 있었다. 손으로 신 김치를 찢어 입에 넣으려는 할머니가 턱을 살짝 비틀어 십오 도쯤 쳐들었다. 불어오는 봄바람에 묵은 김치 군내가 물씬 풍겨왔다. 밥상에 자반고등어라도 한 토막 있으면 좋으련만….

툇마루 걸레 옆에 놓인 할머니네 라디오에선 아일랜드 민요 〈대니 보이〉(Danny Boy)가 흘러나왔다. 케케묵은 고물라디오는 잡음이 심했지만 이 노래에 무척 잘 어울렸다. 중학교 때 아일랜드 출신의 테너 존 맥코맥(John McCormack) 음성으로 처음 들었던 추억의 그 노래! 부모의 자식에 대한 애틋한 사랑, 연인의 이별 깃든 가사는 멜로디만큼 애절하다. 팝 가수 패티 페이지나 짐 리브스가 부른 이 노래는 언제 들어도 가슴 뭉클했다.

삼단고음의 눈망울 초롱한 가수 아이유가 부른 이 곡도 신선한 노스탤지어를 자극하지만, 아련한 연민 불러일으키는 맥코맥의 미성은 돌아갈 수 없는 시절을 단아한 슬픔의 절창으로 뽑아낸다. 아이리시한 독특한 발음으로 아일랜드 민요의 목가적 서정과 사랑을 가장 잘 노래한 맥코맥의 음성. 그러나 맥코맥의 미성만 노래의 빛깔 위에 애잔한 여운을 남기는 건 아니다. 이제는 쏜살같이 지나온 삶을 어찌할 수 없어 미련이며, 회한이며, 눈물 같은 것들을 고스란히 내려놓은 화포 할머니의 생애도 〈대니 보이〉 노래처럼 애잔하다. 서정적이면서도 애수 띤 가성으로 부르는 맥코맥의 이 노래는 화포 할머니를 위한 좀 특별한 세레나데 같다.

옆집 감나무는 아직 새순이 움트지 않았지만, 할머니네 모과나무에선 파릇파릇한 새순이 제법 돋아났다. 가지마다 힘껏 새순을 밀어올린 모과는 여린 몽우리가 도톰하게 부풀어 있다. 모과는 향기가 비할 바 없이 좋고 달지만 떫고 쓴맛이 모두 있어 서양에선 결혼생활의 즐거움과 어려움, 달콤함과 쓴맛을 미리 맛볼 수 있는 상징으로 여겨왔다고 한다. 할머니의 시집살이도 달고, 떫고, 쓰고, 맵고 한 데다 멸치액젓 달이는 비릿함까지 있어 눈에서 눈물 마를 날이나 있었을까?

순결한 분홍빛 모과꽃이 곧 필 터인데 할머닌 꽃을 보며 무슨 생각에 잠기실까? 모과나무 아래 마당에선 강아지가 웅크린 채 낮잠을 즐기고 있다. 순천이 고향인 전라도 토종 할머니를 닮아 강아지도 시골 토종 황구이다.

봄 햇살 받으며 오수를 즐기는 할머니네 황구

절구통 안에 든 두릅나무 가지

여신의 옷자락처럼 펼쳐진 바다를 보며

봄 처녀가 구워준 전어에 갓김치를 '몰아' 먹다

어느 집에 들어섰을 때 한 아주머니가 가시 돋은 나뭇가지를 만지고 있었다.

양지바른 뒷산서 베어왔다는 두릅나무 가지였다. 아주머니는 두릅나무 가지들을 절구통 안에 넣고 물을 부었다. 장독대에 있는 돌로 만든 절구통은 어느새 꽃병으로 변신했다. 요즘은 흙에서 재배하는 땅 두릅이 많다지만, 자연적으로 나무에서 자란 두릅 맛과는 비교할 수가 없다고 했다. 줄기 끝에 새순 올라온 두릅나무가 마냥 신기했다. 두릅나무 줄기에는 억센 가시가 빙 둘러 나 있고, 막 나온 분홍빛 새순은 보송보송했다. 산채 중의 왕이라는 두릅은 어린순이 활짝 펼쳐지기 전인 4월 이맘때 따서 살짝 데친 뒤 초고추장을 찍어 먹는다. 아주머니는 기침이 심할 때면 두릅나무 뿌리를 캐서 껍질을 벗겨 햇볕에 말린 뒤 달여 마시면 좋다고 했다.

시골에서는 풀과 나무, 꽃들 하나라도 소홀히 볼 수가 없다. 하찮아 보이는 작은 것이라도 야생화들을 보면 내 몸에서도 야생의 기운이 느껴져 생기가 돌았다. 자연 속에서 살아간다는 것은 자연의 순리에 순응하는 자연인이 되는 일이라 여겨졌다.

아주머니는 이내 양재기에 든 갓김치를 들고 대문을 나섰다. 나도 아주머니 뒤를 졸졸 따라갔다. 아주머니가 옆집 마당으로 들어서자 이미 평상에 자리를 편 건장한 할머니가 덤으로 묻어 온 나까지 반겨주었다. 원래 이 집에 사는 아줌마 아저씨는 알고 보니 언어장애 부부였다. 갓김치를 들고 온 아주머니와 건장한 윤 씨 할머니가 이들 집에서 점심을 할 참이다. 마당 한쪽에선 장작 타고난 숯불로 전어를 굽고, 평상에선 전어가 익기도 전에 소주 대병을 까서 잔이 오갔다. 마을 아낙들은 처음 본 나를 이웃처럼 스스럼없이 대했다. 하도 그러다보니 마치 어제 보고 오늘 또 보는 사이 같다.

갯바람 불어오는 화사한 봄날, 마당 꽃밭엔 노란 수선화 서너 송이 피었고, 천리향 향기가 천리를 갈 듯 진하게 코끝에 스몄다. 빨랫줄에는 플라스틱 선반을 걸어 장어를 말리고, 일부는 빨래 널 듯 빨랫줄에 생선을 걸어놓았다. 가을 전어 굽는 구수한 냄새는 익히 들어 알고 있지만, 봄 전어 굽는 냄새도 여간 아니었다. 윤 씨 할머니는 일흔한 살이라는 데 건장해서인지 나이보다 젊어 보인다.

양푼에 담아온 밥에서 김이 모락모락 났다. 막 구운 전어와 깨간장 한 그릇, 갓김치 한 양재기, 숟갈이 다섯 개 꽂힌 밥 한 양푼, 그리고 대병들이 소주가 이들 점심의 전부이다. 밥상도 없고 젓가락도 내오지 않았지만, 이런 인심 좋은 자리엔 손가락으로 집어 먹는 맛이 최고다. 할머니는 두 손으로 갓 구운 전

언어장애 부부 집 화단에 핀 천리향과 줄에 널어놓은 장어

어를 가르더니 반 마리를 내 손에 쥐여주며 "따땃할 때 잡수셔 잉!" 한다. 한 손으론 전어 살점을 떼어들고 또 한 손으론 갓김 치를 집은 뒤 "몰아" 먹으면 맛있다고, 시범을 보이며 먹는 법까 지 알려주었다. 전라도 말로 '몰아' 먹는다는 말은 전어를 갓김 치에 '싸서' 먹는단 말이다.

전어가 봄에도 나는 줄 몰랐다고 내가 말하자 할머니는 "이 놈이 가을 전어의 엄마제!"라고 하며, 지금이 알 밸 때라서 가 을 전어에 비해 뼈가 억세고 기름이 빠져 맛은 덜하지만, 그래 도 "맛은 솔찬히 좋당께! 화포 고기가 젤로 맛있제" 했다. 나중 에 알았지만 화포의 생선 맛은 인근에서도 제일로 쳐준다고 들 었다. 싱싱한 갓김치 맛인지, 구운 전어의 고소한 맛인지, '몰

'몰아' 먹는 맛이 일품인 화포 갓김치와 언어장애 부부가 숯불에 구워온 봄 전어

아' 먹는 맛은 정말 둘이 먹다 하나가 죽어도 모를 만큼 기가 막히다. 양념으로 얹은 할머니의 질박한 사투리는 또 얼마나 맛깔스럽던지….

　바다가 보이는 마당으로 파도 소리가 밀려왔다. 소주 몇 잔 마신 여인들 얼굴에는 동백꽃물이 연하게 들어갔다. 한 할머니가 구슬픈 육자배기 가락을 읊조리듯 뽑아내고 있다. 젓가락으로 따드락 따드락 장단을 넣어 노래 흥을 돋우는 아주머니 추임새와, 바닷가에서 평생을 산 할머니의 정한은 느릿한 소리를 타고 아득히 먼 파도 속으로 흩어져 간다.

　바닷가에 사는 나이든 여인들이 봄 처녀 같단 생각을 했다. 생선 배 가르며 억척스레 산 세상, 꽃 같은 시절 지나 머리엔 서리를 이었고 몸도 예전 같지 않지만, 여인들은 기다림 속에 살아간다. 그녀들의 기다림의 실체가 만선의 깃발인지, 자식들 잘 사는 것인지, 못다 이룬 사랑인지 알 순 없었지만 점방 하나 없는 바닷가에서 기다림을 잃지 않은 여인들은, 언제 보아도 가시내이며 봄 처녀이지 않을까?

꿈을 수선하는
시간 여행길

머리카락이 파뿌리처럼 하얗게 센 노부부가 쉬엄쉬엄 밭을 갈고 있다. 노부부가 밭에서 나란히 일하는 광경은 사소해 보이지만, 사소하지 않은 풍경이다. 대개 할아버지가 먼저 세상을 뜬 탓에 할머니들은 혼자 외롭게 살아간다. 해로의 축복인지, 노부부의 정겨움인지 오늘은 대지가 더 따뜻해 보인다. 할아버지가 고랑과 고랑 사이 북돋아진 토실한 흙을 검은 비닐로 정성스레 덮고 있다. 흙을 왜 비닐로 덮는 것일까? 궁금해서 할아버지에게 여쭈니, 이렇게 하면 "땅이 버글버글해져 흙심이 좋아져!"란 대답이 돌아왔다. 여기에 모종한 고추를 옮겨 심을 것이라 한다.

나는 농사일이 자식 키우는 일과 다르지 않음을 아주 조금씩 알아가는 중이다. 할아버지가 흙을 북돋우고 토닥이며 비닐을 덮는 일이 마치 어린아이에게 이불을 덮어 주고 토닥이며 잠을 재우는 일 같아 보였다. 아이가 한잠 자고 나면 키가 자라

듯, 땅도 비닐이불을 덮고 한숨 자고 나면 윤기가 버글버글할 것이다. 때마침 할머니가 양은 세숫대야를 머리에 이고 왔다. 세숫대야에는 모종할 고구마가 가득했다. 고구마는 또 어떻게 심는 것일까?

할아버지는 "모종할 고구마를 심그면 고놈이 자라 줄기를 뻗어, 고로큼 맹글어진 놈(줄기)을 잘라 옮겨 심그면 고구마 알이 달리는 것이여!"라고 말씀하신 후, "그런디 워디서 와서 거시기도 몰러?"하며 웃으신다. 그러고 보니 나는 정말 거시기 하나 아는 게 없다.

노년의 내외가 밭에서 흙을 고르며 고구마를 심다가 쉴 때는 힘에 부쳤는지 지그시 눈을 감았다. 할아버지는 나무에 기대 오수에 들고, 할머니도 그 옆에 기대 앉아 잠시 눈을 붙인다. 새소리마저 들리지 않는 한낮의 정적 속으로 시간도 빠져들어 갔다. 노부부의 쉬는 모습에선 장 프랑수아 밀레의 그림에서 본 대지에 순응하며 사는 사람들의 경건함이 느껴진다. 밀레의 그림 〈키질하는 사람〉(1848), 〈씨 뿌리는 사람〉(1850)에서 보듯, 씨앗을 심고 거두기까지의 고단한 일상이 노부부의 얼굴에도 숨어 있다.

노부부의 오수는 밀레의 〈낮잠〉(1866)에 채색된 파스텔화같이 밝고 따스한 뉘앙스를 풍겼다. 지지리도 가난했던 무명의 고흐도 밀레의 〈낮잠〉을 모사(模寫)하여, 밀밭 짚더미에 누워 〈낮잠)에 달게 빠진 가난한 농부 부부를 그렸다.

밀레와 고흐와 노부부의 낮잠 풍경에는 평화롭고 포근한 정서가 깃들어 있어 삶이 예술이란 생각을 했다. 삶만큼 리얼리티 넘치는 예술이 또 있을까? 예술이란 것도 알고 보면 삶에 기생하는 푸른곰팡이 같은, 한 인간의 삶이 개화시킨 푸른 꽃 같은 삶의 총체가 빚은 삶의 결정(結晶)이다. 예술에서 경험하는 영혼의 전율이란 것도 삶의 떨림이 만들어낸 파동이지 않을까.

밀레, 〈낮잠〉(1866)

고흐, 〈낮잠〉(1890)

장 프랑수아 밀레, 빈센트 반 고흐가 그린 노동하는 인간의 대지는, 화포에서 노부부가 가꿔온 밭뙈기에도 펼쳐 있었다.

　바다를 코앞에 둔 집에 사는 아저씨가 마루에 앉아 그물을 손질하고 있다. 자신의 생을 수선하듯 평생 그물을 깁고 고기를 잡으며 산 어부에겐 그물이 세상을 낚는 무기다. 늙수레한 어부 아저씨는 얼마 전까지 민꽃게와 숭어, 낙지를 잡았다고 한다. 숭어는 11월에서 2월까지 제철인데 3월부터는 산란기라서 고기가 물러져 맛이 없다고 했다. 남해에서 잡히는 도다리는 쑥 날 무렵이 산란기라지만 오히려 이때 살이 오르고 통통하여 맛이 제일 좋다던데, 하여 통영 도다리 쑥국 맛이 일품이던데, 고기마다 산란기라도 맛이 다른 모양이다.

　양지바른 포구에선 문저리가 구덕구덕 말라 가고 있다.

　망둥어과에 속하는 생선 문저리는 고소하고 찰지고 담백하여 말려서 조림을 하거나 찜을 해먹으면 맛있다고 한다. 1년 중에 4월 이 무렵이 화포에선 고기가 제일 많이 잡힌다고 했다. 주로 낙지, 새우, 갑오징어가 잡히는데, 이맘땐 개들도 고기를 안 먹는다니 어부들에게는 그나마 행복한 시절이다.

　바다를 보며 걷는 골목 내리막길은 바닷물이 갈라져 생긴 길을 걸어가는 착각이 든다. 굴비 두릅처럼 엮인 어선들이 줄지어 정박해 있는 부둣가와는 달리 화포의 몇 안 되는 고깃배들은 방

햇살 좋은 해풍에 문저리를 말린다.

목하는 조랑말 모양새로 바다에 널려 있다. 해질녘 언덕에서 내려 보는 바다의 목가적 정경은 마치 오래된 회화를 보는 듯하다.

화포라는 낡은 캔버스로 저무는 빛살 무늬가 들어서고 있다.

아름다운 그림이나 풍경을 바라보면 따스한 시간의 너울이 보는 이를 휘감는다. 화포는 고독했던 화가의 붓질을 닮았다. 풍경의 애수가 느리게 지나는 화포야말로 추억을 회상하는 캔버스로서, 누구든 물감을 섞어 자신만의 그림을 그릴 수 있는 곳이다. 추억은 진부한 메타포가 아니라 자기 자신을 동경할 수 있는 공간을 만드는 아름다운 힘이다. 화포는 옛날 이발소 벽에 걸린 촌스러운 그림도 생각나게 한다. 소 몰고 쟁기질하는 농부 그림 옆에 "삶이 그대를 속일지라도/ 슬퍼하거나 노하지 말라"는 푸슈킨의 시구가 이발소 아저씨 가훈처럼 자랑스레 박혀 있던 그림. 삶이란 정말 그런 것일까?

파도는 불현듯 떠오르는 추억의 이미지들을 실어오곤 이내 실어갔다. 옛날 이발소에 걸려 있던 그림과 시의 언밸런스한 조화처럼, 삶 역시 그런 것이라고 바다는 침묵으로 웅변하는지 모른다.

화포에도 봄이 오면
신들이 내려와 산다

사람들이 꽃과 나무를 좋아하고 산과 바다를 즐겨 찾는 것은, 인간 내면에 원초성을 희구하는 생명력이 꿈틀거리기 때문이다. 특히 광활한 우주 같은 바다에 대한 동경은 어떤 원시적인 힘을 내 안에 눈 뜨게 한다. 대지에 봄빛이 막 일어설 즈음이면 봄의 통과의례처럼 찾아가는 곳이 있다. 류색에 〈티파사에서의 결혼〉이 실린 까뮈 책과 낡은 카메라와 슬라이드 필름을 넣고는 달의 힘에 끌리듯 화포를 찾아간다.

까뮈의 〈티파사에서의 결혼〉 첫 문장은 "봄철에 티파사에는

순천만 갈대밭. 갈대밭을 유영하듯 돌아다닐 수 있었던 21년 전의 풍경

갈대밭 뻘에 점선처럼 박혀 있는 철새 떼들. 한 무리의 철새 떼는 창공으로 비상중이다.

신들이 내려와 산다"로 시작된다. 나는 화포 바다에도 봄이 오면 신들이 내려와 산다고 믿고 있다.

화포에 봄이 오면 세상을 떠도는 푸른빛의 신들은 바다에 내려앉아 잿빛 물결에 청색 물감을 풀어놓는다. 썰물에 실려 갔던 물이 봄빛 바다로 들어오고 있다. 햇빛에 반짝이는 은빛 물소린 겨울과 달리 유유자적하다. 겨울바다의 밀물 소리는 차가운 공기에 부딪쳐 사실적이다. 봄 바다로 물드는 소리는 젖가슴에 살근거리는 바람처럼 추상적이다. 바닷가 언덕에 핀 산벚나무 꽃잎이 눈발 날리듯 바람에 실려가 바다에도 꽃이 핀다. 바다에 피는 꽃은 물의 내면을 긴장시키는 떨림의 꽃이다. 지상에 꽃 피는 진동에 바다는 동면을 풀고, 바다에 꽃 피는 떨림에 파도는 봄 바다로 변신중이다.

살아가며 쓸쓸할 때 찾아갈 바다가 있고, 어김없이 그곳에 가면 나를 맞아 줄 바다가 있다면, 생은 그래도 살 만한 곳이다.

노을이 발등을 적시고 있다.

21년 전 화포에 처음 왔을 때도 이즈음이었다. 순천만 갈대밭 쪽에서 화포로 왔는데 해가 뉘엿뉘엿 지는가 싶더니 금세 캄캄해졌다. 가을이었고 달빛 한 점 없는 그믐이었다. 화포 바다 위에 뜬 별빛이 한밤중에 핀 완두콩 꽃처럼 희게 보였다. 그때만 해도 순천만 갈대밭은 원시적이었다. 지금처럼 인공도로가 설치된 제한구역이 아니라 사람이 걸어갈 수 있는 데까지 들어가

순천만 갈대밭의 일몰

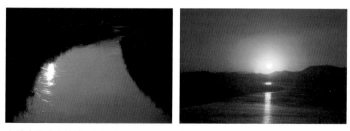

순천만 물길에 사위는 노을빛   화포 바다에 지는 해

갈대밭을 마음껏 돌아다닐 수 있었다.

그러던 어느 날, 해 저무는 갈대밭에서 그만 길을 잃고 말았다. 사람 키보다 큰 갈대숲에 땅거미가 내렸다. 늦가을 바람이 불 때마다 갈대는 서걱대며 울고, 어둠이 짙어 가는 공포 속에 저 석양빛을 담았다. 그리고 화포에서의 일몰 사진을 끝으로 십여 년간 갈대밭과 화포를 볼 수 없었다.

그리운 풍경은 동경하는 자의 발걸음 따라 열린다.

단순하게 소박하게

문명을 거부한 어느 수행자의 일상

전충진(前 〈매일신문〉) **지음**

'없는 대로, 불편한 대로.' 지게 진 스님의 소박한 일상

현대문명을 거부하고 산속으로 들어간 한 수행자 이야기.
지게 지고 농사지으며, 달 뜨는 밤이면 선시 책을 펼치고,
비 오는 날이면 글 쓰고 그림 그리는 육잠 스님의 담박한 산중 일상.

"자연 속에 묻혀 숲의 기미에 귀 기울이며 자족하는
스님의 나날은 차라리 경이로웠다. 좀더 큰 것,
좀더 높은 곳, 좀더 편한 것에만 정신이 팔린 나에게,
스님이 사는 모습은 어깨를 내리치는 죽비와도 같았다."

신국판 변형·양장본·올컬러 | 344면 | 20,000원

NANAM www.nanam.net
나남출판 031-955-4601

가끔은 고독할 필요가 있다

다섯 번째 지리산 명상

구영회 (前 삼척MBC 사장) **지음**

가장 고요한 곳에서 길어 올린 고독의 미학

지리산을 품은 언론인 출신 수필가 구영회의 다섯 번째 에세이집.
어지러운 도시의 리듬에 지친 현대인에게 가장 고요한 곳,
지리산에서 길어 올린 고독의 미학을 전한다. 별다른 일 없는
조용한 하루하루, 그러나 작가에게는 일상의 기적을
발견하는 시간이다. 숲 나무 틈새로 내리꽂히는 눈부신 한줄기
햇살, 돌 벤치 위로 가만히 불어오는 부드러운 바람.
마음의 평화는 '고독'이라는 나룻배를 타고 혼자 노 저어갈 때
얻을 수 있는 최상의 선물이다.

46판·양장본·올컬러 | 252면 | 14,800원

NANAM www.nanam.net
나남출판 031-955-4601

가장 큰 기적 별일 없는 하루

지리산 인생길의 여섯 번째 사색

구영회(前 삼척MBC 사장) **지음**

평범한 하루 속에서 특별한 기적을 찾아가는 여정
코로나로 지친 현대인들을 위한 지리산 힐링 에세이

기나긴 코로나 터널 속에서 기적과 같은 평화와 행복을 찾는 여정을
안내하는 책. 찬란한 태양이 떠오르는 지리산 형제봉,
은빛 물결이 출렁이는 섬진강, 푸른 신록과 부드러운 바람이 가득한
서어나무 숲…. 작가의 기분 좋은 여행길을 따라가다 보면
우리가 특별한 날을 기다리며 무심하게 흘려보낸 보통의 날들이
사실 얼마나 소중한 것인지, 그 안에서 우리는 어떤 행복을
발견할 수 있는지 깨닫게 된다. 10여 년의 산중생활에서 깊어진
맑고 향기로운 사색이 담겨 있다.

46판 · 양장본 · 올컬러 | 240면 | 14,800원

NANAM www.nanam.net
나남출판 031-955-4601

미셸 푸코 ─ 세기말의 프랑스 문명비평가

Les aveux de la chair

육체의 고백

성性의
역사 4

오생근(서울대 명예교수) 옮김

미셸 푸코 사후 34년 만에 공개된
《성의 역사》완결편

미셸 푸코는《성의 역사》의 핵심인
이 책에서 초기 기독교 윤리가 오늘날
서양인의 삶의 태도와 주체의 형성에 미친
영향을 근원적 관점에서 분석한다. 인간의
본성과 현재의 삶에 대한 푸코의 빛나는
통찰력은 많은 시간이 흘러도 변함이 없다.

신국판·양장본 | 656면 | 32,000원

Histoire de la sexualité

성性의 역사 1·2·3

성(性)은 권력의 표현에 다름아니다!

1권 지식의 의지 | 이규현 옮김
2권 쾌락의 활용 | 문경자·신은영 옮김
3권 자기 배려 | 이혜숙·이영목 옮김

신국판·양장본 | 1권 220면·14,800원
2권 384면·20,000원 | 3권 368면·20,000원

NANAM www.nanam.net
나남출판 031-955-4601

Histoire de la folie à l'âge classique

광기의 역사

이규현 옮김
오생근 (서울대 명예교수) **감수**

**이성과 비이성, 권력의 관계에 대한
푸코의 통찰은 여전히 유효하다.**

푸코를 세상에 알린 기념비적 작품으로
'이성적' 시기로 알려진 고전주의 시대,
이성에 의해 비이성·광기가
감금·배제되는 과정을 현란한 문체로
써내려간 푸코의 역작!

신국판·양장본 | 928면 | 42,000원

Surveiller et punir

감시와 처벌 감옥의 탄생

오생근 (서울대 명예교수) **옮김**

인간을 처벌하고 감금하는 권력에 대한 서술,
도덕과 영혼의 계보학, 권력의 역사이자
권력에 대한 철학적 이론서!

신국판·양장본 | 560면 | 25,000원

NANAM www.nanam.net
나남출판 031-955-4601